有爱的青春陪伴者

图书在版编目（CIP）数据

恋上你的声音 / 柒尾鱼著. -- 石家庄：花山文艺出版社，2021.8
ISBN 978-7-5511-5796-4

Ⅰ. ①恋… Ⅱ. ①柒… Ⅲ. ①长篇小说－中国－当代 Ⅳ. ①I 247.5

中国版本图书馆CIP数据核字（2021）第099393号

书　　名：	恋上你的声音
著　　者：	柒尾鱼
策划统筹：	张采鑫
特约编辑：	周丽萍
责任编辑：	董　舸
责任校对：	郝卫国
美术编辑：	胡彤亮
封面设计：	孙欣瑞
内文设计：	孙欣瑞
封面绘制：	加盐鱼头
出版发行：	花山文艺出版社（邮政编码：050061）
	（河北省石家庄市友谊北大街330号）
销售热线：	0311-88643221/29/35/26
传　　真：	0311-88643225
印　　刷：	长沙鸿安印刷有限公司
经　　销：	新华书店
开　　本：	880×1230　1/32
印　　张：	9
字　　数：	247千字
版　　次：	2021年8月第1版
	2021年8月第1次印刷
书　　号：	ISBN 978-7-5511-5796-4
定　　价：	39.80元

（版权所有　翻印必究·印装有误　负责调换）

目录

LIAN SHANG NI DE SHENG YIN

Chapter1. 我就爱爹毛 /001	Chapter5. 西班牙之旅 /067
Chapter2. 奇葩朵朵开 /017	Chapter6. 如果没有你 /084
Chapter3. 有一点心动 /033	Chapter7. 再靠近一点 /100
Chapter4. 私人助眠师 /052	Chapter8. 初恋有点甜 /116

目录

LIAN SHANG NI DE SHENG YIN

Chapter9. 浪漫的秘密 /130	Chapter14. 以家人之名 /221
Chapter10. 月上柳梢头 /147	Chapter15. 唯一的城堡 /239
Chapter11. 恋爱症候群 /168	Chapter16. 星光终璀璨 /253
Chapter12. 脚踏两条船？ /189	番外一　醉酒　/276
Chapter13. 偶像的定义 /206	番外二　乌龙　/279

Chapter1.
我就爱岁毛

▼

晚饭后，姜念带着"汤圆"在小区附近溜达了几圈，回到家，一人一狗都洗了个澡，结束后已经快十点钟。她没敢再耽搁，赶忙戴上耳机，拿出准备好的读物资料，开始了今天的直播。

没多久，直播间就陆陆续续挤进了好几万人，手机屏幕上也出现了很多粉丝的留言。

桃花朵朵开：鲶鱼大大，今天的直播怎么提前了？幸好我来得早！

柠萌小呆：为大大打 Call，我超级喜欢你的声音，现在每天晚上都是听着你的声音睡觉呢！

糖糖：大大，可不可以透露一下你的二次元身份呀？能有这么好听的声音，肯定是位温柔漂亮的小姐姐哟！

姜念抽空看到网友糖糖的这条留言，心情很是美丽，忍不住说了一句肉乎乎你猜猜看哦！"

姜念难得与粉丝互动，见大家立刻都兴奋起来，弹幕齐刷刷地跳出来。不过想起明天一大早还有工作，她也没敢多聊，继续诵读文稿。

其实姜念是一名配音演员，科班出身，虽然配过好几部大女主的戏，可是配音一直都是娱乐圈里关注度最低又最不受重视的一个行业，即使她已经小有名气，但是每集电视剧仍然只有不到500块钱的片酬，其中一大部分还要贴补家用，因此每个月的生活都过得捉襟见肘。

经朋友介绍，她建了个昵称为"一条鲶鱼"的小号，在这家网络电台上当起了"声音助眠师"。

声音助眠师是近几年才火起来的一个新兴职业，主播通过各种道具发出一些奇奇怪怪的声音，让听众心情放松，可以尽快入睡。姜念不会搞那么多稀奇古怪的声音，便别出心裁，搜罗了很多睡前读物，读给网友们听。

她音色很好，声音温软柔美，让人如沐春风，助眠效果还挺不错的，每天都有许多铁杆粉丝来听。因为这种直播是不用出镜的，这让大家对她的庐山真面目更加好奇，有好多人还特意追到了她的微博上，直至现在，她的小号在微博上的粉丝数已经是大号的好几十倍了。

"今天的直播到这里就结束了，感谢大家的收听，祝各位朋友好眠，晚安。"

关掉直播，姜念正准备去休息，突然收到了一条昵称为"我就爱炸毛"的微博网友的私信：我刚来，只听了个结尾就完了，你什么意思啊？今天为什么提前半小时直播？

从昵称到说话语气，都透露出这是个极不好惹的人，姜念不敢怠慢，赶忙认真回复。

一条鲶鱼：亲爱的炸毛朋友，真的很抱歉，因为我明天一大早有工作，不能太晚休息，请你谅解。

对方沉默了良久，好半天才回复。

我就爱炸毛：呃，炸毛朋友是什么鬼？别跟我套近乎，我不管，我今天少听了半小时的直播，现在睡不着，你要给我补回来！

我就爱炸毛：我想听你唱歌，嗯……就唱《疯狂月球》好了，注意高低音的切换啊，气息稳一点。

姜念依稀记得在某个音乐APP上听过这首歌，印象中它的歌词和旋律都特别古怪。这位炸毛朋友不仅品位奇特，而且态度嚣张，还提了一大堆意见，真当她这里是他的私人点播台啊？

一条鲶鱼：这么难听的歌，我才不要唱。

我就爱炸毛：难听？这首歌蝉联了十八周的金曲冠军，下载量过亿，你居然说它难听？难道你不知道它是谁写的吗？

姜念心想：还敢小瞧我？好歹我也算得上半个娱乐圈里的人呢！然后撇撇嘴，认真打下一行字。

一条鲶鱼：知道啊，就是那个总是印在卫生巾上的男人。

我就爱爹毛：印在……印在卫生巾上？还总是？

我就爱爹毛：该死的鲶鱼！你是要气死我吗？郁璟然拍了那么多广告，你就只知道卫生巾？

我就爱爹毛：给你三秒钟时间打开电视，名表、跑车、香水，那么多高大上的广告，你睁大眼睛看看清楚！

一连串消息轰炸到手机上，吓得姜念手指一颤，差点报警，心想：这人不会是个神经病吧？

她没敢再回复，直接把这位爹毛朋友拖进了黑名单。

一间高级公寓内，某个顶着一头乱发的年轻男人看着手机上突然跳出一行红色小字"对方已拒绝接收您的消息"，顿时火冒三丈，将手机扔到了床上，从牙缝里蹦出几个字："该死的鲶鱼！"

姜念才没有理会这个莫名其妙的小插曲，哼着小调进了卧室，关灯睡觉……

《凤凰劫》是今年关注度最高的一部大制作电影，从剧本到选角都保持高度机密。这部电影的导演之前与姜念有过合作，对她的配音十分满意，因为这部戏是古装片，里面的很多台词都比较生僻拗口，便邀请她担任主演的台词指导。

电影的前期拍摄都在郊区的一个绿布棚里，姜念坐地铁大约一个半小时便到了。她平常只是在录音室里做后期配音，这还是头一回来到拍摄现场，不禁有些好奇地四处观察。

这时，场务小妹一路小跑过来，露出一个歉意的笑容，说道："姜老师，真是抱歉，现在男主角在化妆，女主角还没到，麻烦你先在这里坐着等一等。"

"没事没事，是我来早了。"姜念笑了笑，示意没关系。

场务小妹倒是很热情，也坐在了她的身边，问道："姜老师，之前那部电视剧《浮萍》里的女主角就是你配的音吧？我是你的粉丝哦，没想到你本人这么小啊，是兼职吗？"

姜念有些尴尬道："不是，我已经二十四岁了。"

"啊？不会吧？我还以为你刚上大学呢！"场务小妹露出一个震惊的表情。

姜念对这个表情已经见怪不怪了，怪只怪自己的圆脸和婴儿肥了，生生将自己一个职业女性拉低成傻白甜了。

场务小妹兴致勃勃地继续说道："姜老师，你要不要考虑进娱乐圈呀？现在圈里最受欢迎的就是你这种类型的了，眼睛圆圆的、个头矮矮的、表情呆呆的，看上去又软萌又可爱。"

姜念有些无语：呃……这到底是夸我还是损我呢？

说话间，有人过来通知："姜老师，男主角那边现在有空，让你赶紧过去。"

"好的，我马上过去。"姜念连忙答应，站起身。

场务小妹拉住她的胳膊，附耳小声叮嘱："姜老师，偷偷告诉你，我们的男主角可是请的郁璟然，他脾气不大好，你自己注意一点哦！"

郁璟然？怎么又是他？姜念一向不太关注娱乐圈的事，对于郁璟然的印象也就只是那个唱着稀奇古怪的歌词、头像印在卫生巾外包装上的男人罢了。

她不禁有些好奇，问道："郁璟然不是歌手吗？他也会演戏？"

场务小妹一脸"你在开玩笑吗"的表情，说道："谁管他会不会演戏，他够红就好了呀。不是我夸张，只要是郁璟然拍的戏，收视率、上座率都特别高，投资人当然也愿意请他喽。"

"是吗？"姜念好奇道，"他有这么红吗？"

"当然啦！"说到这个，场务小妹满脸都是兴奋之色，"他可是超人气男团 ACE 组合里最红的成员呢，唱歌、跳舞、Rap 都超级棒，还特别有才华，每次发专辑有一大半的歌曲都是他自己写的。不是我夸张，郁璟然可是娱乐圈里的顶级流量，打个喷嚏都能上头条的那种！我们这部电影有他演男主，肯定能爆！"

这么厉害？想来昨天那位爹毛朋友应该是郁璟然的粉丝吧，不过，那首歌真的不好听啊。姜念一边郁闷地想着，一边抬步去了化妆间。

化妆间很大，有左右两个化妆台，左边梳妆台的前面已经坐了一个男人，他正在低头玩手机。姜念看不清楚他的正脸，但依稀可见其精致帅气的眉眼。当然，最引人注目的是，他脑袋上顶着一头岔开的浅棕色头发，像过了静电一般，全部朝上面竖起来，他的发量又特别多，那视觉效果简直像极了《七龙珠》里的孙悟空。

姜念不禁在心里嘀咕：这部不是古装剧吗？男主角的发型设计得这么前卫？

她正想打个招呼，那男人却突然大声吼起来："你到底能干吗？找个人找了这么半天都没消息？查她IP啊，查她的注册手机号啊，这都要我教你吗？"

姜念刚开始还以为他在骂自己，小心脏差点被他吼出来，细听之后才知道他这是在对他的助理讲话。

这平地一声吼吓坏了化妆间里的一干人等，但郁璟然的助理阿城显然是见惯了他的暴脾气，应对起来很有一套，附耳小声道："炸哥，你再忍忍，我保证，你今天下午拍完戏，我绝对把那条鲶鱼的联系方式给你弄来！"

郁璟然生来有个特性，一不顺心头发就全都炸开，因此人送外号"小炸"。身旁亲近的工作人员为了表示尊敬，都会恭恭敬敬地喊上一句"炸哥"，郁璟然听起来也觉得格外威风。这不，听完阿城的保证，郁璟然就暂时熄火，耐着性子等化妆师继续上妆。

谁知化妆师却犯了难，古装剧的扮相都是要戴头套的，郁璟然的发量极多，还岔开了花，他都倒了半瓶发胶了还是压不下去，这可怎么办啊？他求助地望向阿城。

阿城也不知道该怎么办，同样苦恼地看向郁璟然。

郁璟然快烦死了，胡乱扒了扒自个儿的头发，随口道："干脆全部剃了，这头发简直折腾死我了！"

"那可不行，"阿城连忙双手围成圈护住郁璟然的头发，苦口婆心地劝道，"下个星期还有演出呢，你要是变成光头强了，你那些粉丝准得哭死！"

"那你说怎么办？"郁璟然不耐烦道。

阿城欲哭无泪，他哪有什么办法啊！

"哥啊，平常你的头发很快就可以恢复的，今天到底是哪里让你不顺心了，怎么夌得这么顽强啊？"

"还能是哪里，不就是那条该死的鲶鱼，你不给我找到她，我这头发就一直都夌着了！"郁璟然恶狠狠地威胁阿城，完了又没好气地说，"还有，以后再给老子接卫生巾的广告，我就把你塞到鲶鱼的肚子里去！"

阿城真是欲哭无泪，他哪里有权力接广告啊，还不都是那个钻到钱眼里的大魔头陈升干的，仗着自己是经纪人，天天剥削他们这些无产阶级。今天的戏要是拍不成，他回去可就死定了！

阿城满脸菜色地走上前去，说道："哥，要不我再帮你压压吧。"

见识到了郁璟然的脾气，姜念一直没敢说话，默默在一旁眼观鼻鼻观心，也没怎么听到他们在说什么。

她所有的注意力都被郁璟然那头夌开花的头发给吸引了，她天生对毛茸茸的东西就很有好感，每天最大的乐趣就是撸汤圆，如今看着郁璟然这头毛茸茸的乱毛，实在很想上去撸一把！

她小心翼翼地抬起头，想再偷瞄一眼，却冷不丁与镜子中郁璟然的眼睛对了个正着。

"你是谁啊？不动声色地站在那儿，想吓死我啊？"郁璟然瞪着姜念，语气不善道。

姜念好像是做了坏事被人当场抓住一般，又惊又吓，一张脸涨得通红。

"哥，她是姜念姜老师，导演请的台词指导，你刚刚不是让人叫她过来的吗？"阿城小心提醒道。

"哦。"郁璟然点点头，又看了她一眼，皱眉道，"怎么人看起来这么傻！"

姜念尴尬地笑了笑，心里却在想：你才傻，你全家都傻！

说话间，走廊里传来一阵高跟鞋的声响，一个穿着红色鱼尾裙的女人娉娉婷婷地走了进来，身后簇拥着一群助理，气场十分强大。

　　姜念定睛一看，原来是陈斯吟，娱乐圈的当红小花旦，看来她就是这部戏的女主角了。姜念赶忙站了起来，向她做自我介绍。

　　陈斯吟斜眼看了姜念一下，没搭理，直接走到郁璟然旁边，语气亲昵地问："璟然，好久不见呀，最近好吗？"

　　"还行。"郁璟然随口道。

　　陈斯吟的笑容更加娇美，继续问道："你来得好早哦，吃早餐了吗？我自己熬了燕窝粥，待会儿你尝一尝？"

　　郁璟然没耐心了，直接道："早什么早，现在几点了你不看时间吗？"

　　整个剧组也就只有郁璟然敢这么跟陈斯吟说话了，但陈斯吟也不反驳，嘟起嘴巴，霸气女王范儿秒变娇弱小白花，看起来让人忍不住心生怜爱。

　　她娇嗔地说："人家最近身体不大好，老是头晕，你看我是不是瘦了呢？"说着，便一副非常虚弱的样子往郁璟然身上靠，那白花花的大腿看得众人口干舌燥。

　　但郁璟然显然不是个怜香惜玉的人，他闪开身子，皱眉道："我建议你换个香水吧，真是熏死人了。你赶紧的，别耽误我时间。"

　　陈斯吟有一瞬间的难堪，但很快又恢复了笑容，说道："好的，那我不打扰你了。"

　　陈斯吟长相美艳，身材又好，与她合作过的男演员只要她看上的，就没有不上钩的。如今郁璟然这么火，只要能把他拿下，绝对是娱乐圈里的爆炸性新闻。她一早就做好了准备，没想到这才第一天就吃了个闭门羹。

　　不急，男人嘛，就没有不吃腥的！这才刚开始，不着急。陈斯吟一甩长发，优雅地转过身，坐在另一旁的椅子上去上妆了。

　　"还有你，"郁璟然又把火力对准了姜念，"你不是台词指导吗，愣着干吗？"

"啊？哦！"姜念如梦初醒，赶忙捧着剧本小跑过来。

陈斯吟坐在另一张化妆台前，从镜子里看到郁璟然在对姜念说话，心里有些气闷，脸上却仍是笑意盈盈，说道："璟然，我对第一场戏的台词还不太熟悉，可不可以让姜老师先来教教我呀？不然我待会儿表现不好的话也会耽误你的时间。"

郁璟然本来就对拍戏不怎么上心，如果不是导演的亲口谕令，他才懒得搭理什么台词指导，现在既然有人要用，他也就不耐烦地挥挥手，对姜念道："你去她那边吧。"

好吧，姜念小皮球又被踢到了女主角这里，她忙问："陈老师，请问我们可以开始了吗？"

"不然呢？"陈斯吟瞥了她一眼，没好气道，"真不知道导演请你来干吗，台词随便念念，后期再配音不就完了嘛！"

这么大的剧作，怎么男女主角都不怎么上心的样子啊……姜念在心里默默吐槽了一下，振奋起精神，赶忙道："好的，那我们先从第一场对白开始吧。这里是在男主角下山时，女主角对他的叮嘱。她说这些话的时候，既有师姐对师弟的关怀和担忧，更要有一个女子面对自己心爱之人离开时的不舍。这是女主角第一次流露出自己的感情，所以一定要读出那种爱恋却隐忍的感觉来……我给你示范一遍。"

她顿了顿，平稳了气息，读道："陆平遥，我知你有鸿鹄之志，不肯囿于这一方远山之上，但我必须得提醒你，山下是另外一个世界，世人百态，千难万险，你都要一一面对。我再问你一遍，你仍然执意要走吗？"

话音未落，安静了许久的郁璟然猛地站起来，转过身看着姜念，满脸都是震惊之色："一条鲶鱼？"

郁璟然不知道听过姜念多少次直播了，对她的语调和音色早就了如指掌，这会儿一听瞬间就认了出来。

姜念被吓了一大跳，看着他那爹翻天的头发，她的脑回路难得清晰了一次，喃喃道："我就爱爹毛？"

这是什么诡异的接头暗号？众人都是不解，好奇地看向两人。

"姜念？鲶鱼？果然是你！"郁璟然想起自己昨晚被羞辱、被无视，然后彻夜未眠的悲痛遭遇，心里火气更盛，怒道，"你怎么在这里？你还敢出现在我面前？"

看着传闻中的高冷男神一瞬间变身为怒吼的咆哮哥，众人的小心脏皆是一紧。

阿城手忙脚乱跑过来拉住郁璟然，劝道："哥，冷静，冷静啊！有话好好说！"

郁璟然余怒未消，对着化妆间里的其他人一挥手，下了逐客令："你们全都出去！"

众人不明所以，陈斯吟更是莫名其妙，于是问道："璟然，你什么意思啊？"

"赶紧走，去隔壁化妆，这里我要用。"郁璟然不耐烦道。

陈斯吟剜了姜念一眼，满脸愠色，心不甘情不愿地走了出去。其他人也连忙一个个乖乖退场。

原来幺毛朋友就是郁璟然本人！她居然当着本人吐槽他的歌难听！现在他该不会是想报复她吧？

姜念心头一紧，觉得自己时日无多了，赶忙跟在大部队里，也想溜出去。

这时，郁璟然大步走过来，一把拽住她的胳膊，狭长的眼睛里透出森森冷光，冷声道："你不许走！"

男人的手指细长有力，攥在她裸露的皮肤上，很快出现一个鲜红的印记。姜念难受地挣扎了几下，皱着眉道："疼，你放开我！"

这声音软绵绵的，又因为疼痛多了丝低吟，瞬间听得郁璟然腿都快软了，心里那股震怒顷刻间散去大半，立马松开了手。

郁璟然的脸颊闪过一丝不自然的红晕，他清了清嗓子，别别扭扭道："你现在知道我是谁了吧？是不是很后悔自己昨天有眼不识泰山？只要你诚心跟我道个歉，我就大人有大量放你一马……"

"我也没说错呀,"姜念歪着头仔细看了看他,"你的确就是印在卫生巾上的那个人啊,瞧,这款耳钉都一模一样呢!"

"你!"郁璟然好不容易平息的怒火再次翻涌上来,一把将耳钉拽下来扔在地上,吼道,"你能不能暂时忘记卫生巾这回事!"

眼看郁璟然的头发奓得更高,姜念"扑哧"一声笑出来:"怪不得你叫'我就爱奓毛',原来你的毛真的会奓啊!太神奇了!"

姜念双眼紧紧盯着郁璟然的头发,像小狗盯着肉骨头一般透露出赤裸裸的渴望之情。

郁璟然被她看得头皮发麻,不自觉地后退一步,说道:"算了,昨晚的事情我就不跟你计较了,你要是能让我现在睡个好觉,我就饶了你。"

见近在咫尺的软毛突然远离,姜念有一瞬间的失望,听到这话之后又为难地皱了皱鼻子:"可是我没有准备文稿啊,难道你想让我给你读剧本吗?"

郁璟然麻利地躺在沙发上,长腿伸展开来,显得很是惬意,嘴里吐出的话却是让人气得牙痒痒:"那我不管,你害得我一整晚都没睡着,心情坏到爆炸,现在你要是不给我把那半个小时补回来,我这头发拍不了戏,你也别想出这个门!"

郁璟然还"好心"提醒道:"不然你就唱歌好了,随便你唱什么!"

这可真是太为难姜念了,她从小就没有音乐细胞,唱歌五音不全,学一首歌比登天还难,流行歌曲一首都不会。她憋了半晌,终于红着脸说道:"好吧,是你让我唱的啊。"

半个小时的时间,姜念从《蓝精灵》唱到《小兔子乖乖》,又从《两只老虎》唱到《小毛驴》,让化妆间外一干偷听的人惊得眼珠子都快掉出来了。

但神奇的是,郁璟然居然真的睡着了。他闭着眼睛,皮肤光滑白皙,长长的睫毛乖巧地垂在眼睑上,鼻梁挺拔,红润的唇微微张开,发出很轻的呼吸声。他的睡颜像极了童话里的小王子,看起来安静而美好。

刚刚快要夺上天的头发此刻也全都耷拉了下来，看起来软软的，毛茸茸的。

姜念盯着郁璟然看了半晌，在确认他睡着之后，终于做出了一个她肖想很久的举动，抬手撸了撸他的头发。

哇！手感果然很好呢，比摸她家汤圆还要舒服呢！

正当姜念在享受着撸毛之乐时，郁璟然那双狭长的眼睛突然睁开了，墨色的瞳孔一动不动地盯着她。

"你……在干吗？"

两人四目相对，相距不到十厘米，郁璟然甚至可以感觉到女孩的呼吸喷洒在自己的脸上，温热而清甜。他的脸颊立刻红了起来，一直蔓延到耳朵和脖子上，看起来像只煮熟的小龙虾。

姜念吓得立马弹开，结结巴巴道："刚刚……有只虫子飞到你头发上了，我帮你拨一下。"

"要你多事！"郁璟然手忙脚乱地从沙发上爬起来，扭过头十分傲娇地哼了一声，嘴角却轻轻上扬了几分，心想：哎，果然任何女人也无法抵挡自己的魅力啊！

姜念听不到他的内心独白，只是拍了拍胸口，暗自庆幸郁璟然这次居然没发火，真是奇迹！以后她可得控制一下自己这个爱撸毛的癖好了。跟汤圆比起来，郁璟然简直就是只暴躁的小狼狗，轻易碰不得。

这时，门口传来窸窸窣窣的声音，阿城扒开门缝，探进来一个脑袋，赔着笑道："哥，你的头发好啦？想不到你喜欢听儿歌啊，下次我也唱给你听。"

"滚！谁要听你唱！"郁璟然没好气道，"去把化妆师叫进来。"

阿城忙应声而去。

郁璟然重新坐到化妆镜前，对着姜念勾勾手指："你，拿着剧本过来，就站在我旁边念台词，我不让你停，你就不许停下来。"

果然，小王子睡醒之后又变成浑蛋小恶魔了，姜念很想照着他那张得意扬扬的面孔来一记标准的左勾拳。但是，一切为了工作，她忍！

反正她又不是只负责他一个人,迟早会脱离他的魔爪。

于是,郁璟然就一边做着造型,一边听着姜念温软的声音,心情好到快上天。

这时,陈斯吟的一个助理突然走了进来,踌躇道:"璟然哥,不好意思,斯吟姐说想请姜老师过去继续给她指导台词,不知道您这边方便吗?"

"不方便。"郁璟然想也不想就打断她的话,然后直接对着阿城道,"你去跟导演说,姜念归我了,以后她就是我的私人台词指导了。"

不会吧?姜念这下真的要哭了。

拍摄结束后,趁着郁璟然去换衣服,姜念赶忙从现场溜了。

她今天寸步不离地跟在郁璟然身边,只要在他休息的空当,她就得一直念台词,念到她现在整个人头晕眼花,台词指导也不是这么指导的呀!真是太变态了!

不行,她一定得好好补补身体了!

姜念打开手机导航,搜索到附近的一家超市,打算买点东西回家做顿大餐。

她刚到超市,手机就突然响起来,是一个陌生的号码。

姜念以为是工作邀约,不敢耽误,赶忙接起来,却听到了郁璟然气急败坏的声音:"该死的鲶鱼,你居然跑了?"

姜念吓了一跳,忙问道:"你怎么会有我的手机号?"

郁璟然满不在乎地哼了一声:"不就是个手机号,我分分钟就搞到了!"

姜念在心里鄙视了他一下,肯定又是他那个狗腿助理去跟剧组打听的,真是无聊。她说:"我还有事,不跟你说了。"

"哎,别挂!"郁璟然忙道,"你现在在哪儿?"

姜念现在饥肠辘辘,只想回家吃饭撸汤圆,哪有心思听他在这里闲扯。她眸光一转,看到一旁货架上摆放的商品,灵机一动,说道:"我在超市买卫生巾呢,就是不知道应该买哪款。你不是代言过吗,应该很了解吧,可以帮我推荐一下吗?"

电话那头顿时没了声响。

嘿嘿,姜念收起手机,对自己的聪明才智深深佩服……

回到家,姜念刚打开门,汤圆就从里面跳了出来,趴在她的腿上,尾巴摇个不停。

"汤圆,是不是想我啦,来,给我抱抱。"姜念蹲下来抱起汤圆胖乎乎的身子,转身关上了门。

小家伙现在快两岁了,足足有十公斤,抱起来也是挺费力的。其实汤圆是一只被遗弃的柴犬,姜念刚捡到它时,它已奄奄一息,不过在她的精心喂养之下,如今已经是毛皮油亮、滚圆溜胖,也很爱亲近她。

"是不是饿了呀?"姜念拆了一包狗粮,倒在食盆里,把汤圆放了下来,轻抚着它的脖颈,柔声道,"快吃吧。"

汤圆亲热地蹭了蹭她的小腿后,才狼吞虎咽地吃了起来。

姜念摸着汤圆毛茸茸的身体,脑海里不禁想到了郁璟然那头岔开花的发,两相对比,嗯,还是自家汤圆比较乖,怎么摸都不反抗!

解决完汤圆的晚餐,姜念就去厨房拯救她自个儿的胃了。

姜念的厨艺还不错,很快就做好了两菜一汤。家里小,没有单独的饭厅,她一般都是在客厅里的小桌上吃,刚摆好饭菜,门铃突然响了。

这个时候会是谁来呢?姜念一边好奇,一边打开了门。

"茵茵!学长!你们怎么来啦?"姜念惊喜地看向门外站着的一对璧人。

乔茵茵是姜念的大学室友,两人一直亲如姐妹。乔茵茵身旁的男人叫顾君陶,当年在新闻系读书时就是风靡全校的大才子,毕业后进入霖京市电视台成了一名记者,由他一手创立并主持的法制节目《真相》,一经推出立刻爆红。而他本人也靠着一张俊朗的脸蛋和让人沉醉的低音腔圈粉无数,如今已是圈内赫赫有名的人物了。

《真相》这个节目旨在揭露各种社会问题背后的隐秘,势必会触及某些权贵人士的痛处,顾君陶到底是扛了多大的压力才能将节目继续办下去,姜念不用猜都知道。说实在的,她对顾君陶学长的魄力和勇气,真是打心眼里钦佩的。

姜念赶忙请他们进来。

乔茵茵亲昵地挽上姜念的胳膊,笑嘻嘻道:"好久没见你了,听说你今天第一天去剧组,君陶就说不如过来看看你喽。"

顾君陶的表情还是一如既往的严肃,只是眼里带了些许笑意。他将手里抱着的箱子放在客厅的矮柜上,嗓音低沉地说道:"朋友送的樱桃,给你尝尝鲜。"

姜念赶忙谢过,又对着乔茵茵打趣道:"能让平日里在法制栏目中义正词严的顾大记者干这种苦力活,看来还是我们家茵茵厉害呀!"

"那是,调教这么多年了,怎么着也得有点成效吧。"乔茵茵正嘚瑟呢,一转头看到桌上的饭菜,顿时激动起来,"看来我们来得可真是时候。念念,快给我盛一碗饭,我都想死你做的糖醋排骨了!"

姜念笑嗔了她一句:"小馋猫!"不过还是立马给她和顾君陶都盛了一碗饭。

乔茵茵吃得满嘴留香,感叹道:"还是咱们上学那时候好啊,每个星期都能吃上你做的饭,那叫一个幸福呀。"

"好啦,你快吃吧。"姜念笑着说,又问,"够不够吃,要不要我再去做一点?"

乔茵茵立刻拍手叫好:"好呀好呀,我还想吃你做的粉蒸肉!"

"好,我这就去做!"姜念笑着应了一声。

顾君陶见姜念起身,眉头微皱,沉声道:"不必了,你也辛苦了一天,坐下来吃吧。"

顿了顿,他又对乔茵茵道:"你刚才不是吃过晚饭了吗,差不多可以了。"

"瞧我这脑子。"乔茵茵一拍脑袋,赶忙拉着姜念坐下,"你别忙活了,赶快吃饭,可怜见的,感觉我家念宝宝最近都瘦了!"

"真的吗?"姜念惊喜地托着自己的下巴,来回摸了摸。

"不过脸还是那么圆啦!哈哈!"乔茵茵揪了揪姜念脸上的婴儿

肥，笑得东倒西歪。

姜念气急，朝她扑了过去，两人在沙发上闹作一团，汤圆也挤过来凑热闹。

"咳……"顾君陶轻咳了一声，目光扫视过来。

姜念如被寒光射中，立刻条件反射似的端正坐好。乔茵茵却笑得更厉害了："你还以为他是大学时的学生会主席呀，一个指令一个动作。姜小念，这么多年了你怎么还是这么尿包呀？"

听到这话，顾君陶也笑了，眉眼舒展开来，仿佛又回到了二十岁出头时那个青葱矜傲的少年模样，让姜念更觉无地自容。

姜念刚上大一时加入了学生会，顾君陶是主席，这位传说中的男神学长整天冷着一张脸，谁的差事没办好直接一顿猛批。姜念那会儿看见他都是提心吊胆的，没少在乔茵茵面前吐槽他。没想到反倒让乔茵茵对他产生了兴趣，不惜用了近一年时间把他给拿下。

虽然昔日的高冷主席变成了闺蜜的贴心男友，但奈何当年顾君陶的杀伤力实在太大，再加上在电视里看惯了他言辞凌厉的一面，使得姜念直至今天一看到他的冷脸还是会紧张。

看着姜念尴尬的样子，顾君陶淡笑，岔开了话题："怎么样，今天工作还顺利吗？"

说起这个，姜念的窘迫直接转化为气愤，没好气道："别提了，今天我遇到一个超级难缠的人，害得我读了一整天台词，嗓子都快冒烟了！"

"谁啊，这么过分！"乔茵茵拍案而起替她打抱不平。

这时，电视上恰巧出现郁璟然的香水广告，屏幕里的男人笑得很是骚包，让人看着分外来气。姜念的手指向他，愤愤道："喏，就是他！"

"啊？"乔茵茵愣了两秒，突然惊叫起来，"真的假的？你的意思是，你今天见到郁璟然了？你那部新戏的男主角是郁璟然？"

姜念面无表情地点点头。

"啊！"乔茵茵平地一声吼，冲过来按住姜念的肩头，满眼冒红光，激动道,"郁璟然!那可是郁璟然啊!念念,你太幸运了吧,居然能当郁璟然的台词指导,跟他近距离相处,羡慕死我啦!"

姜念郁闷道:"是不幸吧……"

乔茵茵一脸"你身在福中不知福"的表情,然后开始给姜念疯狂安利:"郁璟然可才二十一岁,正宗的小鲜肉哪,明明长了张那么清秀精致的脸蛋,跳起舞来却男人味十足,真是燃炸了!不是我说啊,他如今已经红透半边天了……"

"停!"姜念赶忙打断她,"今天已经有无数人给我科普过他有多红了,你就不用再说了哈。"

乔茵茵双手托腮扮花痴状,说道:"不说别的,如果能让我摸一摸他那张帅破天际的小脸蛋,我宁愿三个月不吃肉!"

"行了,别花痴了。"顾君陶拍了拍乔茵茵的脑袋,将她从沙发上拉起来,转身对姜念道,"你明天应该还有工作,早点休息,我们就先走了。"

"好的好的,慢走不送!"看来顾大记者也会吃醋啊,姜念忍不住在心里偷笑。

被拉到门口的乔茵茵还回头喊道:"念念,记得帮我要郁璟然的签名啊,最好 ACE 组合队员的签名都要一个哈!"

姜念吐了吐舌头,朝她做了个鬼脸:"没门。"

晚上睡觉前,姜念特意百度了一下这个大名鼎鼎的 ACE 组合。

ACE,国内超人气男子演唱组合,四年前正式成团出道,组合成员现在虽然都只有二十一二岁的年纪,却已经获得过大大小小无数奖项和亿万粉丝的追捧。而郁璟然作为组合里的 Top 成员,更是唱歌、舞蹈、Rap 样样顶尖,拥有八千多万的微博粉丝,广告代言无数,被誉为词曲界的"创作鬼才",ACE 第一张专辑的所有歌曲都由他一人完成,一举拿下当年的销量冠军,从此一炮走红。

姜念看着这些金光闪闪的履历,实在无法把这些和她今天看到的那个人联系在一起,不过,他真的很红啊。

Chapter2.
奇葩朵朵开

▼

第二天早上，姜念一进片场，就收到所有工作人员齐刷刷投来的注目礼。

还是昨天那个热情的场务小妹一溜小跑过来，眼里闪烁着熊熊的八卦之光："姜老师，你快去化妆间吧，那个……我们的男主大大正在等你呢！"

姜念好奇地问："等我？等我干吗？"

"你去了不就知道了。"场务小妹笑嘻嘻道，"姜老师，苟富贵，勿相忘啊！"

哈？什么意思？姜念更纳闷了。

说实话，经过昨天的儿歌事件，化妆间这个地方已经快成为她的噩梦之地了。

姜念怀着极其忐忑的心情走进了化妆间。

郁璟然还是坐在昨天那个位置，今天陈斯吟也来得挺早，虽然化妆间里的工作人员不少，但大家各司其职，周围非常安静。

于是，姜念进门的声音一下就吸引了所有人的注意。

姜念愣了两秒才说道："早上好！"

郁璟然从镜子里瞪向她，没好气道："你怎么才来？"说完，又随手指了指旁边桌子上放着的一大堆东西，一副漫不经心的样子，"那些都是你的。"

此话一出，姜念明显感受到周围一大片吸气声。她好奇地看向桌上琳琅满目的东西，有香水、手表、手机、巧克力、平板电脑、高级护肤品，甚至还有一个精美的盒子里装着男士西装！

正当姜念疑惑不解时，阿城气喘吁吁地跑了进来，拿了把钥匙塞到她手里，说道："我连夜调过来的保时捷，现在就停在门口。"

周围的吸气声更大了。

姜念像捧了个烫手山芋，惊愕地看向郁璟然，问道："你为什么要给我这些？"

郁璟然挑挑眉，语气嚣张道："这些都是我代言的东西，不用客气，拿着吧。"

"哥，还有CK内裤呢，下午才能到。"阿城小声提醒。

"闭嘴！"郁璟然没好气地瞪了他一眼，"那个就算了！"

姜念总算明白他在搞什么鬼了，不就是她昨天调侃他代言了卫生巾，他今天这是要找回场子呢！

真是个幼稚鬼！

姜念正要拒绝，一个工作人员匆匆忙忙跑进来，对郁璟然道："璟然哥，导演请您过去一趟。"

郁璟然点点头，从椅子上站起来，经过姜念时停住脚步，瞥了她一眼，姿态十分高冷傲娇："知道你没见过这么多好东西，别太激动啊，省得丢我的人。"

欺人太甚！姜念看着郁璟然那酷炸天的背影，真是气得牙痒痒。

这时，另一边正在化妆的陈斯吟突然出声了："姜老师，可以麻烦你帮我倒杯水吗？"

姜念一愣，赶忙去饮水机处接了一杯水端给了陈斯吟。按理说这种事应该是她的助理做，但不过倒杯水而已，姜念也没觉得有什么。

陈斯吟接过水杯，斜睨了姜念一下，轻笑着道："姜老师真是好本事啊，一两天的工夫就把我们男主角给攻下了。怎么，是想傍个金主骗几个钱花花呢，还是想自个儿尝尝当明星的滋味呢？"

化妆间内霎时间安静下来，所有人的目光都暗暗地投过来。

姜念抿了抿唇，抬头看向陈斯吟，认真道："我喜欢的是配音这个工作，并不享受当明星的感觉，我的生活的确不太宽裕，但我也不会要别人的东西，陈小姐多虑了。"

"是吗？"陈斯吟又打量了一番她，笑道，"既然你没有这些心思，干吗要化妆打扮呢？看看这小脸细皮嫩肉、白里透红的，皮肤比我还好呢。"

姜念还是耐心解释道："你误会了，我没有化妆。"

"哦？那你是说我看错了吗？不过这倒也不难，到底化没化妆，我试试不就知道了。"话音刚落，陈斯吟拿起手中的水杯径直朝着姜念泼了过去。

刚刚接的水还有些烫，劈头盖脸地泼过来，顿时在姜念的脸上留下微红的痕迹。她的头发和上衣也都湿了，眼睛里进了水，根本睁不开，只能手足无措地僵立在原地，整个人狼狈不堪。

这时，身后突然响起一个冷若冰霜的声音："谁干的？"

一字一顿，没有任何情绪，却让人感到一股山雨欲来风满楼的压迫感。

陈斯吟一顿，脸上的笑容僵了一下，有几分不自然地笑道："我就是想瞧瞧她用了什么化妆品，效果好像蛮好的耶，见水都没怎么晕。"

"是吗？"郁璟然勾起嘴角，突然抄起一旁的矿泉水就朝陈斯吟泼了过去，"我瞧着你的妆化得也不错，不知道防水效果怎么样？"

陈斯吟涂了好几层妆粉，现下全都糊在了脸上，眼线眼影洇作一团，狼狈到了极点。

周围的工作人员都惊呆了，半响之后才反应过来，慌忙拿着毛巾给陈斯吟擦拭。

"啊！"陈斯吟捂着脸，气急败坏地尖叫，"郁璟然！你什么意思？"

郁璟然一把将姜念拉到自己背后，感觉到她抖得厉害，他心头火气更甚，冲着陈斯吟吼道："老子看你不爽很久了。你不就是个演戏的，谁比谁高贵？我警告你，你要再动她一下，我绝对不会放过你！"

陈斯吟恼羞成怒，什么形象都不顾了，指着郁璟然骂道："郁璟然，你居然为了区区一个配音演员就敢这样对我？你别以为你红就了不起，娱乐圈里的事没人说得准，我看你能得意多久！"

"哎,怎么吵起来了?"不知道谁喊来了导演,导演劝劝这个,拉拉那个,猛地又看见姜念脸上被烫的红印,急道,"哎呀,姜念的脸怎么回事,快去医院看看,别留下疤痕了。"

郁璟然刚才太生气没注意,如今一瞧,那红印在姜念白皙的脸颊上果然分外惹眼。他也顾不上跟陈斯吟算账了,冷着脸扯住姜念的胳膊就往外走。

阿城跟导演道了歉,赶忙跟在后面。

阿城从停车场开来了保姆车,郁璟然硬拉着姜念上了车。

"我没事,我回家敷个冰块就好了。"姜念努力想要挣脱郁璟然的挟制,却不能撼动分毫。

郁璟然沉声道:"不行,去医院。"

"哥,你去医院肯定会曝光的,到时候大家挤作一团,对姜老师也不好呀。"阿城小心提醒。

"对啊!"姜念立刻附和,"你去拍戏吧,不用管我了。"

"我的戏份在晚上,现在有空。"郁璟然冷冷道。

姜念一愣,好奇地问:"那你今天来这么早干吗?"

郁璟然轻轻咳了一声,没好气道:"关你什么事?"

好吧,姜念明白过来,他可真是够无聊的,一大早就带着自己代言的那些高端产品跑过来向她显摆呢。

阿城想了个折中的办法:"哥,要不回公寓吧。看样子姜老师的伤不太严重,上次小琪烫伤后开的药还有剩,敷一敷应该就没事了。"

郁璟然觉得这个法子可行,便点了点头。

公寓?郁璟然住的地方吗?那怎么行?

姜念正想拒绝,忽然觉得一阵凉意袭来,身子一抖,猛地打了个喷嚏,恰巧对着郁璟然的脸。

然后,姜念就亲眼看到郁璟然的头发像通了电一般,一根一根地奓了起来。

被喷嚏喷得满脸的郁璟然的脸色变了又变,眼睛里发出噬人的光芒。

于是，姜念什么话都不敢说了。

郁璟然一把脱下身上的外套，随手扔在姜念脸上，发出阴恻恻的声音："还、不、开、车？"

车子开了快四十分钟后，停在一栋三层高的公寓楼旁。姜念四处打量了一番，这里环境优美，又极为僻静，想来安保也应该非常严格。她在这个城市里待了这么久，还从来不知道市区里有这么一处宝地。

郁璟然立刻跳下了车，风一般冲了进去。

阿城对着姜念偷笑道："准是去洗澡了，炸哥他有洁癖的。"

"你为什么管他叫'炸哥'？"姜念好奇地问。

阿城做了个爆炸头的手势，笑道："你不是也看到了吗，他一生气，头发就会炸飞天。"

原来真有这么回事！所以郁璟然昨天睡着之后，心情放松下来，头发才会又塌下去。

姜念莫名觉得郁璟然还挺萌的。

"原来是个漂亮姐姐呢。你就是小炸带来的客人吧，快进来呀，站在门口干吗呢！"一个脑门上扎着苹果辫，身上穿着小黄鸭睡衣的大男孩突然跑了出来，对着姜念露出一个灿烂的笑容。

姜念赶忙将记忆库里关于ACE组合的资料调出来，眼前这个笑起来阳光又可爱的少年应该就是周小琪了。他是ACE的老幺，一张超级萌的娃娃脸让他拥有了一票庞大的妈妈粉、姐姐粉，姜念也几乎立刻就对他产生了好感。

阿城连忙掩护着周小琪往公寓里走，苦口婆心道："小祖宗啊，我跟你说了八百遍了，你别这么不修边幅地往外跑，万一被哪个狗仔拍到了怎么办？"

"拍就拍呗，我天生丽质怕什么呀。对吧，漂亮姐姐？"周小琪跑过来挽住姜念的胳膊，对她眨眨眼。

姜念看了看他巴掌大的小脸和精致的眉眼，默默点了点头。这声"漂亮姐姐"，她真的受之有愧呀。

　　三人进了屋，郁璟然果然不见踪影，看来还真是像阿城说的那样，迫不及待去洗澡了。姜念吐吐舌头，为自己能平安到达这里庆幸不已。

　　这时，周小琪一溜烟跑回房里抱了一个医药箱过来，热情地说："漂亮姐姐，小炸让我帮你上药，快过来呀。"

　　姜念看着他兴致勃勃的表情，心中生出一股莫名的恐惧，忐忑道："不用了吧，我已经没事了……"

　　"那怎么行？"周小琪将她按在沙发上，一边手脚麻利地拿着药膏涂在她脸上，一边道，"对女人来说，脸可是很重要的，万一留下疤痕就惨了。待会儿要不要我给你做个面膜，或者SPA？这个我可是非常在行哦。"

　　"谢谢你啊，不过，不用这么麻烦了吧……"姜念觉得脸上传来一阵凉凉的感觉，还挺舒服的，只是听着周小琪在她耳边絮絮叨叨地传达着女人应该爱护自己脸蛋的理念，她感觉有几分玄幻。

　　"哇！"周小琪顺手摸了摸姜念的脸颊，赞叹道，"漂亮姐姐，你的皮肤真的好好哦，又白又嫩，平常怎么保养的呀？"

　　姜念有些害羞地说："也没怎么保养，可能我比较会熬汤吧。"

　　"喝汤能让皮肤变好吗？那姐姐你也熬给我喝好不好？"周小琪激动地拉着姜念的胳膊来回晃，一个劲地撒娇。

　　"熬什么熬？周小琪，你又皮痒痒了是不是？"郁璟然从楼上走下来，看着周小琪腻在姜念身上的样子，有种把他扫地出门的冲动。

　　周小琪心里一惊，强装镇定道："小炸，我在和漂亮姐姐说话，你一边待着去！"

　　"你叫我什么？"郁璟然刚刚好不容易塌下去的头发又有"卷土重爹"的趋势。

　　周小琪秒怂，乖乖喊道："炸哥……"

　　郁璟然满意地点点头，挤进他跟姜念的中间坐下，弹了弹他的苹果瓣，说道："乖，小孩子就要有小孩子的样子，别老是没大没小的。"

周小琪不情愿地坐在一边,小声嘀咕:"不就比我大一岁,装什么老大哥,哼!"

郁璟然不再搭理他,转头想看看姜念的脸,却被那一大片红色药膏吓了一跳,惊道:"周小琪,你给她涂的什么药?"

"烫伤膏啊。"周小琪没好气道。

郁璟然吼道:"烫伤膏怎么会是红色的?马上把药膏拿过来给我看看。"

"啊!"周小琪定睛一看,吓得差点蹦起来,"这……这好像是上次给裴佑用的痔疮膏,我拿错了!"

裴佑?ACE组合里那位外表堪比时尚男模、时刻散发男性荷尔蒙气息的裴佑?他居然也会得痔疮?哈哈,等等,好像有什么不对……

"痔疮膏?你在我脸上涂了痔疮膏?"姜念的脑回路终于绕了过来,顿时整个人都不好了。

还是郁璟然反应最快,立刻拉着她冲向洗手间。

一通狂洗猛搓之后,姜念顶着一张更加通红的脸,无力地瘫在沙发上。

"唔……漂亮姐姐,我错了,你原谅我吧,这次我肯定给你擦对药,你相信我!"周小琪又拿了一管不知名的药膏,趴在姜念面前信誓旦旦地保证。

姜念心累到极点,摆摆手说:"求你了,让我的脸自生自灭吧。"

郁璟然用毛巾包了冰块递给她,凉凉道:"安全起见,你还是敷这个吧。"

姜念点点头,接过来敷在脸上,心里万分后悔刚刚在路上没有跳车逃走。

周小琪眨巴着一双水灵灵的眼睛,可怜巴巴地说:"漂亮姐姐,那你还会不会熬汤给我喝?"

姜念看了眼时钟,已经快到中午十二点了,便说道:"如果你们中午没有别的安排,我就帮你们做一顿午饭吧,就当……谢谢你帮我敷药了。"

"好耶！"周小琪拍手欢呼，热情地带着她去参观厨房了。

郁璟然没好气地吐槽："还真是个傻子，被涂了痔疮膏，谢个屁！"

姜念在厨房里做饭，周小琪像个开心的小陀螺围着她转个不停，号称是来帮忙的，可总是帮不到点子上。

姜念忍笑问道："中午有几个人吃饭呀？"

"嗯……"周小琪仔细算了算，"小炸、我、花花，还有阿城，就我们几个在家啦，大冰山去出通告了，晚上才回来。"

"花花和大冰山是谁？"姜念好奇道。

"大冰山就是林泽致啦，他整天就知道装深沉装忧郁，以他为圆心，方圆十里都是寒气逼人！花花就是裴佑，也就是我们队长喽，他超级花心的，女朋友换了 N 个，所以我给他起了个外号叫'花花'。告诉你哦，我可会起外号了，小炸也是我起的，跟他那头炸毛是不是特别贴切？"周小琪得意扬扬道。

郁璟然、裴佑、周小琪、林泽致，这就是传说中的 ACE 组合，没想到自己竟然是以这种方式认识他们，姜念不禁感到有些玄幻。

姜念回想了一下照片里裴佑那双邪魅的桃花眼，林泽致清冷孤傲的面孔，还有今天亲眼所见的郁璟然那头爹破天际的头发，不由得对周小琪精湛卓绝的用词深感佩服，忍着笑点点头："嗯，是挺贴切的。那你呢，他们管你叫什么呀？"

一听这话，刚刚还说得热火朝天的周小琪突然就噤声了，不自在地绞了绞手指，撂下一句："我没有外号，我就叫周小琪。"然后，一溜烟地跑了。

郁璟然也不知什么时候来的，靠在厨房门口，轻嗤一声，笑道："你可真问到点上了。"

姜念不解地问："他怎么了？"

郁璟然笑得得意："我们都管他叫'安琪拉'。"

"安琪拉？"姜念跟着念了一遍，忍不住笑出声来，"你们也太狠了。"

郁璟然耸耸肩："己所不欲，勿施于人，谁让他先给我们起的外号。"

"呀，你居然还会说成语！"姜念惊奇道。

郁璟然的暴脾气顿时又被点燃了，怒道："你以为我是文盲啊？我可是音乐学院毕业的高才生！"

"哦。"姜念点点头，"我还以为你就会说些老子、小爷、滚蛋之类的话呢。"

"我……我那是心情不好的时候才会说的。"郁璟然面红耳赤地解释道。

"是吗？"姜念狐疑地看了他一眼，"那你这一整天里心情不好的时候可真多呀。"

郁璟然恼羞成怒，瞬间恢复本性，吼道："小爷我今天大发慈悲救了你，你光顾着感谢那个只会涂痔疮膏的死小孩就算了，现在居然还在这里讽刺我，我真是……"

"谢谢你。"

"啊？"郁璟然的一腔怒火被姜念轻飘飘的三个字给堵死了，惊诧地看向她。

姜念很郑重地朝他鞠了一躬，诚恳道："其实我做这顿饭是为了谢谢你的。我知道，除了你，在今天那种状况下没有人会帮我的。闺蜜茵茵总说我很笨，但我分得清谁是好人谁是坏人。你虽然脾气不大好，但是个好人，郁璟然，谢谢你。"

"你干吗突然给我发好人卡？"看到她这么正式地向自己道谢，郁璟然反倒不好意思起来，挠了挠后脑勺，"你不用这样啊，我向来都是路见不平，拔刀相助，人称'娱乐圈第一义士'。"

姜念笑着说："得了吧，是'娱乐圈第一火药桶'吧。"

"喂！"

眼看郁璟然又要发飙，姜念连忙将炖盅里的莲藕排骨汤盛出来，说道："饭菜都做好了，你先帮我把这个端出去吧。"

刚出锅的汤汁还冒着热气，闻起来格外鲜美，把郁璟然肚子里的馋虫都勾了出来，他哼一声，端起汤走得飞快。

冰箱里食材有限，姜念只做了五道菜，鸡肉炒三丝、红烧茄子、可乐鸡翅、清炒时蔬，外加一个乔茵茵心心念念的粉蒸肉，满满当当摆在餐桌上，色泽鲜艳，看上去就让人垂涎欲滴。

"哇！漂亮姐姐，你也太厉害了吧，这么快就变出来一大桌子菜！"周小琪冲着姜念比了一个大大的赞，然后快速扑到餐桌旁开始风卷残云般地大快朵颐。

"喂，你吃慢点！这是鲶鱼做给我吃的，你抢什么抢啊！"郁璟然吼道。

周小琪正在喝汤，一边发出咕噜咕噜的声音，一边含混不清地说："谁说的，这是漂亮姐姐给我做的。"

郁璟然一字一顿吼出三个字："安琪拉！"

周小琪在自己的新晋女神面前出丑，立刻像只被踩到尾巴的猫似的蹦起来："小夽毛，我警告你，不许这么叫我！"

郁璟然挑眉："怎么，你还想造反不成？"

"我跟你拼啦！"周小琪一脑袋冲到郁璟然怀里，一副要决战到底的架势。

阿城事不关己，高高挂起，在一旁吃得非常开心。

看着眼前这个鸡飞狗跳的场景，姜念无语道："你们……是有很多年没吃过饭了吗？"

这时，楼梯上传来一个懒洋洋的男声："我玩个游戏，你们吵什么吵？"

周小琪看到来人，立马扑了上去，跟他求救："花花，小炸他欺负我，你快来救我！"

姜念看过去，那男人穿着一件靛蓝色的丝绸睡衣，长着一双邪魅的桃花眼，看起来像个富贵公子，原来是裴佑。

裴佑直接顶着周小琪的脑袋反手推给了郁璟然，悠悠然走到餐桌旁尝了一口粉蒸肉，顿时眼睛一亮，看向一旁的姜念，眉毛轻挑，问道："美女，你做的？"

姜念愣愣地点点头。

裴佑眼里透出赞叹的神色，勾唇道："美女，加个微信？"

郁璟然刚解决完周小琪，就又炸了，朝着裴佑一阵怒吼："裴佑，你以为自己是发电机啊，成天眯着眼睛放电，蠢死了你！给老子把眼睛闭上，不许看她！"

裴佑看着郁璟然气急败坏的样子，顿时乐了："哎哟，小炸这是吃醋了？来，跟我说说，你跟这位美女什么关系呀？"

郁璟然的脸涨得通红，看着姜念不明所以的表情，更觉羞恼，刚刚洗过的头发又开始噌噌噌爹起。

阿城这才想起自己的职责，慌忙离开饭桌，劝道："好了好了，你们别气他了，晚上还要上戏，别回头又做不了造型了。"

这时，突然传来"叮咚"的门铃声。

阿城不放心地压了压郁璟然的头发，然后才跑去开门。

"啊！疼疼疼！"

没几秒，就听到了阿城的惨叫声。

姜念定睛看去，一个穿着西装，三十多岁的男人一手揪着阿城的耳朵，大步走了进来。

阿城急忙向郁璟然求救："炸哥，你救救我啊！"

"你还有脸跟他求救，闹出这么大事也不告诉我，人家陈斯吟的经纪人打电话质问我，我还一脸蒙地问人家发生什么事了，真是丢脸丢到姥姥家了！"

那男人不依不饶，揪着阿城狠狠一顿教训。

姜念暗自猜测他应该就是ACE组合的经纪人陈升，娱乐圈大名鼎鼎的造星圣手，曾经捧红过一众歌王影后，手腕高明，能力超群。

果然，郁璟然没好气地说："升哥，跟他没什么关系，有什么事我担着，你别拿他撒气。"

"你担着？"陈升放开阿城，又将怒火转到郁璟然身上，劈头盖脸一顿猛批，"你用什么担着？多少人打破头争这部戏，你知道吗？我费了这么大劲给你拿到这个角色，你居然在剧组向人家女主演泼水？

你还想不想好好拍戏了?"

郁璟然也恼了:"老子没求过你给我接戏!我早就说了,我对拍戏没兴趣!"

"现在唱片业不景气,你们拼死拼活发一张专辑能赚几个钱?上几次热搜?如果你不拍戏,分分钟就会被这个市场淘汰!"陈升平息了一些怒火,勉强耐着性子道,"我告诉过你很多遍,这个圈子水深得很,陈斯吟背后的金主就是这部电影最大的投资商,你知道得罪她会有什么后果吗?"

"我管他有什么后果,"郁璟然凉凉道,"我既然敢做,就没带怕的。"

陈升努力控制自己不要一巴掌拍在他脑袋上,缓了缓情绪才说道:"陈斯吟的经纪人说了,只要你跟她道歉,这件事就算过去了。"

郁璟然轻嗤一声:"让我道歉?下辈子吧。"

"我去道歉!"姜念站起身,尽管因为紧张,声音里还带着一丝颤抖,语气却非常坚定,她看向陈升,鼓起勇气说,"这件事都是因我引起的,应该我去道歉,我绝对不会让郁璟然受到牵连的。"

"闭嘴!"这个傻瓜居然主动跳出来,郁璟然真快被她气死了,"跟你有什么关系,坐下。"

陈升这才将目光转到了姜念的身上,眉毛一挑,带了丝玩味的神色,问道:"哦?为什么是你引起的?说说看。"

姜念抿了抿唇才说:"具体的我就不说了,总之件事怪我,我现在就去给陈小姐道歉。"

郁璟然一把拉住她,怒道:"你这条笨鲶鱼,脑子怎么这么不灵光啊?你还打算主动送上门去给她欺负不成?"

"就是,陈斯吟那女人超可怕的,"周小琪回想起之前的某段惨痛经历,不禁抖了抖身子,"漂亮姐姐,你去了一定会被吞到连骨头都不剩的。"

鲶鱼?陈升总算明白过来,问道:"原来这就是你那位读床头故事的知心姐姐啊?我说今天郁璟然怎么这么大脾气,怎么,你们这是'面基'了?"

读床头故事的知心姐姐？还面基？姜念的小心脏受到了冲击。

郁璟然将姜念护到身后，瞪着陈升，说道："关你什么事。总之，我不会道歉，她也不能去，你死了这条心吧！"

陈升反倒笑起来，悠悠地看了眼餐桌上的饭菜，也坐了下来，说道："你们倒是会享受。"完了又对阿城道，"给我也盛一碗饭。"

这是什么剧情进展？姜念一脸蒙地看着刚刚还怒火中烧的陈升画风突变，开始津津有味地吃起了饭。

显然大家也都惊呆了。

阿城小心翼翼地问道："升哥，你不生气了？那陈斯吟那边怎么解决？"

陈升轻笑道："化妆间里有人录下了他们争吵的经过，如果陈斯吟那边敢找碴儿，那么这段视频明天就会上热搜。"

郁璟然顿时明白过来，怒道："你耍我啊？"

陈升哼一声，说道："这次是给你一个教训，让你以后做事之前先过过脑子，别动不动就发飙，回头又让我给你擦屁股。"

"哇！"周小琪拼命鼓掌，由衷地赞叹道，"升哥，你真是老奸巨猾啊。"

"是演技过人吧。"裴佑凉凉道。

此话一出，陈升迅速将炮火对准他们俩，吼道："周小琪，你少吃点，在机场都被粉丝拍到双下巴了，丢不丢人啊！还有你，裴佑，是不是又通宵玩游戏了？黑眼圈都快掉到下巴上了，你们俩是想气死我吗？"

周小琪和裴佑迅速抱头逃窜。

陈升又转过头来，表情和煦，好像刚刚什么都没有发生一样，温和地说："行了，时间不早了，小炸准备准备去片场吧。姜小姐今天也受了点伤，导演放你半天假，就早点回家休息吧。"

陈升的起承转合、欲扬先抑用得那叫一个行云流水，无懈可击，姜念此刻有种刚看完一部大片的感觉，实在是震撼啊，再联想自己刚刚也参与了这部大片的制作，她深感荣幸，非常庄重地点了点头。

郁璟然十分不齿地瞥了眼她傻乎乎的样子，对着陈升冷笑道："那你没顺便跟导演来个毛遂自荐吗？我觉得这部电影的男主角你比我适合多了，哦，我忘了，你太老了。"

"滚！"陈升扔了根筷子过去。

全剧终。

阿城载郁璟然去片场，顺路送姜念回家。

这一天过得真是太动荡不安了，姜念此时坐在车上，心绪仍然没有平静下来。

郁璟然凉凉道："吓着了？"

姜念吞了吞口水，强装镇定道："还好。"

"好什么好，瞧你那小脸都白成什么样子了。"郁璟然嗤笑。

姜念小心翼翼道："你们的那位经纪人……好像挺特别啊。"

郁璟然说道："他就是个千面人，我们四个人性格各异，他不厉害一点怎么管得住。总之，他发起脾气来你别怵，他对你笑时你也别以为他是个好人就成了。"

姜念深以为然地点点头，说道："也对，你脾气这么坏，他肯定要更凶一点才能镇得住你。"

郁璟然瞪了她一眼，没好气道："我也就爱发发脾气，真正让他头大的人可不是我。"

见姜念用狐疑的表情看着自己，郁璟然险些又要爹毛。

阿城赶忙转过头打圆场："炸哥说得没错，最让升哥焦头烂额的人可是小致，他就是那种闷头干坏事的类型，表面上特别乖，但老是偷偷撂挑子。刚刚升哥说，今天的通告他又临时跑了，搞得导演组人仰马翻。"

姜念不由得感叹，看来这群人没有一个是吃素的，这么一来，她倒是挺同情那位经纪人了。

这时，郁璟然突然清了清嗓子，语气有些不自然道："咳……我问你啊，既然你那么怕陈升，那会儿为什么要站出来替我道歉？"

姜念愣了一下，莞尔一笑，柔声道："虽然你发脾气的时候像只傲娇的小暴龙，但还是挺可爱的，我不想你为了任何人低头。"

一时间车内静默无语，郁璟然将头转向窗外，脖颈处却染上了红晕。

车子快到家门口时，姜念突然看到一辆熟悉的黑色大奔，赶忙喊道："停停停，我碰到一个朋友，就在这里下吧。"

郁璟然疑惑地问："这么晚了，你还要去见谁？"

"拜拜。"姜念已经匆忙跳下车，朝那辆车奔了过去。

郁璟然瞥了一眼那辆车，看见驾驶座上隐约有一个男人的影子，心里突然生出些不快来，探出头叫住姜念，大声喊道："那辆保时捷还停在片场，你明天来把它开走！"

怎么又绕回到这里了？姜念想起化妆间那一大堆东西就头疼，这会儿她急着走，努力想了想里面最便宜的东西，便说道："那我就收下你的巧克力吧，其他东西我真的不需要，明天见。"

"不识好歹！"看着姜念钻进那辆车里，郁璟然哼了一声，踹了下前座的椅背，没好气道，"还不快走！"

阿城从后视镜里看了看郁璟然再次竖起的头发，立刻将油门踩到底，飞一般地冲了出去。

"学长？怎么是你一个人？茵茵呢？"姜念坐进车里，发现居然只有顾君陶一个人。

"茵茵还有工作，没来。"顾君陶笑了笑，从身旁拿出一个袋子，"朋友给我寄了一些甘草茶，你的工作也挺费嗓子的，就给你带了一包。"

最近刚好是 LOL 夏季赛，身为游戏主播的乔茵茵应该是挺忙的，姜念点了点头，忙表示谢意："我昨天刚想煮呢，就是家里没甘草了，那真是谢谢学长了！"

"不用。"顾君陶看了看郁璟然离去的方向，"刚刚是谁送你回来的？"

"是一个朋友。"姜念摆摆手，"学长，那没什么事我就先回去啦。"

"等等，"顾君陶突然拉住她的胳膊，盯着她的脸，目露关切，"你的脸怎么了？"

姜念笑道:"没事没事,不小心被烫到了,有点发红而已,不要紧。"
　　顾君陶的手却仍然没有松开,眸色暗沉。
　　姜念被他看得头皮发麻,又有了当年挨训时的紧张感,小心翼翼道:"学长,怎么了?"
　　顾君陶顿了一下,蓦地松手,说道:"没事,回家记得敷药,以后小心点,不要再让自己受伤。"说到这里,他再次抬眸看向姜念,声音里仿佛有化不开的雾气。
　　姜念觉得他有些奇怪,但还是点了点头,然后下了车。
　　顾君陶看着姜念在黑夜里逐渐远去的背影,一个人在车里坐了许久。

Chapter3.
有一点心动

▼

接下来的几天，姜念在剧组的生活倒也算是风平浪静，只是她俨然成了郁璟然的专用灭火器。只要郁璟然一发脾气，工作人员就会立刻把她拉过来读剧本。幸好，这周末 ACE 组合要集体前往 A 市录制一个综艺节目，姜念总算能喘口气了。

这天早上还不到七点钟，姜念就被门铃声吵醒了。她一边睡眼惺忪地起身去开门，一边想这个时候会有谁来呢？

结果一开门，眼前站着一个男人，穿着黑色卫衣，戴着鸭舌帽，帽檐压得很低，看着怪眼熟的。

姜念顿时惊道："郁璟然，怎么会是你？"

这架势是来绑架的吗？

郁璟然抬起帽檐，露出精致的脸庞，挑眉问道："怎么不能是我？"

姜念还没从震惊中缓过神来，瞪大了眼睛，问道："你怎么会知道我家的地址？还有，你不是去 A 市录节目了吗？"

"你们家又不是什么机密要地，我分分钟能查得到地址。"郁璟然勾唇一笑，"别紧张，我就是走之前来跟你说点事。"说完，也没等姜念说话，直接抬步走了进来。

"汪！汪！汪！"汤圆闻到陌生人的气息，立刻冲上来对着郁璟然一顿狂吠。

"哇……哪儿来的狗？"天不怕地不怕的郁璟然唯独怕狗，这会儿被汤圆追得满屋子乱窜，吓得半死。

眼看着它又要扑上来，郁璟然忙捏着它脖颈处的软肉提起来，让它离得自己远远的，一脸惊惧地问："这东西你养的？"

看着汤圆在半空中不安地晃荡着四只小短腿，姜念心疼地把它抱过来，放到一间房里后，这才走过来瞪着郁璟然，说道："不许这么说它，它有名字的，叫'汤圆'。"

"瞧它那身材，名字还挺搭。"定时炸弹一被撤走，郁璟然立马松了口气，两米八的气场也全回来了。

姜念困得要死，没好气道："你一大早跑到我家来到底要说什么？"

郁璟然像到了自己家一样，自在得很，径直走到冰箱前，打开一看，皱眉道："怎么什么都没有？去买点早餐回来。"

姜念觉得自己必须让他认清楚这个屋子的主人到底是谁。她"啪"的一声关了冰箱门，气场十足道："我跟你很熟吗？我们家不欢迎你，请你立刻出去！"

"不买是吧？"郁璟然歪着嘴角笑了笑，拿出手机，"那好，我给导演打个电话，就说我录节目之余想多学习学习剧本，能不能把姜老师也一起带上。"

姜念连忙按住他的手，一张小脸憋得通红，咬牙切齿道："好，我去买！"

郁璟然计谋得逞，悠悠然坐在了沙发上，说道："快去快回。"

姜念恨恨地瞪了他一眼，真想在买早餐之前先买点老鼠药！

姜念走后，郁璟然四下打量起这套房子来，面积不大，布置得却很温馨整洁，只是这装修风格实在诡异，粉红色的窗帘，粉红色的桌布，粉红色的抱枕……一大片的粉红色晃得郁璟然眼睛疼，看来他还真没说错，这条鲶鱼的审美真是差得令人发指！

"汪！汪！"汤圆不知从哪里又突然蹿了出来，大声叫起来，仿佛在对他刚刚的心声表达愤怒。

"你怎么又出来了！"郁璟然吓得立刻跳到沙发上，一手指着汤圆，恐吓它道，"我警告你，不许靠近我啊！我拍功夫片时学过咏春拳的，很厉害的，小心我揍扁你！"

"汪！汪！汪！"汤圆丝毫没有被吓到，叫得更凶了。

郁璟然躲在角落里瑟瑟发抖："好好好，我不说你主人的坏话了可以了吧？"

话音刚落，汤圆竟像听懂了似的，乖乖地趴在一边，安静下来。

这狗怕是要成精了！郁璟然拍着胸口喘了口气，有种劫后余生的感觉。

这时，放在桌上的手机突然响了起来，粉红色的外壳，一看就是那条鲶鱼的。

郁璟然接起来，不耐烦道："本人不在，你过一会儿再打吧。"

"哎，别挂别挂！我是姜念。"

手机里传来一个熟悉的声音，郁璟然无语了："你有病吧？自己打自己电话干吗？早餐买回来没？"

姜念可怜巴巴地说："郁璟然，我手机和钱包都忘带了，没办法付钱……你能给我送过来吗？"

"你这智商，我也是服了！"郁璟然简直无力吐槽，没好气道，"那你在哪儿啊，用什么打的电话？"

"我在一个报刊亭，你出门往东走三百多米就到了。"

郁璟然扶额长叹，他今天绝对是吃饱了撑的，巴巴地跑到这里来吃早餐，瞧，报应来了吧！

清晨的雾气还没有散去，大街上只有几个零零散散的行人，郁璟然隔着老远就看见了缩着脖子蹲在报刊亭旁的姜念。

"给！"郁璟然把手机扔给她，没好气道。

姜念看向他，眼睛一下子就亮了，惊喜道："你终于来啦！"

怎么有种在幼儿园接小孩的即视感？郁璟然无语地把她拽起来，压着怒火道："你脑袋放在脖子上是摆设啊，什么都不带还敢出门？"

姜念自知理亏，也不敢反驳，跟报刊亭的老板道了声谢就准备溜。

那老板瞅了瞅郁璟然，忽然道："小姑娘，你这男朋友看起来挺像一个明星啊。"

郁璟然出来得急,帽子、墨镜都没戴,姜念怕他被认出来,连忙蹦起来把他卫衣上的帽子盖在他的脑袋上。郁璟然一惊,条件反射似的搂在她的腰上。于是,姜念就这样被他腾空抱了起来。

两人的身子紧贴在一起,四目相对,顿时脸都红了。

郁璟然慌忙放开她,姜念"啪"的一声坐在了地上。

那老板戴上了老花镜,开始翻桌上的杂志,喃喃道:"真的很像啊,我昨天好像才看过的⋯⋯"

姜念也顾不上屁股疼了,连忙拉起郁璟然跑了。

跑了大概几百米,姜念这才停了下来,气喘吁吁道:"你怎么这个样子就出来了,不怕被发现呀?"

等了半天,没听到郁璟然说话,姜念低头一看,这才发现两人的手还牵在一起呢。她吓了一跳,连忙松开,急忙解释:"对不起对不起,刚刚一时情急,我⋯⋯"

"算了算了,没什么,"郁璟然顶着一张红彤彤的脸,强装镇定,"你没带脑子出门,老子着急出来,还不是怕你被人拐卖了。"

姜念如今已经对他的话免疫了,问道:"要不你先回去,我再去买早餐?"

郁璟然翻了个白眼,说道:"出都出来了,还回去干吗?直接在外面吃吧。"

姜念点点头,突然想到什么,提议:"那我带你去一家早餐店吧,他们家的灌汤包特别好吃!"

十分钟后,两人坐在一家小店外的塑料桌旁。郁璟然看着桌上油腻腻的食物残渣,感觉脑子里有根弦断了。

"这⋯⋯就是你说的早餐店?"

"对啊。"姜念兴奋地点点头,主动将一个包子夹到郁璟然的碗里,强烈安利,"真的特别好吃,你尝一口嘛。"

好吧,只要姜念的声音带上一点点撒娇的口吻,郁璟然都是抗拒不了的,这是生理因素,与感情绝对无关!

郁璟然做好心理建设，然后试探性地咬了一口，眼睛顿时亮起来。

"好吃吧？"姜念得意道。

郁璟然没说话，但从他吃包子的速度上可以看出他的满意度了。

吃完后，郁璟然打了个电话，让阿城开车过来接他去机场。两人便坐在这里等着。

姜念问道："你不是要跟我说什么事吗，到底是什么呀？"

哪里有什么事？只是郁璟然今天一大早起来，忽然想到自己接下来几天都见不到那条鲶鱼，听不到她的声音了，心里痒得难受，干脆一不做二不休直接跑过来找她了。

不过她既然问了，总不能这么说吧。郁璟然努力想了片刻，拿出手机，说道："就是来跟你加个微信，你扫我还是我扫你啊？"

姜念差点没从小板凳上栽下去，可怜她难得睡个懒觉，居然就因为这么个奇葩的理由毁在了郁璟然的手里。

突然很想拿起手机砸在他的脸上！

郁璟然去外地出通告了，姜念得空也能休息几天，恰巧乔茵茵也有空，两人便约好一起去逛街。

乔茵茵是个购物狂，一整天下来差点没把姜念的腿给跑断，姜念到家后洗完澡就趴在床上昏睡过去。

也不知道是半夜几点，手机突然发出微信的提示音。黑暗里，姜念眯着眼睛去看屏幕，发信人那一栏赫然写着"我就爱爹毛"的大名，正是她今天刚刚加上的郁璟然，不对，已经是昨天了。

他怎么总是扰人清梦啊，太可恨了！

郁璟然发来的是一串微信语音："我睡不着，你可不可以跟我说说话？"

姜念无语，努力克制住睡意，说了一句："大半夜的你要说什么呀？"

郁璟然回复很快："随便，说什么都行，我就想听听你的声音。"

完了，又发过来两个可怜兮兮的表情。

姜念实在困得厉害，忽然想到手机里存着之前给一个广播剧录的音频，就顺手发了过去，然后关掉手机，重新瘫倒在床上。

这一切都没有什么不对，直到第二天中午，有一个"郁璟然突流鼻血"的话题突然上了微博热搜第一名，后面还带着一个"爆"。

又发生什么大事了？姜念好奇，便点进去看。

这个话题最早是一个八卦博主发出来的，说是郁璟然在录制节目时突然流鼻血，止都止不住，节目的后半段他都是在鼻子里塞着卫生纸录的。还有观众偷拍了几张照片传在微博上，现在评论数已经超过了两万。

评论里也是各种观点，有人骂经纪公司太压榨艺人，不顾艺人的身体状况强行安排高强度的工作，也有人骂那个综艺节目的制作组为了追求节目效果，刻意安排难度过大的游戏，导致郁璟然的身体承受不了……总之，大多数粉丝都是心疼坏了。

不过，在这一片声讨中，有一条评论独辟蹊径，以其独特的观察角度和宽广的叙事尺度被顶上了热评第一。

这条评论是这么写的：

"为什么我觉得郁璟然一副纵欲过度的样子呢，会不会是昨晚小黄片看多了？这个年纪的小孩嘛，大家都懂的……"

不知怎的，姜念的脑海中突然警铃大作，她迅速打开和郁璟然的微信聊天界面，找到昨晚发的那条音频，点击播放。

手机里蓦然传来一阵"嗯嗯啊啊"的女声，那声音娇喘连连，婉转低吟，还带着一丝若有似无的哭腔，显然是在经历某种运动时才发出来的声音。

姜念顿时就僵在了原地，全身的血液仿佛都涌到了脑袋里。她记得这一段是广播剧里男女主"开车"的片段，她本来不愿意录，但顶不住编剧的极力劝说，便忍着巨大的羞耻感给录完了。

没想到，她……她竟然误把它发给了郁璟然！

苍天啊！让她找块豆腐撞死算了！

姜念颤抖着手指，拨通了郁璟然的手机。

过了好久才接通，电话那头传来郁璟然有气无力的声音："喂？"

姜念斟酌了一下用词，忐忑地问："你……昨晚睡得好吗？"

郁璟然没说话。

沉默的气氛让姜念更加尴尬，她小心翼翼地问："我昨晚睡得太迷糊，发错音频了，你应该还没听吧？"

"你觉得呢？"郁璟然冷笑一声，"我现在被几千万的粉丝讨论到底是纵欲过度还是欲求不满，老子的脸都被你丢尽了！"

"那也不全是我的错呀。"姜念有点委屈地争辩道，"你听到不对劲儿就赶快关掉啊，干吗还继续听下去。"

这话还真不知该怎么反驳，因为郁璟然不仅完整地听完了一遍，后来还连续听了很多遍，导致他一整晚都在荷尔蒙的作用下蠢蠢欲动，心痒难耐。

想到这个，他立刻恼羞成怒地吼道："以后不许再接这些乱七八糟的配音，听到没有？"

姜念也恼了："这是剧情需要，不是什么乱七八糟的东西，再说了，你凭什么管我啊？"说完，也不等郁璟然反应，便飞速地挂了电话。

郁璟然在这头气得七窍生烟，这条鲶鱼对他的态度真是越来越恶劣了，看他回去怎么治她！

这时，周小琪拿着医药箱飞扑过来，兴奋道："炸哥，我帮你治疗一下吧！"

周小琪对医疗事业的热爱之情让郁璟然非常无语："我还想多活两年，你放过我吧！"

周小琪嘿嘿一笑，小声道："你昨天看的什么片子，可不可以分享一下？"

"看个鬼！"郁璟然没好气道，"一边去，别烦我。"

"我才不信！"周小琪眼珠子一转，趁郁璟然不注意，一把抢过他的手机，"你不告诉我，我就自己找！"

"周小琪！我看你真是长本事了，赶紧把手机还我！"郁璟然暴怒，大声吼道。

周小琪这家伙蹿得飞快，一把抓住从房间出来觅食的林泽致，急忙喊道："小林子，我需要你的保护！"

林泽致穿着白背心花短裤，在四只手四条腿的夹击下，仍然云淡风轻地把牛奶盒撕开一个口，咕咚咕咚地喝起了牛奶。

周小琪趁机快速打开微信，点开了最近的聊天记录，一眼就瞧出了里面的不对劲："哎？一条鲶鱼是谁啊，你们为什么凌晨三点还在聊天？"

郁璟然生怕周小琪听见那个音频，顿时吓得心脏都快停止跳动了，拼命去抢手机："周小琪，我再警告你最后一遍，赶快把手机给我，否则我就把你那些乱七八糟的药全扔了！"

"看来我找得没错了，绝对就跟这个人有关！小林子，你再坚持一下啊！"周小琪躲在林泽致背后，飞速把聊天记录向上滑动，脸上燃起熊熊的八卦之光。

这时，林泽致眉毛一挑，将已经喝完的牛奶盒抛出一个完美的弧线扔到垃圾箱里，然后一伸手，径直从周小琪手里抢过手机，闪身进了房间，顺手还锁上了门。这一整套动作来得十分出其不意，让人措手不及。

郁璟然愣了半晌才反应过来，立马冲过去踹门，吼道："林泽致，你什么时候也这么无聊了，给老子出来！"

周小琪也急道："小林子，不带你这么半路截和的啊，太不够意思了！好东西要和大家分享，怎么能一个人偷偷躲在里面看，就算要偷看……也得带上我吧？"

话音未落，郁璟然一个眼刀射向周小琪，咬牙道："周小琪，都是你干的好事！老子今天就替天行道，灭了你这个八卦精！"说着，他便摩拳擦掌走向周小琪。

周小琪在他愤怒的目光中瑟瑟发抖，猛地扑到林泽致的房门上，把门拍得啪啪响，声泪俱下："小林子，我可能没有多少时间了，你记得替我告诉我的粉丝，曾经有一个单纯又正义的小小少年，为了寻找真相，破除谜团，揭开大魔王的真实面目，历经艰难险阻，受尽痛苦折磨，但最终还是没有逃过他的魔爪……"

"闭嘴！"郁璟然的脑仁被吵得生疼，只想揪一团抹布塞到周小琪喋喋不休的嘴巴里，"喜欢演戏是吧？老子现在就陪你演一场全武行！"

周小琪身高一米七出头，平时又好吃懒做，不爱锻炼，那点小鸡崽的力气根本不值一提，郁璟然轻而易举地就把他扛在了肩头，抓着他的两条小细腿威胁林泽致。

"林泽致，你要是还不出来，我现在就把周小琪扔到阳台下去！"

在郁璟然暴跳如雷的吼声和踹门声中，周小琪悬在半空，悲情地唱起了林志颖的《为什么受伤的总是我》，场面一度失控。

鸡飞狗跳间，林泽致慢悠悠地打开门，左手拿着郁璟然的手机晃了晃，勾唇轻笑道："别怕，手机关机了。"

郁璟然立刻丢下周小琪，夺回自己的手机，抱在怀里，一脸警惕地问："你没听到什么吧？"

"我应该听到什么？"林泽致弯起嘴角，露出一个人畜无害的笑容。

"没什么……"郁璟然昂着头，努力让自己的表情淡定一些，"你们这些死小孩就是太欠管教了，哪天我非得尽一尽当哥哥的职责，挨个揍你们一遍！"说完，便踹了一脚周小琪的屁股，大步离开了。

周小琪捂着屁股，不死心地凑过来问林泽致："你真的什么也没听到？"

林泽致轻笑，摇了摇头。

郁璟然躲回房里，锁上门，这才放下心来。真是幸运哪，差点就暴露了，一想到如果让别人听到姜念的那种声音，他整个人都快疯了。

等等，既然这是广播剧，那说明有很多人都听过了？郁璟然一个电话打给陈升："我要买一个广播剧的版权，以后不许它在任何地方播放！"

陈升正在和一位好不容易约到的佳人共进午餐，听到郁璟然的话噎了半晌，然后一开口就像连珠炮似的："郁璟然，老子刚收拾完你喷鼻血纵欲过度的那些破事，你又在这儿发什么神经，还不给我滚回去录节目！"

说完，他迅速掐断电话，对着面前的美人露出一个温和的笑容，柔声道："这里的甜品也很不错，要不要尝尝？"

"嗝！"美人愣愣地看了他五秒，打了个饱嗝。

郁璟然流鼻血了、郁璟然登台演出了、郁璟然跟粉丝互动了、郁璟然今天穿了件粉色毛衣、郁璟然抱着一个盒子出现在首都机场……

虽然这几天没见到郁璟然，但有关他的新闻总是能通过各大媒体网络的传播进入姜念的耳朵里，她终于理解了乔茵茵所说的流量明星是什么意思了，这传播度真是太吓人了。

至于那个神秘的盒子，据粉丝们截图仔细侦测，那是A市当地最出名的特产糕点，外皮酥脆可口，夹心香甜软糯，特别好吃。

不过郁璟然向来都不喜欢吃甜食的，他怎么会特意买这个回京呢，而且都不舍得放在行李箱里，全程小心翼翼抱在怀里，真是太诡异了！粉丝们纷纷有了危机感，她们家小孩该不会是谈恋爱了吧？

其实这盒糕点是郁璟然用来求和的。自那天姜念一生气挂掉电话之后，就再也没搭理过他，连这几天的直播都停了。

郁璟然对此感到非常恐慌，一连爹毛了好几天，然后特意去买了这盒糕点。既然姜念喜欢吃巧克力，那么应该也喜欢这个吧。

于是，他一回京就立刻去了剧组，不知情的导演对他的敬业精神感到非常满意。

谁知，郁璟然兴致勃勃地提着糕点赶到片场，却看到姜念和扮演男二号的那个男演员正聊得热火朝天。

"炸哥,"阿城适时发挥他信息达人的特长,贴身过来,小声道,"那男的叫江希柏,去年演了一部仙侠剧火起来的,身高一米八,体重七十五公斤……"

"废话,老子好歹跟他拍了几场戏,能不知道他是谁吗?"郁璟然没好气道。

阿城偷偷撇嘴:"你眼睛都长在头顶,知道个鬼。"说完,看郁璟然马上就要发飙,连忙补救道,"最关键的一点你肯定不知道,他跟姜老师同岁哦。"

这招太狠,一下子就戳中郁璟然的死穴。郁璟然怒道:"同岁怎么了?老子比他年轻、比他帅!"

阿城叹了口气,摇头道:"哥,你看人家多聊得来,你比姜老师小三岁,那就是一个大代沟啊,姜老师肯定是把你当成小弟弟来看的。"

郁璟然正要发怒,却转念一想:"我又不是要跟那条死鲶鱼干吗,你跟我说这些什么意思?想挨揍了是不是?"

阿城缩着脖子躲到一边,嘿嘿一笑:"随便说说嘛。"心里却在疯狂吐槽:你这副黄鼠狼的心思已经再明显不过了,还装什么装!

这时,江希柏看到了郁璟然,便站起身,笑道:"我跟姜老师在讨论台词。姜老师真是厉害,好多台词经她一指点读出来,立马就会有不一样的感觉。"

郁璟然只觉心头有一股无名之火蹿起来,"啪"的一声将手中的糕点扔在一旁,轻笑道:"是吗?我怎么没感觉出来,看来姜老师教人还分对象?"

姜念气结,差点脱口而出:你拿我读剧本的声音当背景音,自个儿在旁边玩手机,能有感觉才怪!

不过,当她对上郁璟然的眼睛,心里却总是不自觉地想到鼻血事件,有点羞赧又有点尴尬,不自然地移开了目光。

这时,导演一声令下:"OK,大家都快去上妆吧,半个小时后开拍。"

今天这场戏是郁璟然和江希柏的对手戏，郁璟然饰演的男主角陆平遥初入江湖，得罪了枫叶山庄的大公子萧津南，两人便在山庄内大打出手。

郁璟然擅长跳舞，因此他对于这场戏的武打动作处理得非常得心应手，整个动作与画面都很精彩漂亮，但在之后的文戏中却总是找不着状态。其实这一直以来都是郁璟然拍戏的短板，他不是科班出身，没有上过正规的表演课，很多时候对于人物的感情都不能准确地拿捏和表现。

但他的经纪团队很聪明，接的角色都是非常符合他本人的形象或者能够突出他的个人特色。

就拿《凤凰劫》来说，郁璟然一身青衣，发冠高束，仿佛就是那个初入江湖的顽劣少年从书中走了出来。因此，形象的贴合也在极大程度上弥补了他演技的缺陷。

今天却不同了，江希柏是电影学院表演系出身，再加上他本就拍过仙侠剧，形象上丝毫不逊色。一个世家公子遇到江湖小辈挑衅时所表现出的不屑，后发现这个吊儿郎当的少年原来极有武学天赋，又流露出几分欣赏和危机感，这些感情他都处理得非常得当。但郁璟然的表情却比较僵硬，眼睛里没什么东西，在两人的对手戏中明显可以看到郁璟然的气场压不住他。

显然导演也发现了这一点，喊了停，先给郁璟然讲了一遍戏，又让姜念给他说说台词。

郁璟然沉着脸，仿佛周遭都包上了一层冷空气。

姜念知道他心里不好受，正要安慰两句，江希柏却走了过来，拍拍她的肩膀，问道："姜老师，我刚刚表现得怎么样？"

姜念点点头，由衷道："很棒！尤其是你的台词，处理得非常好。"

江希柏笑了笑："那也是多亏了姜老师的指导。对了，不知道您什么时候有空，我想请您吃个饭表示感谢。"

"不用客气的，"姜念连忙摆手，"这是我的工作。"

郁璟然冷着脸，转身就走。

"哎，等等。"姜念忙拉住他，"导演让我再跟你说说台词，你刚刚说这句台词的时候，表情和断句都有点不对……"

郁璟然蓦地抽出自己的胳膊，冷声对姜念道："我不需要。"

姜念不知道他又发哪门子火，急道："你这样子待会儿又会NG的，你耐心听我说说好不好？"

郁璟然瞬间被触了逆鳞，他墨色的双眸好像正酝酿着一场风暴，他看向姜念，沉声道："你以为自己很厉害吗，随口指点一下就能化腐朽为神奇？既然如此，怎么不见有几个观众记得你？我NG又怎样？他演技好又怎样？投资方和导演决定的男主角是我，不是他，到时候观众花钱买票也是为了看我，而不是他！"

话音刚落，片场内寂静无声，气氛非常尴尬。

姜念抬头看着郁璟然，忽然觉得很陌生。这半个多月来，她见过他各种样子，时而无理取闹，时而暴跳如雷，时而任性耍赖……还有那天在化妆间里保护她时的霸气凛然，她几乎以为这些就是全部的他了。但她忘记了，眼前的这个男人不是什么顽劣小孩，他生活在声色犬马、人情淡薄的娱乐圈里，是最当红的流量明星，他习惯了周围所有的人对他毕恭毕敬、唯命是从，他也可以在任何场合、任何时候对着任何人极尽刻薄之词，不顾旁人感受。

这才是真正的他。

姜念收起眼中的失望之色，认真道："郁璟然，我不厉害，也不希冀能有多少观众记得我，但我会尽我所能完成我的工作。我知道你很红，红到打个喷嚏流个鼻血都能上热搜，但大家花几十块钱的票价进电影院不是为了看你有多帅，而是希望能在大银幕上看到你真正的表演。我也知道你对拍戏没兴趣，但是你既然接了这部戏，拿了片酬，就应该对粉丝和观众负责。"

说完，她也没有再看郁璟然的神色，转身离开。

身后传来一连串重物掉落的声音。

"哥,你的手受伤了!"郁璟然的手被划破了,鲜血瞬间流出来,阿城吓了一跳,手忙脚乱地上去帮他包扎。

郁璟然抽出手,双眸里一片冰霜……

听说那天郁璟然砸东西的时候划破了手,流血不止,后来不知怎的又感染发炎了,伤口挺严重的,最近都在医院治疗,没有来片场。

当然,这些都是热情的场务小妹告诉姜念的。

郁璟然没有联系过她,应该也不会再联系她了。姜念看着微信列表里"我就爱爹毛"的头像,有种恍然如梦的感觉。

这天,导演突然把姜念叫了过来,犹豫了很久,才开口说道:"姜念啊,是这样的……咱们这个戏也拍了些日子了,我看得出来,这段时间你还是很努力、很认真地在做台词指导的工作,只是……你这为人处世的能力还是差了点儿,搞得咱们剧组风波不断,要不,你还是先回去吧。当然,之前承诺的薪酬我还是一分不会少地给你,这个你放心。"

姜念沉默了片刻,点点头,说道:"谢谢导演。"

因为她,男女主角不和,大闹化妆间;然后男主角又受伤住院,拍戏进度一拖再拖……事到如今,被辞退也是意料之中的事情。

姜念并没有感到意外,只是有些难过。毕竟,一开始,她是抱着最大的热忱和决心来做这份工作的。

"姜老师,等一下。"场务小妹从远处跑过来,看着姜念垂头丧气的样子,不禁有些替她抱不平,"肯定是陈斯吟干的!自从上次郁璟然为了你跟她闹翻之后,她就一直找你的碴儿,现在郁璟然刚好不在,她就趁机去向导演吹耳边风,哼!肯定是这样!"

"别这么说,"姜念摇摇头,"是我自己的问题,我应该为自己的行为负责的。"

场务小妹想起那天她怼郁璟然的壮举,顿时又生出一丝由衷的钦佩:"我真的没想到你那天会说出那番话来,真的好勇敢啊!"

姜念有些尴尬地笑了笑，没说话。

场务小妹又道："其实郁璟然对你真的挺不错的，全剧组就你没怎么被他吼过了，而且他还送了你那么多那么贵的东西，之前大家还都在传你们俩已经在一起了呢……"

"什么？"姜念吓了一跳，赶忙否认，"郁璟然……跟我？怎么可能？"

"也是，其实现在这样也好。"场务小妹点点头，"姜老师，你可能是第一次接触到这些明星不大懂，但我跟过那么多剧组了，也早就看明白了，那些明星拍戏的时候觉得寂寞，都会找人解解闷，他们管这叫'剧组夫妻'，拍完戏也就一拍两散了。你人这么好，我也不希望你受到伤害。"

姜念愣了片刻，点点头，轻声道："我知道了，谢谢你。"

最开始接待她的是这个小妹，最后送她离开的也是这个小妹，真巧。

姜念苦笑了一声，转身离开了片场。

日子总要过下去的，更何况，她还有汤圆这个"小祖宗"要喂养呢。

这会儿已经接近傍晚，家里的狗粮快没了，姜念特意绕到超市买了汤圆最喜欢吃的那一款，这才乘公交车回家。

谁知刚走到小区门口，就看到很多人围在楼下，甚至还有电视台的记者拿着话筒在采访，耳边传来警笛声。她定睛一看，自己所居住的那栋楼已经用警戒线围了起来，几个穿着橙红色衣服的消防员走了出来。

这时，有相熟的邻居告诉她，是三层的一户人家的煤气泄漏了，遇到明火后引起了爆炸，不过幸好家里没人。现在火已经灭了，只是整栋楼里可能还有残余煤气，目前楼里所有的住户都已经撤离，短期内都不能回去。

那汤圆怎么办？姜念的整颗心都悬了起来。

现在火已经灭了，大部分消防员也都撤了。趁大家不注意，姜念鼓起勇气冲进了楼里。

浓密的黑烟笼罩在周围，口鼻处传来东西烧焦的味道。她一口气爬上了四楼，打开门，木质的地板都被熏成黑色的了。汤圆有气无力地趴在沙发上，一看到她立刻飞奔过来。

姜念用力抱着汤圆，这才感觉到心脏落到了实地。

果然，姜念一出门就被消防员大叔给逮到了，并遭到了严厉的训斥。她立刻鞠躬道歉，保证自己再也不敢了。大叔看她认错态度良好，又看了看她怀里可怜巴巴的小狗，也没有再为难她。

消防员一走，一个女记者立马拿着话筒跑了过来，问道："小姐，请问您为什么刚刚冒险跑回去呢？"

这是在采访她吗？姜念一愣，举起汤圆，说道："我的狗还在家里，我得把它抱出来。"

女记者诧异道："就为了一只狗冒这么大危险，值得吗？"

姜念顿了顿，用力地抱紧了汤圆，闷声说道："它不只是一只狗，它还是我的家人。"

"汪！"汤圆抬头舔了舔她的手心。

夜色已晚，姜念抱着汤圆坐在楼下的一张石凳上，看着人们相拥在一起，露出劫后余生的欢喜和家人团圆的幸福，然后一个个携手离去，她觉得有些茫然和无措。

刚刚房东打来电话，说房子受损严重，不能再继续租给她了，等里面安全后她就要立刻把东西搬出去。此时此刻，她没带身份证和银行卡，钱包里的现金也不多，住不了酒店，父母远在外地，这里也没什么朋友，唯独和乔茵茵最为要好，但茵茵跟男朋友住在一起，她不想打扰他们。

可是，她能去哪里呢？

姜念抬头看向周围的万家灯火，心里忽然觉得落寞。夜风更凉了些，汤圆好像也感觉到了她的伤心，乖乖地卧在她的怀里，给了她些许慰藉。

这时，夜幕里突然射来一道刺眼的光芒，一声急促的轮胎摩擦声后，有一个男人从车上跳下来，迎着风、逆着光走来，耀眼的光束里，他的黑色风衣微微摆动。

姜念眯着眼睛看向那个方向,但看不清楚他的模样,只感觉到他的步伐很快,离她越来越近,越来越近。他的头发投射在一旁的空地上,显现出一个熟悉的形状。

姜念猛地站起来,是郁璟然!怎么会是他?

她还没有反应过来,下一秒,就已经被郁璟然紧紧地抱在了怀里。男人身上的汗水味和滚烫的气息扑面而来,他的手臂结实有力,将她牢牢地控制在自己的领域,不能撼动分毫。

郁璟然也不知道自己是中了什么邪,这几天对他来说是一种漫长的煎熬,他先是生气姜念居然敢当众教训他,又恼火她不主动来跟自己道歉,后来又开始反思自己是不是真的做得太过分……可是,当他看到新闻的那一刻,就什么也顾不上了,脑中只有一个想法,那就是要立刻见到她。刚刚一路飞车而来的时候,他的心里是前所未有的焦急和恐惧,此刻看到姜念完好完损地站在自己面前,他的整颗心都被失而复得的欣喜所淹没,只想将她完完全全圈在自己的怀里。

姜念愣了片刻,慢慢也将手环在了他的腰间,轻声道:"郁璟然,谢谢你来看我。"

郁璟然整个身体都僵硬了,女孩温热清甜的气息喷洒在他的胸膛上,好像也窜进了他的心里,他觉得自己心跳得厉害,手心,脖子上,还有被她紧搂着的腰间,都生生沁出了一层汗水。

这时,两人腹部的位置突然传出"汪汪"的狗吠声。

两人猛地弹开,原来是姜念刚刚忘了自己还抱着汤圆,一时情绪激动直接扎进了郁璟然的怀里,结果汤圆被焐在两人中间,憋得难受就叫了几声。

郁璟然整张脸涨得通红,不知是刚刚跑得太急,还是害羞导致,他别别扭扭地说道:"我刚好看到新闻,就顺路过来看看你,你没事吧?有受伤吗?"

姜念也生出几分羞赧,摇摇头,说道:"我没事。"

郁璟然将她从上到下打量了一番,当发现她膝盖上的擦伤时,目光里立刻流露出担忧的神色,问道:"怎么回事?疼吗?"然后又有几分生气,"你怎么这么笨,冒冒失失就往楼里跑,如果有什么意外该怎么办?"

姜念顺着他的目光看过去,这才想起来可能是她抱着汤圆下楼的时候无意中擦伤的,忙道:"不要紧,待会儿这里的灯就会亮起来,你赶快走吧,别让人看到你了。"

"那你呢?"郁璟然问。

姜念道:"一会儿会有朋友来接我的,我去朋友家里住几天。"

"真的?"郁璟然挑眉,不大相信她的话。

姜念很认真地点点头,说道:"当然啊,我骗你干吗?"说着,却不自在地移开目光。

郁璟然轻笑一声:"好吧,那你慢慢等吧,我先走了。"

说完,他便头也不回地转身大步离开。没一会儿,他的身影就消失在夜幕里。

姜念看了一会儿郁璟然离去的方向,虽然是自己让他走的,可是他怎么走得这么干脆利落啊?

她的心里有点落寞,又把一旁的汤圆抱了起来,小声道:"汤圆,又剩我们俩了。"

这时,她忽然觉得身体一个腾空,居然连人带狗都被抱了起来。

"啊!"姜念吓了一跳,慌忙转头去看,却看到郁璟然一脸笑意的样子。

"你怎么又回来了?"

郁璟然一手握着她的腰腹处,一手托着她的腿弯,来了个结结实实的公主抱,他勾唇笑道:"就你那小样还想骗我?远远看见你抱着这只蠢狗站在这里,一副可怜巴巴的样子,小爷我就再见义勇为一次,拯救一下你吧。"

"喂!你放我下来。"姜念不安地挣扎了几下,想跳下来。

郁璟然却抱得更紧了,沉声道:"别动,你膝盖受伤了,我带你去敷药。"

敷药？姜念瞬间就想起周小琪那管夺命痔疮膏来，忽然有种不好的预感，忙问道："你要带我去哪里？"

郁璟然弯起嘴角，墨色的双眸里盛满了细细碎碎的星光。

"带你回 ACE 的大本营，恭喜你，从今天起，你就是小爷我的私人助眠师了。"

开什么玩笑？姜念正要表达抗议，一直乖乖趴在她肚子上的汤圆猛地跳起来，不满地吼了一声："汪！"

郁璟然瞥了它一眼，没好气道："好吧，再加一个你。"

Chapter4.
私人助眠师

▼

ACE公寓内。

周小琪、裴佑、林泽致三人排排坐挤在一张长沙发上，抬头看着站在面前的两人一狗，表情出奇的一致。

震惊！太震惊了！郁璟然这个霸王龙居然提出要让一个姑娘搬进来！为了姑娘连生平最怵的狗也不怕了！这简直是旷世奇观！

"你先放开我！"姜念被郁璟然拽着手，怎么都挣脱不开，急得脸颊通红，"郁璟然，你疯了？我怎么能住在这里……"

"你先别说话！"郁璟然看向沙发上的三人，"收起你们的下巴，一分钟自由提问时间，有什么话赶紧问。"

周小琪立刻举起手来，好奇地问："请问私人声音助眠师……到底是什么？"

郁璟然轻咳一声，不耐烦地给他普及知识："你也太落伍了，声音助眠师就是用声音帮失眠的人尽快入睡，私人声音助眠师，顾名思义，就是她以后专属我一个人，只负责让我睡觉。"

"为什么……听起来有点少儿不宜？"周小琪勇敢地问出大家心中的困惑。

裴佑嗤笑一声："你真相了。"

郁璟然恼羞成怒，说道："你们这群人思想太龌龊了！你们知道一个长期失眠的人有多痛苦吗？你们知道每个寂静的深夜我一个人辗转反侧睡不着的辛酸吗？你们知道这么多年我默默承受着什么吗？你们到底还有没有一点兄弟情了？"

"顶着一张纯爱偶像剧男主角的皮相，演什么家庭苦情剧。"裴佑"啧啧"两声，将目光转向姜念，对着她眨眨眼，"放心，反正我没意见，这位美女上次做的菜不错，以后有空常做啊。"

郁璟然如临大敌，立刻把姜念拉到自己身后，瞪向裴佑："你再对着她挑眉，老子就刮了你的眉毛！"

裴佑看着郁璟然气急败坏的样子，顿时乐了："哎哟，小炸这是吃醋了？来，跟我说说，你跟这位美女什么关系呀？"

郁璟然的脸涨得通红，看着姜念不明所以的表情，更觉羞恼，头发又开始噌噌噌乍起。

"哎呀，别气别气，这么点小事怎么又乍毛了！"周小琪赶忙跳出来当和事佬，"反正我举双手同意漂亮姐姐住在这里，大冰山，就差你了，赶快表个态！"

姜念顺着周小琪的目光看过去，林泽致从头到尾都坐在沙发的一角，一言不发地看着其他三人斗嘴，像是已经习以为常了。此时的他并没有荧屏上看到的那般冷漠，表情带着一丝慵懒，湖蓝色的双眸透出少年人的清澈透亮，却也有几分让人辨不清深浅的幽暗沉静。

这时，林泽致突然从沙发上站起身，走到姜念身边，伸出一只手来。

被这样一双漂亮的眼睛盯着看，姜念只觉全身都僵硬起来，她以为林泽致是要跟自己握手，连忙伸出右手，说道："你好，我是姜念……"

一秒，两秒，三秒……姜念的手悬在半空，林泽致依然没有要与她握手的意思，她脸一红，脑袋里冒出三个字——尴尬了！

林泽致的目光缓缓下移，目光落到她怀里的汤圆身上，手指靠近，揪着汤圆的后颈将它提了出来，又与它黑玛瑙似的眼珠子对视了五秒，白皙冷漠的脸颊上竟浮起一丝喜悦，问道："它在对我笑吗？它是不是喜欢我？"

原来他是想抱汤圆啊……

姜念赶忙缩回自己的手，回答道："没有啦，它是柴犬嘛，天生长了张笑脸，一张嘴就好像在微笑。"

林泽致抚摸汤圆的手一顿，周遭的空气仿佛淬入了寒冰。沉默了几秒后，他看向姜念，认真道："它就是在对我笑。"

"好的。"姜念吞了吞口水，虽然她也没明白吸粉无数的冰山王子为什么这么执着于一只狗的笑容。

"啪啪啪！"

周小琪的掌声适时响起，他兴高采烈地说："全票通过，热烈欢迎漂亮姐姐入住 ACE 公寓！"

等等！为什么她这个当事人还没同意，这件事就这么定了？

没等她开口，周小琪已经在开始畅想以后的福利了，兴奋地说道："漂亮姐姐，我以后是不是能经常吃到你做的菜呀？对了对了，我还想喝美容汤，让我的皮肤变得跟鸡蛋一样滑溜！你都给我做好不好？"

"好的。"被这样可爱的小天使笑眯眯地叫着"姐姐"，姜念已经完全忘了自己刚刚是被郁璟然"绑架"到这里来的。

郁璟然不高兴了，冷冷地说："她是来做我的助眠师，又不是给你当厨娘的，想吃好吃的自己找人做去！再说了，一个大男人整天涂那些瓶瓶罐罐的还不够？搞什么美容汤，娘兮兮的！"

裴佑看热闹不嫌事大，趁机添油加醋道："这就是赤裸裸的人身攻击啊，周小琪，你还等什么？是个爷们儿就上啊！"

"啊！我跟你拼啦！"话音未落，周小琪已经像一颗炮弹一样蹿了出去。

郁璟然不慌不忙，一个反手卡在他的脖子上。

裴佑在旁边看得兴致勃勃，时不时还点评几句："郁璟然，你多揍他几拳！周小琪，你是小鸡崽呀？使点力啊！"

刚刚还缠斗在一起的两人立刻将攻击目标转向了裴佑。

姜念看着眼前抱作一团互相攻击的三人，有种被雷劈中的感觉，这真的是传说中最当红、最厉害的 ACE 天团，而不是幼稚园的小班生吗？

远离风暴中心的林泽致抚摸着汤圆，突然冒出来一句："你跟陈升说了吗？"

有一句话怎么说的来着，平时不怎么说话的人一旦开口，那必定是有惊天动地的效果。这个问题一抛出，郁璟然几人立刻停止动作，呆若木鸡。

姜念终于逮着了机会，认真地说："郁璟然，我知道你是好心帮我，不过你们都是公众人物，我住在这里真的不太合适，回头你们经纪人知道了肯定要生气的，我明天就去找房子。"

"你知道在霖京市租一个合适的房子有多难吗？"林泽致抱着汤圆，神色凉凉道，"而且，你能一下子拿出那么多定金吗？"

"我……"姜念一时愣住了，是啊，就算她现在重新租一个房子，最少也得一次性交半年的房租，她手头上根本没有这么多钱。

"小林子说得对！"郁璟然一拍手，霸气凛然道，"你就安心住着吧，陈升那边，我来搞定。"

难道会有一场世纪决战？周小琪抱着看热闹的心态激动道："你打算怎么搞定？"

郁璟然思索良久，握拳，沉声道："瞒着他！"

众人栽倒。

周小琪自告奋勇带着姜念参观公寓，热情地跟她介绍道："我们几个都住在二楼，一楼的客房都空着，你随便住哪一间都可以。房间可能有点小，你别嫌弃啊，我明天再请人好好装修一下这里，绝对让你满意！"

姜念将客房内部环顾了一周，红木地板、欧式双人床、米色布艺沙发、立式衣柜，一应俱全，每一样都比她之前租住的那间小公寓昂贵许多，她还真不知道应该怎么嫌弃……

郁璟然不知道从哪里冒出来，揪着周小琪的后衣领将他拽走，又转回来对姜念道："十一点钟来我房间，上楼左拐最里面那间，不许迟到！"

姜念点点头。

郁璟然走了几步，又折回来，盯着她的脸，一脸嫌弃地说："你……

洗个澡再来!"

这什么表情?姜念没好气地对着郁璟然的背影做了个鬼脸,关上房门,走进了浴室。

她冷不丁看到镜子中的自己,脸上黑一块白一块,头发乱糟糟的,衣服上还都是汤圆的狗毛,整个人看起来像是刚刚逃难过来的……所以,她刚刚就是以这副尊容会见了大名鼎鼎的偶像组合的全体成员吗?难怪郁璟然刚刚用这么嫌弃的眼神看她,真是太丢脸了!

在浴缸里舒舒服服泡了一个澡,姜念只觉全身的毛孔都舒展开了。这一天起起伏伏,直到现在,她的一颗心才算真的安定下来。

人生真是玄幻,那天郁璟然在剧组跟她大吵一架愤然离去,可当她最落魄最无助的那一刻,也是他突然出现,带着她来到这所公寓。

也许他并不像她之前看到的那般狂妄自大,这个浸染娱乐圈多年、被太多外壳包裹的少年,内心深处也是善良和温暖的。

姜念快速洗完澡,简单收拾了一下,就上了二楼。

轻轻敲了几下房门,里面传来一个清冷的男声:"进。"

这声音怎么不太对?姜念怀着狐疑的心情,小心翼翼地迈了进去。没走几步,入目的场景让她当场石化。

只见裹着浴袍的林泽致正半靠在床头看书,汤圆四脚朝天躺在他的小腹上,林泽致抽空还会摸一摸它的小肚皮,让汤圆舒服得直哼哼。

这种场景,真是怎么看怎么诡异啊!

林泽致听到脚步声,抬头看了姜念一眼,淡淡道:"什么事?"

"对不起,我走错房间了。"姜念赶忙道歉,正想离开,还是没忍住,回过头来,指了指汤圆,为难道,"那个……你晚上要跟它一起睡觉吗?"

"嗯。"林泽致点点头,摸了摸汤圆的毛,"裴佑说睡觉是提升感情最快的一种方式,今晚过后,它肯定会喜欢我的。"

姜念小心翼翼地问:"你确定他说的不是男女关系,而是一个人……和一只狗吗?"

林泽致放在汤圆身上的手一顿，表情变得奇怪起来。

姜念忍不住感叹，这几天下来，ACE这些男神偶像的人设在她面前都已经彻底崩塌了——

郁璟然爱耍毛，周小琪人来疯，裴佑有痔疮，而这个传说中最高冷最神秘的冰山王子居然……有点蠢。

也不知道他为什么这么喜欢汤圆，要是被那些粉丝看到这一幕，估计汤圆就要被大卸八块了。为了它的安全，姜念不得不硬着头皮喊了一声："汤圆，过来。"

幸好汤圆这家伙还是有几分念主的，听到姜念的声音立马一骨碌爬起来，咧开嘴巴，抖了抖身上软乎乎的肥肉，迈着小短腿正要奔过来，却被一只光洁如玉的手捞了回去。

姜念好心地跟他解释："我不是成心想打扰你们……培养感情，只是我家汤圆有个特殊的癖好，呃，它喜欢……"

话音未落，林泽致突然发出一声古怪的呻吟，只见汤圆已经用前爪刨开了他胸前的浴袍，兴致勃勃地舔了上去。

姜念吞了吞口水，吐出最后三个字："舔东西。"

林泽致的额头顿时冒出几条青筋，声音像是从嗓子眼里挤出来一般，一字一顿道："还、不、把、它、抱、走！"

姜念如梦初醒，赶忙冲了过去，抱住汤圆的身子往外拔，没想到这蠢狗挣扎得厉害，再加上它体重不轻，姜念一时没有站稳，眼看就要倒在林泽致身上，她连忙用手一撑，不偏不倚正好压在他刚刚被舔过的地方。

门口突然传来一声怒喝："你们在干吗？！"

郁璟然左等右等不见姜念过来，正想下楼去找她，却见林泽致的房门大开，里面传来一阵响动，好奇之下便走了进来，没想到正好看到了这一幕，顿时脑中警铃大作，虎视眈眈地盯着床上举止怪异的两人，头发噌噌噌竖起来。

这毛爹得姜念心惊肉跳，赶忙解释："我走错房间了，正好看到汤圆在这儿,就想抱它出去,可是它一直扑腾,我不小心就……"

"哑……"林泽致捂着再度受创的胸口,疼得直吸气,"你可不可以先起来再说话?"

姜念低头一看,只见林泽致衣衫半开,露出莹白温润的皮肤,而她正用手压在他的胸前,一副霸王硬上弓的样子……

姜念吓了一跳,立马弹开,忙说道:"抱歉,我不是故意的,这是个意外,意外!"

郁璟然看着这场景,差点呕出一口老血,隐约中似乎听到隔壁周小琪开门的声音,立刻福至心灵,大喊一声道:"周小琪,小林子受伤了,赶快把你的医药箱拿过来给他敷敷药!"

"好的!"周小琪扛着医药箱应声而来,拖鞋甩得飞起,上来就开始扒林泽致的浴袍,"哪儿呢?哪儿受伤了?快给我看看!"

……

身后传来林泽致连连的惨叫声,姜念在为他的悲惨遭遇表示同情的同时,也不禁开始担心自己这个私人助眠师的命运了。

见姜念还愣在那里,郁璟然目光凛冽地瞪了她一眼:"还不给我过来!"

姜念浑身一个激灵,连忙快步跟了过去。

这不看不打紧,一看吓一跳,跟林泽致的房间比起来,郁璟然的房间简直就是宇宙大爆炸过后的画面,也不知道这么乱的地方,他是怎么住得下去的。

郁璟然倒是没有半分不好意思,转过身来对着姜念劈头盖脸就是一通吼:"你怎么这么蠢,就这么大点地方也能迷路?没长脑子吗?"

姜念也有些委屈,说道:"这里房间的门都一模一样,一点辨识度都没有,我才刚来哪里分得清啊!"

"算了算了,这次就不跟你计较了。"郁璟然挥挥手,"你随便找个地方坐吧。"

姜念左右看了看,实在没法在那一大堆衣服中间找到能坐下的地方,只能无奈地看向郁璟然。

郁璟然这才有了一丝窘迫,轻咳一声,生硬地解释:"我不喜欢陌生人进我房间,最近比较忙,没空收拾。"

好家伙!这阵仗,说是一年没收拾了,她都能相信!

此刻,姜念很想上网发个帖,题目就叫"揭秘!当红爱豆郁璟然让人瞠目结舌的私生活!"。

"你那什么眼神?"郁璟然恼羞成怒,直接把沙发上的衣服扔到一旁的地毯上,露出一块干净地方,"这不就能坐了吗?"

"哦。"姜念小心翼翼地坐了上去,心里忍不住吐槽:是个人天天住这么个乱七八糟的地方,估计也要失眠了。

郁璟然翻箱倒柜不知道从哪里翻出个吹风机,递给她,别别扭扭地说:"洗完澡不知道吹干头发啊,我妈说女孩子湿着头发对身体不好。"

刚刚时间来不及了,她也没顾得上吹头发,没想到郁璟然竟然会注意到她湿着头发,怪不得他刚刚一进房间就调高了温度。

郁璟然可能也觉得自己刚刚说的话实在太婆婆妈妈了,随手把吹风机丢到姜念的怀里,没好气道:"看什么看,拿着啊!"

姜念抱着吹风机,抬头看向郁璟然,声音温软而诚恳:"郁璟然,谢谢你!"

郁璟然别过头去,嘟囔道:"一个晚上听你把这句话说八百遍了,真啰唆。"说完,耳朵却又不争气地红了几分。

吹风筒轰轰作响,突然,姜念似乎听到了一声模糊的"对不起"。

她关掉吹风机,周遭却是一片安静,安静到她甚至怀疑刚刚那三个字可能是自己的错觉。

也是,骄傲如郁璟然怎么会轻易说出对不起这三个字呢?姜念弯了弯嘴角,正想继续吹头发,身后再一次传来郁璟然的声音。

"姜念,我为那天说的话向你道歉。"

姜念一愣,正想转过身去,却听到郁璟然急声道:"不准转过来!先听我说完。"

"其实我那天说的都是气话,在我心里,你是一个专业配音演员,即使没有很多人知道你的名字,但你的工作值得被每一个人尊重,而且……"郁璟然顿了顿,轻声道,"我喜欢你的声音。"

姜念的心跳陡然加快,心中感到安慰的同时,竟然有一丝小小的欣喜。

此刻,她总算明白了为什么刚刚郁璟然不让她转过身去,对他这样的人来说,能够说出这番话一定是鼓起了莫大的勇气吧。

片刻之后,郁璟然自嘲般地笑了笑,接着说道:"其实你说得没错,自从我进入娱乐圈,从来都是顺风顺水,走到哪里都被众星捧月、前呼后拥,我自负于自己在创作上的才华,不屑于公司安排的那些商演和拍戏,有时候还觉得自己清高得不行。其实现在想一想,比起我的歌,那些粉丝可能喜欢的只是我这张脸吧。呵,你瞧不起我也是应该的。"

"不是的!"姜念几乎立刻转过身去,快步走到郁璟然的身边,抬头注视着他,认真道,"郁璟然,我欣赏那些能够演出世间百态的演员,出神入化的演技让他们能真正配得上演员这个身份,但我从来都不会低估偶像的力量。通过这些日子的相处,我也真正了解到了你们能够在舞台上发光发热的理由,你们年轻、热情、正义,不管有多累,只要镁光灯亮起,就会立刻充满生命力。你们的存在,鼓励着万千粉丝以偶像为名,为自己所爱的理想去努力、去抗争,去造一个明媚而华丽的梦。"

顿了顿,她接着说:"郁璟然,我理解你不喜欢拍戏却要在公司的要求下,不得不去的心情,但你既然已经接了这部戏,我希望你能够把它好好拍完。在这个过程中,你也可以认真想想自己今后要做的选择。

"粉丝们以你们为目标在努力成长,而你们也应该为了成为他们更好的榜样而更加努力地成长。我相信,你一定会成为一个真正的偶像,让每一个支持你的粉丝和观众感到骄傲。

"真正的偶像不是仅靠颜值或者耍宝供观众一笑,而是能凭自己的所作所为给所有视他为偶像的人们以最大的精神力量,为追寻理想而努力拼搏，不断奋进。"

姜念仰着头，双眸黑白分明，仿佛盛满了细细碎碎的微光，透露出全然的真诚和信任。郁璟然这二十一年的人生里从来没有像此刻这般心潮涌动。

他看了姜念良久，轻轻点了点头。

郁璟然嫌弃姜念以往直播挑选的睡眠读物太无聊，今晚，在他的强烈要求下，姜念坐在床头读起了柯南·道尔的《福尔摩斯探案集》。其语言之晦涩，案情之离奇，让郁璟然一整晚都在各种惊险刺激、光怪陆离的杀人案中欲生欲死，很是酸爽。

第二天一早，姜念从厨房里端出一盘蔬菜沙拉，迎面刚好撞到下楼的林泽致，他立刻双手抱胸，火速跳到离她三米远的地方，一脸警惕地看着她。

姜念尴尬地笑了笑，问道："你昨晚……还好吗？"

林泽致冷冷道："很好，拜你、汤圆和周小琪所赐，我的胸今天已经是 B 罩杯了。"

姜念愣了片刻才反应过来，顿时笑得上气不接下气，说道："想不到你还会讲冷笑话呢，哈哈哈，真好笑……"

林泽致面寒如冰地说："这不是笑话。"

"抱歉……"姜念立刻收起笑容，再次尴尬到头顶冒烟，眼睛却忍不住往林泽致的胸口瞄，呃，好像真的变大了……把这朵沉默寡言的高岭之花逼到这种地步，真是罪过，罪过啊！

这时，身后传来周小琪欢快的声音："念念姐，这都是你做的吗？"

感觉周小琪简直就是解救她的小天使，姜念赶忙转过身，点头道："冰箱里东西不多，就做了这些，其实我觉得还是中式早餐比较好吃，改天做给你们尝尝。"

餐桌上已经摆满了香喷喷的早餐，微微有些烤焦的土司，金黄色的煎蛋包裹着火腿片，颜色鲜艳的茄汁焗豆，还有一壶鲜榨果汁，让人看着就不禁食指大动。

"念念姐,你简直就是田螺姑娘,终于把我从肯德基的早餐里拯救出来了,我爱死你啦!"

周小琪一蹦三尺高,想要给姜念一个感激而热情的拥抱,却被刚好下楼的郁璟然残忍地一手截断。

"闭嘴,不要胡说八道!还有,谁准你叫她念念姐的?"

"这么叫多亲切呀。是吧,念念姐。"周小琪对着姜念眨眨眼。

姜念笑着点点头。

周小琪火上浇油,又对着郁璟然道:"我问过了,念念姐今年二十四岁,大我四岁,大你三岁,这样说的话,你也应该跟我一样管她叫姐姐啊。"

姜念眼睛一亮,满眼期待地看向郁璟然,心想:就是!我怎么没想到这茬呢!想想郁璟然乖乖叫姐姐的样子,莫名就觉得很爽!

郁璟然一眼就看穿了她的心思,凉凉道:"你想都不要想!这辈子不可能的!"

众人落座,开始吃起了早餐。

姜念清了清嗓子,郑重其事地向大家鞠了个躬,说道:"谢谢你们愿意让我住在这里!这段时间公寓里的家务都由我负责,只要我有空,都会给大家做饭,等攒够租金后,我会立刻搬出去,我知道就算这样,还是给你们添麻烦了,真的谢谢!"

看到这阵势,在座的四人差点没把嘴里的牛奶喷出来。

周小琪嚷嚷道:"念念姐,你这么客气干什么?就算你在这里一直住下去,我们也很高兴啊!"

裴佑狼吞虎咽地吃着三明治,抽空点了下头,以示同意。

林泽致看了一眼姜念,面无表情道:"只要你以后不要再进我的房间,我没意见。"

姜念点头,尴尬得想找个地缝钻进去。

"谁想进你房间啊?她那是走错了!"郁璟然怼了一句林泽致,转头看着姜念忙前忙后的样子,心里又不爽了,"我说了你不用做这些家务的,我们一般都叫外卖,周末也会有保洁来打扫卫生,你全都揽到自己身上,想把自个儿累死啊?"

"哎哟,我们小炸也学会关心人了,真是有生之年系列啊!"

裴佑的一句话让郁璟然的脸瞬间红成了猴屁股,搁在以往,郁璟然早就爆粗口了,但现在有姜念在这里,他只能生生把某些"和谐"字眼吞了回去。

阿城一早就来了,趴在餐桌上嘴巴就没停下来过,这会儿眼看时间已经不早了,终于想起自己身为助理的职责,于是说道:"炸哥,你今天应该会去剧组吧?"

"当然。"郁璟然点点头,颇有一番雄心壮志,"从今天起,我要好好拍戏,刻苦锤炼演技,朝着影帝的伟大目标奋勇前进!"

餐厅里安静了三秒钟后,众人爆发出一阵大笑,周小琪突然从椅子上掉了下去。

裴佑拍着大腿大肆嘲笑郁璟然:"你这句话槽点太多,我都不知道该从哪里吐起了,快跟哥哥说说,你是发烧了,还是昨晚被外星人绑架了啊?"

"滚一边去!"郁璟然喝光杯子里最后一滴果汁,站起身,沉声道,"我要努力成为一个真正的偶像,给我的粉丝最强大的正能量!阿城,去开车!姜念,把我的剧本拿过来!我们现在出发!"

"可是……我已经被剧组辞退了。"姜念弱弱地说了一句。

"什么?"郁璟然追赶梦想的脚步生生刹住了,怒道,"什么时候的事?你怎么现在才告诉我?"

其实姜念昨天还有些难过的,但现在已经完全释怀了,冷静地说:"我把你这个男主角都气走了,导演辞退我也很正常啊。"

"这件事又不是你的错,他凭什么辞退你!"郁璟然已经完全忘记了自己才是导致姜念被炒鱿鱼的"罪魁祸首",径自拉起她的手腕,大步向门口走去,"你跟我一起去剧组,我看谁还敢轰你走!"

姜念赶忙拉住郁璟然,说道:"我真没事,其实导演他人挺好的,虽然我是被辞退的,但薪酬一分不少给我了,说起来还是我占便宜了呢。

而且，剧组已经请了新的台词老师了，我现在去多尴尬啊。你答应了我要好好拍戏的，不许再乱发脾气了，难道你又忘啦？"

一番温声细语，郁璟然的满腔怒火跟他的头发一样，不争气地塌了下去，他甩开姜念，没好气地说："算了算了，随你吧。"

阿城赶忙趁热打铁，说道："炸哥，事不宜迟，咱们现在就去追赶梦想吧！"

"追个屁！"郁璟然拍了一下他的后脑勺，怒道，"老子还没换衣服！在这儿等着！"

早饭过后，郁璟然去剧组拍戏了，其他人也各有通告，前后脚都出了门，刚才还很热闹的公寓顷刻间变得空荡荡的。

姜念拿出手机，打开联系人列表，看着署名为"家"的那串号码，想了很久，还是打了过去。

电话很快接通，话筒里传来一个中年女人的声音："谁啊？"

姜念的眼眶立刻有些发热，她努力忍住心头的那股酸涩，片刻后才道："妈，是我。我最近工作忙，也没时间回家，爸身体怎么样？"

"还是老样子。你这个月的钱什么时候打过来？你爸的医药费又没了，还有你妹妹今年刚上大学，正是用钱的时候，你做姐姐的，要多多帮衬着她点儿才是。"

"嗯，我知道，钱我过几天就汇过去，您放心。"

"行，那就这样，我去店里了。"

"好……那您保重身体。"

手机里传来一阵忙音，姜念慢慢放下手机，心里又一次被失落填满。从小到大，妹妹姜玥总是会得到父母更多的疼爱。很多时候，她在家里就像是一个毫无存在感的隐形人，与父母之间的感情也十分淡漠。她失望过、气愤过，也抗争过，到现在，却也只能慢慢习惯，学会自己一个人独立处理所有事情。

早上闲着没事，姜念决定去之前租住的房子收拾自己的东西，把能用的都先搬过来。

　　昨晚她稀里糊涂地就被郁璟然拉了过来，也没细看周遭的环境。这会儿走出公寓，顿时有一种乡下人进城的感觉。这栋公寓位于城东，是霖京市有名的富人区，一栋公寓最少都要好几千万，都是一些明星和商贾富豪住的，普通人根本连进都进不来。以这个小区的面积和建筑的复杂程度，以及她强大的路痴属性，她已经预见自己以后会经常迷路了。

　　把东西都搬过来后，正打算休息一下，姜念突然接到了一个副导演的电话，说是手里头现在有一部待播的宫廷剧，询问她最近有没有空当去试一下音，看看合不合适。

　　姜念惊喜之余，一口答应下来。

　　姜念匆忙赶到录音棚，一个下午试录了几个片段，效果还不错，导演和制作人都挺满意，当场宣布这部电视剧的女主角配音就定下她了，明天正式开始工作。

　　结束后，姜念走出录音棚，迎面就看到了步履匆匆的顾君陶，这录音棚的对面就是市电视台，难怪这么巧。

　　"学长，你刚下班？"

　　顾君陶看到她，几乎是立刻跑过来的，气息还有些微喘："我刚刚才看到你房子失火的新闻，有没有哪里受伤？"

　　"你怎么知道？"姜念心想：那岂不是茵茵也知道了？以她的性子，要是知道自己昨晚发生了这么大的事还没去找她，铁定要生气的！

　　于是姜念脚底抹油赶紧溜走，忙道："我没事！学长，那我先走了啊。"

　　"等等，"顾君陶拦住她，"一起吃晚饭吧。茵茵在餐厅订了位子，让我把你也带过去。"

　　唉，看来是躲不过去了。姜念无奈，只得答应："那……好吧。"

　　到了餐厅，姜念刚坐下来，乔茵茵果然就开始兴师问罪了："好你个死念念,家里出了这么大的事儿怎么都不告诉我?我看你是根本不拿我当好朋友啊?"

"我哪敢啊!"姜念赶忙给乔茵茵倒了一杯凉白开平息怒火,"昨天晚上太晚了,我想着你们肯定都睡了,回头把你们都叫醒,搞得兴师动众的也没必要。而且,我现在人不是好好的嘛,你就大人有大量,别生我的气啦!"

"那你现在住在哪儿?"顾君陶问。

姜念犹豫了一下,要是她现在说出实话,估计乔茵茵能当场掀翻这家餐厅的房顶,而且 ACE 组合的成员都是当红偶像,一丁点风声传出去都会造成轩然大波,还是不要给他们惹麻烦了。

姜念只能违心地撒了个谎:"我在一个前辈家借住一段时间,等之后手头宽裕点,再租个房子。"

乔茵茵闻言,有些纳闷地问:"什么前辈,怎么没听你提到过?"

顾君陶接过话头,顺势说道:"住在别人家里不方便。这样吧,我搬到朋友家住一段日子,你先跟茵茵一起住吧。"

"不用不用!"姜念赶忙拒绝,"我住得挺好的,搬来搬去多麻烦啊。再说了,我怎么能老是去打扰你们的二人世界呢,那多不好啊!"

乔茵茵见她心意已决,只得作罢,说道:"那你要是遇到什么事儿了,一定要第一个想起我啊!咱们这么多年好朋友了,你可不许见外!"

"好好好,我知道啦!下次一定记着!"姜念无奈地笑道。

顾君陶低头喝了一口茶,目光落在对面的女孩身上,想起自己刚刚看到新闻时的恐惧,此刻仍然有些后怕。幸好,她还安然无恙地坐在这里。

Chapter5.
西班牙之旅

▼

这天早上,姜念一出房间,发现公寓里来了好些工作人员。ACE全团成员也难得凑齐了,分散在客厅的各个角落做造型,大家伙儿都忙得不可开交。

她走到玄关处,一边换鞋,一边说道:"冰箱里的食材可能不够做早餐,我去超市再买点回来。"

"不用啦。"周小琪顶着一脑袋的粉红发卡,兴高采烈地说,"我们要去西班牙,待会儿在机场买肯德基的早餐就好了。不过有好几天都见不到念念姐了,你一定要想我哦,我会给你带礼物的!"

"西班牙?"姜念一愣,停下动作,惊讶地问,"这么突然?什么时候走啊?"

"八点出发。"郁璟然正坐在沙发上,低头看了一眼手表,"所以你还有二十分钟时间,赶紧去收拾行李!"

姜念大吃一惊:"为什么我也要去?我今天还有工作,而且护照什么的……"

"现在你最重要的工作是做我的助眠师,我去哪儿,你当然也得去哪儿了,护照什么的早都弄好了。赶紧的,八点钟我要是看不到你出来,就亲自过去逮你!"

"你!"姜念气结,恨不得一棒槌砸在他那头炸毛上。

周小琪倒是很高兴,赶忙来当和事佬,两只手抱着姜念的胳膊来回地晃,撒娇道:"好了好了,念念姐别生气了,反正我们也就去三天,不会耽误你工作的。而且那里风景可美了,我也想跟你一起去呢!好不好嘛,念念姐?"

这家伙就知道恃"可爱"行凶，姜念被晃得脑袋疼，只得妥协："好了，我答应你。"

"么么哒！"周小琪给了她一个飞吻，就又被造型师抓了回去。

郁璟然怒道："周小琪！给我闭上你的嘴！"

周小琪朝他做了个鬼脸："我就不！气死你！"

郁璟然顿时气得勃然大怒，刚想过去揍周小琪一顿，奈何被造型师按在原地，动弹不得。

两个人随即开始隔空对战。

姜念实在不想看这俩小学鸡打闹了，无奈地叹了口气，向导演请了假后，回房间收拾行李去了。

那头，郁璟然在造型师的精心搭配下，终于到达了爆发边缘："今天又不出通告，上了飞机就睡觉，弄这些乱七八糟的干什么！我不穿这个，难受死了，把我的T恤和运动裤拿过来，我要穿在香港买的那条黑裤子。"

阿城一听，头都大了：不是吧，又穿那条裤裆都快掉到小腿的黑裤子？松松垮垮的，简直丑到爆，每次机场图爆出来连他那些真爱粉都要吐槽！陈升可早就说了，要是郁璟然穿一次那条裤子，我的工资就要被扣一半！

为了自己的腰包，阿城好说歹说，终于以不化妆不做头发为条件，劝说郁璟然换上了造型师搭配好的服装。

ACE组合这次是去西班牙拍一个国际品牌的香水广告，因为公开行程，机场来了很多粉丝，把候机大厅围得水泄不通，大家举着灯牌和海报，整齐大声地喊着应援词。

姜念还是头一回看到这阵势，以往只在网上听说ACE有多红，这一次才真真切切地感受到他们的人气，真是令人叹为观止。

飞机上，大家都挺兴奋，周小琪更是叽叽喳喳说个没完，惹得郁璟然和裴佑心烦得要命，逮着他一顿胖揍。

只有林泽致一直看向窗外，全程一言不发，情绪不高的样子。

姜念看得出来，他似乎是有什么心事。

经过长达十五个小时的航程后，飞机降落在西班牙马德里机场，然后一行人改乘火车，终于抵达了这次的目的地——龙达小镇。

在来到这里之前，姜念从未想过世间竟会有如此接近天堂的地方。龙达小镇被称为"建在云端的城市"，一幢幢白色小屋矗立于青山之巅，脚下便是如同刀砍斧削的万丈深渊，让人有一种仿佛置身梦中的错觉。这里有着安静优美的蓝天白云、木窗白墙，建筑里却仍然透着西班牙独有的热烈和风情。

人人都羡慕明星偶像风风光光就能赚得大把钱，但他们这份工作还真不是一般人能做得来的。一行人到达龙达小镇已经是第二天早晨六点了，ACE四人在酒店睡了不到三个小时，就被叫了起来化妆做造型，准备广告拍摄了。

郁璟然坐在化妆镜前憋了一肚子起床气，一头毛参开了花，根根都倔强地竖了起来。

阿城看得胆战心惊，连忙去姜念的房间把她拉了起来，过来给郁璟然顺毛。

郁璟然瞟了一眼睡眼惺忪的姜念，没好气道："你来干什么？这才几点，回去接着睡。"

姜念拍拍脸，让自己清醒了些，说道："不睡了，难得来西班牙，要是都睡过去了，多可惜呀。你头发怎么回事？怎么又参了？"

"我没睡好就这样。"郁璟然烦躁地挠了挠头发，似乎也有些无奈。

姜念想象了一下那毛茸茸的手感，手心直痒痒，脱口而出道："我能摸摸你的头发吗？"

郁璟然一愣，阿城一惊，就连正在画眼线的化妆师也手一滑，差点把笔头插到这位小祖宗的眼睛里。

姜念这才反应过来，顿时有些尴尬地说道："我可能没睡醒，脑子里有些不清楚……"

"摸吧。"

"啊？"

郁璟然斜眼看着她，说道："就知道你对我的头发图谋不轨，上次趁我睡觉就偷摸来着，别以为我不知道。看在你这次这么听话，乖乖陪我来西班牙的份上，小爷我就大发善心，让你随便摸。"

睡觉？偷摸？化妆师仿佛听到了什么不得了的惊天猛料，一口气噎住差点没缓过来，开始担心自己今天走不出这个房间就要被灭口了。

化妆师看到阿城一个眼刀射过来，简直就是明晃晃的威胁。

"真的？"姜念心头一喜，小步蹭了过去，不好意思道，"其实我也没别的意思，就是从小有一个怪癖，特别喜欢摸毛茸茸的东西，所以我才养的汤圆。而且，我真的很好奇，你的头发到底是什么构造，为什么每次一生气都能奓得这么高……"说着，她小心翼翼地把手放在了他的头发上，轻轻地揉了揉。

奇迹发生了，刚刚还奓得飞起的头发竟然慢慢塌了下去，看起来柔软而蓬松。

郁璟然的耳朵染上了淡淡的红晕，不自在地清了清嗓子，躲开了姜念的碰触，不耐烦地说："有完没完？男人的头发不能轻易给别人摸的！"

姜念一下子乐了，敲了敲他的脑袋，笑道："得了吧，你还男人呢，小屁孩一个！"

"姜念！"郁璟然勃然大怒，头发再次奓了起来。

姜念跟看特效似的，笑得直不起腰。

经过这段日子的相处，她越发发现，郁璟然看起来嚣张霸道，其实骨子里就是个小男孩，占有欲强，脾气暴，性子直，但依然是真诚和善良的。在他面前，她越来越轻松自在，偶尔也敢这样逗逗他了。

上午的拍摄场景选在了龙达小镇最负盛名的 Mondragon 宫殿，这里曾是摩尔国王的宫殿，内部有精致的庭院。宫殿保留了浓郁的中世纪风格，十分符合这款香水浪漫而神秘的特征。

这次的广告以微电影的形式进行拍摄，故事背景是在阴雨天，一个少女走进了这座宫殿,分别在不同的地方遇到了四个不同的男人,他们有的冷峻,有的神秘,有的浪漫,有的热情,少女从一个男人身边走到另一个男人身边,仿佛从一个梦境走到另一个梦境,直到最后,雨过天晴,阳光再次普照大地,她倏然醒来,这才发觉在身边陪伴自己的,竟然只是一瓶香水。

这是一个没有任何逻辑的、典型的玛丽苏故事,但这个导演一向擅长营造气氛,ACE 的每个成员又都是颜值上佳,因此拍摄出来的每一帧画面都唯美得似海报一般。

姜念在镜头前看得都快入了迷。

这时,忽然听到导演喊了一声"咔"。

"璟然那头发怎么回事?怎么女演员一靠近就会竖起来?化妆师怎么做的造型啊?"

化妆师赶忙拿着发胶跑过去,却怎么弄都压不下去。

阿城小声道:"炸哥,你怎么了,以前拍戏的时候也不会这样啊?"

"老子以前哪里拍过这种戏?一想到要和她接吻,我就浑身不舒服。"郁璟然没好气道。

阿城苦口婆心地劝他:"导演说了,只是借位而已,你就忍忍吧。再说了,跟你搭戏的女演员长这么漂亮,怎么说也是咱们占便宜了,对吧?"

"这便宜你想占,你自己上啊。"郁璟然把化妆师手里的发胶推开,不耐烦道,"行了,别喷了,把姜念给我叫过来。"

看姜念在给郁璟然顺毛了,阿城赶忙过去跟导演赔不是:"导演,璟然他不是故意的,他头发就有这毛病,心气不顺就容易竖毛,怎么都控制不了。这是他头一次跟女演员演亲密戏,心里估计是有点紧张。"

"我还头一次听说有这毛病的。"导演也乐了,瞧着一姑娘走到郁璟然那里跟郁璟然说了几句话,郁璟然的头发居然就塌了下去,更是又惊又奇,"那姑娘是谁?"

"她……"阿城想了想,撒了个谎,"她是我们团队的工作人员,大家在一起工作时间也挺久了,璟然在她面前比较放松。"

导演点点头，说道："这姑娘的后脑勺长得倒是不错，就是矮了点！"

想到拍摄时间紧张，郁璟然那毛病也不是一天半天能好的，这么拖下去可是经费在燃烧啊！反正这个镜头只从女演员的背面拍，又看不到脸，导演大手一挥，喊道："去给她找身一模一样的衣服，换一双高一点的高跟鞋，这场戏，让她跟郁璟然拍！"

谁？姜念还没听清导演喊的是什么，就被几个工作人员火速拉到房车里开始紧锣密鼓地做造型，然后被赶鸭子上架直接推到了郁璟然面前。

郁璟然还是第一次见到精心打扮之后的姜念，眼睛明显一亮。

姜念被看得有些不自在，低头把鬓边的头发拢到耳后，尴尬道："我这样很奇怪吗？"

"咳……"郁璟然清了清嗓子，装作不在意的样子，"还行吧，勉强能看。"

拍摄重新开始，导演一声令下，所有打光灯和摄像机全部启动，对准了他们。

姜念骑虎难下，只得硬着头皮上了。

这一次，郁璟然的状态明显好了许多，靠近女孩时羞涩而忐忑的神情，染上了红晕的脸颊和耳朵，散发出光亮的深情双眸……一切的表现完全就是陷入爱情的模样。

天空碧蓝高远，风在耳边轻轻吹着，阳光在姜念的脸上洒了浅浅的金黄色，让她的眉目显得格外清楚和宁静。青草和泥土混合的新鲜气味隐隐飘来的那一刻，郁璟然轻轻吻上了姜念的唇。

姜念的大脑一片空白，她下意识地闭上眼睛，黑暗中那个人铺天盖地的滚烫气息和炽热体温却愈加清晰。

万物俱静，大脑皆是空白，只留下唇齿间那无限缱绻的温柔和清甜。本来只有五秒钟的借位，郁璟然却抱着姜念足足吻了快一分钟。

导演的一声"咔"仿佛石破天惊般，将他们从梦境中拉回到现实世界。

郁璟然猛地松开姜念，一脸的不可置信，难道这中世纪的古老庭院里真藏着什么隐秘的魔咒，引诱着他不经大脑就做出了这么轻率的举动？

姜念本来以为顶多就是蜻蜓点水般一碰即离，没想到是这么一个货真价实的拥吻。她一边有些后悔刚刚答应了导演的要求，一边又控制不住地心脏怦怦直跳，抬眸看到郁璟然一脸震惊的样子时，心里就有些来气："你这什么表情啊，好像我把你怎么着了似的？这还是我的初吻呢，早知道……我才不愿意跟你拍呢！"

我……我也是初吻啊……郁璟然神情一滞，这话说出去好像有点丢脸，便把话吞了回去，讪讪道："大不了我回去给你加工资。"

"谁稀罕！哼！"姜念没好气地瞪了他一眼，回去换衣服了。

阿城见郁璟然还傻傻地愣在原地，忙过来戳了戳他，小声说道："炸哥，导演不是说借位吗？你怎么……真亲啊？"

"我……"郁璟然回过神来，恶狠狠地瞪着阿城，威胁道，"你要是敢告诉姜念，我就让陈升扣你一年工资！"

凭什么姜念加工资，到他这儿就要扣工资了？果然是新人刚过门，旧人就扔墙头！阿城敢怒不敢言，只能委屈巴巴道："我知道了。"

很快到了中午开饭时间，周小琪和裴佑都从各自的拍摄点过来，上了郁璟然的房车，一人捧了个盒饭狼吞虎咽。

裴佑吃着吃着，就吃出了满腔的悲愤之情来："为什么来西班牙我们还要吃盒饭啊，真倒胃口！要不，咱们今天晚上翘了夜戏出去吃好吃的去？"

"这是你一个队长该说的话吗？"周小琪一筷子敲到他脑门上，威胁道，"你要是敢翘通告，我就给陈升打小报告！"

裴佑的面子有些挂不住，怒道："你还知道我是队长啊？你一个小忙内敢这么跟队长说话？嗯？是不是想挨揍？"

他一个忙内操着队长的心，他容易吗？周小琪也悲愤了："我就敢！我就敢！有本事你揍我啊！"

"哎，哎！别动手啊！"阿城赶忙放下手里的盒饭跑过来劝架，"两位小祖宗，算我求求你们了，咱们现在可是在西班牙呢，就安分点吧……"

说话间，林泽致的助理突然跑了过来，打开车门，脸色煞白，急得气都喘不匀了："小致不见了！"

阿城猛地站起来，脑袋撞到车顶，他都顾不上去揉，忙问道："什么叫不见了？你说清楚！"

"拍摄结束后，他说想在房车里休息一会儿，我就去场务那里领盒饭，回来时才发现他不见了！我已经找遍了片场所有地方，都没看到他人！他一定是跑出去了！"

阿城急得团团转，转头问其他三人："你们知道他去哪儿了吗？"

周小琪摇摇头："我们都在不同的地方拍摄，我一上午都没看到他！"

裴佑摊手："我也不知道。"

"这……这可怎么办？下午还有他的镜头呢！我……我打个电话给升哥，以前都是他带小致比较多，应该知道怎么应对这种情况。"

"别打！"郁璟然一把夺过手机，"陈升现在人在国内，你打给他，除了到头来让林泽致挨一顿骂，还能有什么用？"

"那怎么办啊？这个广告商咱们可得罪不起啊，你们要是因此丢了这个代言，影响可就大了！"

郁璟然沉思片刻，脑中突然灵光一现，说道："我记得他的第一部电影就是在这里拍的，电影里有一个很重要的取景地……"

周小琪和裴佑对视一眼，脱口而出道："龙达新桥！"

郁璟然点点头，说道："对！他可能是一时兴起想去看看。你们找个人去把他叫回来。"

可是谁去找他呢？这次出国就带了三四个工作人员，现场大家都有工作，忙得不可开交，恨不得一个人分成两个人用，哪能抽得出时间去找人？

姜念左右看了看，貌似这里只有她最闲，便自告奋勇地说："我去吧。"

"不行!"还没等别人说话,这个提议就被郁璟然断然否决,"你自己就是路痴,还找什么人?别回头把自己弄丢了!"

姜念不服气道:"这里大家都不熟,正因为我是路痴,所以我比你们都会看地图和导航,我肯定能找到他的!"

"你……"

见郁璟然的头发又有爹起来的趋势,阿城连忙道:"姜老师说得有道理,龙达这个镇也不大,丢不了的。时间也不早了,现在关键是要把小致找回来。"

关键时刻,裴佑总算拿出了点儿队长的魄力,一锤定音:"就按姜念说的办,她去找小致,现场的戏份就先拍我们三个的,剩下的等小致回来补拍吧。"

姜念走后,郁璟然还是紧皱着眉头、忧心忡忡的样子。裴佑久经情场的灵敏雷达突然察觉到了一丝不对劲儿,说道:"我怎么觉得,你对这个姜老师好像特别关心呢……"

"那可不,"阿城的脑子一时有些短路,脱口而出道,"他早上还借着拍广告的机会偷偷亲了人家呢!"

"什么?"周小琪如遭雷击,仿佛整个世界都崩塌了,猛地扑上去,"你居然敢亲我的念念姐?我要跟你拼了!"

裴佑惊奇之余,迸发出强烈的八卦之心:"太阳打西边出来了,咱们家小炸居然还会亲女孩子了?怎么样?亲了多久?怎么个亲法?有没有法式舌吻?"

"关你们屁事!周小琪,你整天喝姜念那些奇奇怪怪的美容汤,都快胖成一头猪了,压死老子了!赶紧给我起开!"

一顿鸡飞狗跳的打闹后,阿城默默跳下车,关上了车门。

金黄色的日光里,这辆豪华房车正在一上一下发生着剧烈的晃动。现场所有的工作人员都有意无意地朝这边偷看,然后迅速移开目光,掩饰内心的兴奋之情。

看来那些八卦论坛上又会传出一些奇奇怪怪的绯闻了。

阿城望着远方的天空，无语凝噎。

龙达小镇真是一个充满着矛盾的城市，环顾四周，到处都是蓝天白屋，鸟语花香，而若将目光望向远处，看到的却是龙达山脉和深不见底的空谷。太加斯溪将龙达小镇分成两半，新城和旧城由龙达新桥连接着，桥高一百多米，建在峡谷之上，高耸入云，遥遥矗立在天地之间。

姜念便是在这个地方，看到了林泽致。

他就站在那里，望着身下的悬崖峭壁，身姿挺拔，容颜胜雪，透着几分说不出的沉静与淡漠，仿佛是某个不应存在于世的空灵之物。

姜念的心里突然生出一丝惊骇来，大喊道："林泽致，你站在那里做什么？"

林泽致回过头，似乎没想到会在这里看到她，愣怔了片刻，然后露出淡淡的微笑，说道："你怕我掉下去？四年前，我跳下去过一回，其实没什么可怕的。"

姜念脑中忽然闪过一个画面，疑惑地问："你是说……《枷锁》那部电影吗？"

那部电影上映的时候她还在上大学，跟室友一起去看的，回去后内心还震撼了很久。那是一部颇为沉重的伦理故事片，一个离异的家庭里有个控制欲极强的母亲，还有个患有自闭症的少年，每个人都渴望挣脱自己身上的束缚，却仍然逃不掉命运的枷锁，最终双双在这座桥上结束了自己的生命。

林泽致当年出演那部电影时才十七岁，是他出道后的第一部电影，也是到现在为止唯一一部电影。

那部电影虽票房不佳，但口碑爆棚，获奖无数，让电影中饰演母亲的女演员于曼姝拿了三顶影后桂冠，也让林泽致获得了当年的最佳新人奖，震撼了整个电影圈。

林泽致年少成名，本该借此在电影银幕上大放异彩，却在此后四年间再也没有拍过电影。

　　姜念听说过有的演员在拍戏的时候会与自己的角色共情，结果导致入戏太深无法出戏，影响到现实生活。

　　联想到林泽致平日里的沉默寡言，以及此刻这些奇怪的举动，她的心里隐隐有了一个猜测，于是问道："林泽致，到现在为止，你是不是都没有走出那部戏？"

　　林泽致神情一滞，摇了摇头："我不知道，也许是吧，也许不是，也许我走出了电影，却没有走出那段孤注一掷的爱情。"

　　"爱情？"姜念暗暗心惊，仿佛发现了一个天大的秘密，"你……是说于曼姝？"

　　林泽致轻轻点了点头。

　　"那……后来呢？"

　　姜念当即就有些后悔问出这个问题。十七岁的少年，爱上了在电影中饰演他母亲的中年女演员，这段惊世骇俗的恋情一旦曝光，他们会遭到多少舆论的强烈抨击，又会给整个娱乐圈和社会带来多么惊天动地的震撼。

　　故事的结局从一开始就已经注定。

　　所有人都知道，于曼姝在三十岁那年急流勇退，嫁给国外某富商，退出了娱乐圈，从此销声匿迹。

　　顿了顿，她歉意道："对不起，我不该问这个。"

　　林泽致不在意地笑了笑，望着桥下的万丈深渊，淡淡地说："你看过海明威的《逝世在午后》吗？里面有这样一段话，'如果你想要去西班牙度蜜月或者跟人私奔的话，龙达最适合。如果在龙达度蜜月或私奔都没有成功的话，那么再去巴黎分道扬镳、另觅新欢好了'。

　　"这就是我们的结局，我带着她再一次来到龙达，妄想我们可以不顾一切地私奔到一个所有人都不认识我们的地方，可是她放不下太多东西，最终还是离开了我。

　　"我在这里爱上了她，又在这里失去了她。

　　"今天是她的生日，我只是想来看看。"

林泽致缓缓地叙述完这个故事，仿佛是一个旁观者，冷静、客观、不带任何感情色彩。

　　但姜念依然看到了他眼睛里的悲伤，漫天遍野，荒草杂生。

　　"你怎么哭了？"林泽致从悬崖边上走了过来，揉了揉姜念的头发，"放心，我不会从这里跳下去的。其实我应该谢谢你，你是第一个知道这个秘密的人，说出来之后，我的心情好了许多。"

　　"你为什么要告诉我？我们……并不熟识。"

　　林泽致歪头想了想，说道："我也不知道，你让我觉得很轻松，好像自然而然就可以把很多隐藏在心底的秘密说出来一样，没有任何负担。"

　　顿了顿，他又问："你会觉得这段感情……很肮脏吗？"

　　"不！"姜念抬眸看向他，认真道，"我看到的是一个少年最真诚且无畏的感情，即使飞蛾扑火、为世俗不容，但他仍然不肯放弃自己的爱情，毅然决然地奔赴那场也许毫无结果的私奔之旅。"

　　"林泽致，我欣赏你的勇敢，但也能理解于曼姝的选择，你们都没有错，这段爱情更没有错，只是每个人最想要的不同。如果可以，我希望你不要再去恨她，越仇恨越记挂，越记挂越沉溺，那你将永远都走不出这座龙达新桥，逃不脱命运的枷锁，你应该学着释怀。"

　　林泽致心头一震，说不出来是什么感觉，但似乎轻松了许多。

　　良久，他看向姜念，轻声问道："我可以抱抱你吗？"

　　"什么？"

　　没等姜念反应过来，林泽致就已经轻轻将头靠在了她的肩膀上。

　　"我好像知道小炸为什么能听着你的声音入眠了，因为你总能给人一种安心和平静的感觉。"

　　广告拍摄结束，ACE及团队工作人员返回国内，落地霖京机场后，再次遭到了大批粉丝的围堵。只是，这一次，粉丝们的情绪却有些不同寻常的激动。

　　好在有机场保安的护送，所有人终于安然无恙地离开了机场。

车上，阿城还在纳闷："粉丝们怎么回事？怎么一个个都像失恋的模样？"

周小琪习以为常道："肯定是裴佑这只花孔雀勾搭女人又被拍到了呗，又不是第一次了。"

"可我怎么觉得这次情况好像有些不一样呢？"阿城还是不放心，正要掏出手机，来电铃声却响了，一看，果然是大魔王。

"金大城，现在！立刻！带着他们一起来公司，今天你要是不给我一个合理的解释，我就把你塞到鱼肚子里去喂猫！"

大魔王陈升说完，"啪"的一声挂了电话。

阿城控制不住地打了个冷战，连忙打开微博，仔细一看，差点晕过去。

就在他们回程途中，林泽致和姜念在龙达新桥拥抱的偷拍照已经传遍各大网络。现在，微博热搜榜前五名里面有三个都是林泽致恋情曝光的相关话题，阅读人数已经上了千万。

如果是裴佑还好，他年纪大其他人几岁，以往立的人设就是性感魅惑的都市男，一张拥抱的照片算不上什么。

可这是林泽致哎！粉丝们眼中不近女色的冰山王子，刚刚才过二十一岁生日，妈妈粉比女友粉还多，怎么可以和女生做出这么亲密的举动？现在，林泽致的粉圈已经大爆炸了。

这么一通动静，ACE几人自然也发现了端倪。

郁璟然抢过阿城的手机一看，顿时就炸毛了："你们俩背着我做什么了？！"

星宇娱乐公司会议室。

陈升指着姜念，沉声问道："有没有人跟我解释一下，她为什么会出现在西班牙？"

"我……"

林泽致正要说话，郁璟然突然打断他，抢先说道："是我带她去的。姜念是我的私人助眠师，跟林泽致没有任何关系，有什么事，我来负责。"

"私人什么？助眠是什么玩意儿？"陈升差点一口气没接上来，拍案而起，怒道，"郁璟然，你知道不知道自己是什么身份？你是当红偶像，顶级流量，找一个素人女生当助眠师，传出去像话吗？你的粉丝们会怎么想？你还要不要在娱乐圈混下去了？"

以往陈升只是虚张声势，可这一次他明显动怒了。就连一向喜欢插科打诨的裴佑和周小琪此刻都不敢多嘴，郁璟然却丝毫没有畏惧。

"我是偶像又这样？偶像也是普通人，我失眠，所以请助眠师帮我入眠，有问题吗？我不在乎别人怎么想，我自己的生活，我自己决定。"

"好好好！你自己决定！"陈升勉强稳住自己，又指向林泽致，"那他们怎么一回事？为什么会抱在一起？别告诉我他们在谈恋爱！"

"当然不是！"郁璟然大声反驳，说完又有些不耐烦，"那是个意外，反正就抱了一下，又没有什么过分的举动。你随便发个声明解释一下不就完了，堂堂公关圣手连这点小问题都解决不了吗？"

"嘿！你个小兔崽子，我没找你算账就算了，居然还倒打一耙！我告诉你，赶紧把这助眠师给我辞了。你要想治疗失眠，我把世界上最好的中医西医都给你请来，哪个不比她管用？"

"我谁都不要，就要她！"

陈升怒火中烧，要不是阿城拦住，差点把手边的茶杯扔过去。

阿城灵机一动，想到一个好主意，说道："升哥，你不是一直想让璟然接苹果台的那个真人秀吗？不如现在你们各退一步，你同意姜老师继续给璟然当助眠师，璟然就同意接这个真人秀，怎么样？皆大欢喜嘛！"

阿城这人平时看着没脑子，关键时刻还是有几招的。

这话一出，陈升瞬间就动摇了。的确，ACE的新专辑还在制作中，估计明年才能发行，拍的电影电视剧也没那么快上映，粉丝是很难长情的，今天喜欢这个墙头，明天可能就换了另一个新的墙头。即使是当红艺人，空窗期越久，脱粉的可能也越大。现在，裴佑和周小琪都分别有一个常驻的综艺节目，只有郁璟然和林泽致这两人一向任性，一个号称要专注音乐，一个活得像个不问世事的世外高人，拒绝了所有综艺邀约。

苹果台可是真人秀的鼻祖，节目出来后无论是影响力还是收视率，都一定会名列前茅，而且苹果台的高层明确表示，如果郁璟然和林泽致愿意加入，之后会有更多的资源给 ACE。

陈升一直很想极力促成合作，但这两个小祖宗就是不肯点头。

这次，倒是个契机。

"OK！"陈升妥协了，"我同意，你们呢？"

郁璟然立刻道："只要你说话算话，那我也 OK。"

所有人都看向林泽致。

林泽致的目光却落在了姜念身上，片刻之后，点了点头。

这件事就这么一锤定音了。

很快，星娱公司发布声明，称当天偷拍的照片只是香水广告的拍摄场景，摄制组也配合澄清，这场轰轰烈烈的绯闻事件才最终告一段落。

所幸，照片里姜念只露出个侧脸，除了跟她很熟悉的人以及陈升这种极为眼毒的人，普通人根本认不出来，要不然她可就连门都出不去了。

当然，作为跟姜念同寝四年的闺中密友乔茵茵同学，肯定是一眼就能认出来的。

姜念刚回到公寓，行李都还没收拾呢，乔茵茵的夺命连环 Call 就打了过来。

"坦白从宽，抗拒从严！老实交代，照片里跟林泽致拥抱的女生就是你吧！就连你的指甲盖我都认得出来，更别说侧脸了！别想否认，别装傻，也别忽悠我！"

姜念瘫到床上将身体舒展开来，无奈地叹了口气，说道："呃，你都这么说了，我还能说什么。"

电话那头乔茵茵立马蹦了起来，隔着手机都能听出她声音里的兴奋劲儿："这么说是真的？你跟林泽致在谈恋爱？可以啊，小鲶鱼，我说你怎么这些年不谈恋爱，原来是憋足了劲儿钓大鱼呢！"

"你想哪里去了？那就是个意外，我跟他什么关系都没有！"

"真的？"乔茵茵明显不信。

"真的！"姜念无奈道，"我骗谁也不能骗你啊！算了算了，告诉你吧，其实我现在在做郁璟然的私人助眠师，为了方便就住在他们的公寓里，所以这次才会和他们一起去西班牙，真的只是工作而已。"

"什么？！"乔茵茵的声音传过来，差点震破姜念的耳膜，"你……你居然跟ACE同住在一个屋檐下？还在郁璟然的房间给他助眠？天哪！我是不是在做梦啊！念念，你上辈子到底修了什么福气，怎么能遇上这种千载难逢的好事？对了，你能不能拍张郁璟然的出浴照给我欣赏一下？还有还有，林泽致私下里也那么高冷吗？周小琪和裴佑他俩到底关系怎么样，是不是真像网上说的那样有点猫腻呀……"

"打住！"姜念连忙打断乔茵茵的这些浮想联翩，"这件事你可一定要替我保密，也不许告诉你男朋友，要是有一点丝风声走漏出去，我第一个拿你是问！"

"好了好了，我知道，我就是说说而已嘛。那等我回去，你一定要把事情的经过原原本本告诉我哦。"

"再说吧。"姜念看了看时间，已经快到十一点了，连忙坐起来，急道，"我还有事，不跟你聊了，挂了啊。"说完，立马扔了手机，直奔二楼郁璟然的房间。

"咚咚咚！"

没声，难道已经睡了？不会这么早吧？

姜念转了转门把手，发现门没锁，小心翼翼地走了进去，只见郁璟然正盘腿坐在床上，一动不动地盯着她，顿时吓得她一个激灵。

"你没睡？我敲门你怎么都不回答？"

郁璟然把头转向一边，从鼻子里发出一声冷哼："不想跟你说话。"

"又不想跟我说话了？"姜念看着他气鼓鼓的脸颊，有些哭笑不得，"请问我又怎么得罪你了？"

说到这个，郁璟然就来气，立马又把头转了回来，怒道："你明知故问！"

姜念想起跟他在车上的争执，这才反应过来，说道："你是说照片的事情？我不是跟你解释过了，那真的只是一个意外。再说了，我来到这里之后，总共和林泽致也没说过几句话，跟他都不是很熟啊！"

郁璟然更气了："都不熟他为什么要抱你？"

姜念迟疑了一下，说道："这是林泽致的私事，如果他不主动说出来，我就不能告诉你。"

看着姜念坦荡的模样，郁璟然总算有点相信了。他转念一想，突然醒悟过来："因为于曼姝？"

"你怎么知道的？"姜念惊道。

"哼，我们从练习生的时候就认识了，他什么事我不知道啊？虽然他没说出来，但是看他拍电影那段时间的状态，我们几个都多多少少猜得到。后来于曼姝结婚了，我们怕戳到他的伤心处，也没多问。不过……"郁璟然有些酸溜溜地看着姜念，"他这个闷葫芦跟我们都不说，为什么要告诉你啊？你们不是不熟吗？"

"呃……"姜念歪着脑袋想了想，"可能我长得比较像树洞？"

郁璟然白了她一眼："呵呵，并不好笑。"

姜念笑道："时间不早了，你明天还要去剧组拍戏，赶紧睡觉吧。你不是喜欢听悬疑小说吗，我特意在网上买了《东野圭吾全集》，今天刚到，想听哪一本？"

郁璟然瞪了她一眼，翻身钻进被子里，闷闷地说："《白夜行》。"

姜念的嘴角不自觉地弯了起来："好。"

这个家伙明明脾气差到不行，经常蛮不讲理，对自己说话的时候老是凶巴巴的样子，像个没长大的小屁孩，但关键时刻，他又总是义无反顾地站出来维护她。

这样想来，她的初吻给了这个家伙，好像也没那么糟糕。而且，他炸毛的样子，好像还蛮可爱的。

姜念怀揣着心头那一丝小小的甜蜜，轻声诵读着。

Chapter6.
如果没有你

▼

《凤凰劫》前期在绿棚里的特效拍摄已经全部结束了，接下来，整个剧组将前往贵州山区进行实景拍摄，这也就意味着郁璟然要离开霖京至少两个月的时间。

对于这个结果，他本人表现得十分抗拒和不情愿。

阿城收拾好行李，左看看右看看，还是不放心地问："炸哥，你看还有没有什么要带的？"

"姜念。"

阿城一惊："炸哥，托运活人是犯法的。"

"滚！"郁璟然没好气道，"我是说，姜念人呢？"

阿城想了想，说道："我刚才进来的时候，听到姜老师在给她朋友打电话，好像是要去看电影吧，这会儿应该已经走了。"

"看电影？"郁璟然心里警铃大作，忙问，"对方男的女的？"

"那我哪知道？"

阿城在心里默默吐槽：人家跟谁看电影，关你屁事。

郁璟然却坐不住了，立马给姜念打电话。

最近有一部日本的恐怖片爆火，姜念和乔茵茵作为恐怖片的骨灰级爱好者，早就心动已久。

姜念给电视剧的配音工作刚结束，乔茵茵又正好回来了，两人一拍即合，便决定今天去看。

买完票，两人正准备进场，姜念的手机铃声突然响起，低头一看，居然是郁璟然。

那头的郁璟然声音听起来好像心情不佳的样子:"你去哪儿了?"

他不是明天就要去贵州了,怎么这会儿还有闲工夫来骚扰她?

姜念有些无奈地压低声音道:"我和朋友在看电影,不过我肯定会在十一点钟之前回去,不会耽误你睡觉的。"

"这么晚?"郁璟然的声音突然拔高,沉默了几秒之后强忍着怒气道,"地址发过来,我也要去看。"

姜念为了赶紧打发他,随手把电影院的地址发了过去,想他也只是嘴上说说,肯定不会过来的。

灯光熄灭,正片在大银幕上缓缓开始,随着剧情逐渐深入,气氛变得紧张起来,姜念屏住呼吸,期待着最刺激的那一幕来临。

这时,突然有一只白皙且骨节分明的手出现在她的眼前,她吓得魂飞魄散,差点惊叫出声。那只手立刻捂住了她的嘴巴,随即,一个熟悉的声音在她耳边响起。

"笨蛋,是我。"

郁璟然?

姜念转头一看,吓得差点再次叫出声。郁璟然穿了一件黑色的连帽卫衣,口罩遮住了大半张脸,就这么大刺刺地坐在人员密集的电影院里。

她环顾四周,见所有人的心思都聚焦在电影上,没有人发现这里的异常,这才松了口气,压低声音问:"你来这里干什么?"

郁璟然没好气地哼了一声:"我来看看你到底是跟谁一起看电影!"说完,还越过她去看右边的座位,见坐着一个女生,语气这才有所好转。

他捅了捅姜念的肩膀,语气里带着一丝讨好:"哎,说个事……"

"不行。"姜念断然拒绝。

郁璟然气结:"我还没说呢!"

"你都说了八百遍了。"姜念觉得自己的耳朵都快长出茧子了,"我真的不能跟你去贵州,我后面的工作安排得满满当当,实在无法抽身。咱们不是说好了嘛,我晚上给你打电话助眠。"

"谁跟你说好了?"郁璟然不高兴道,"我要听你在我面前讲话,隔着电话我还是睡不着。"

"怎么就睡不着了,之前你不是还听我直播吗?"

"你不知道由俭入奢易,由奢入俭难啊?我都听惯了你跟我面对面说话的声音,隔着电话当然不习惯了!"郁璟然振振有词。

这什么乱七八糟的借口,这家伙的语文不会是体育老师教的吧?姜念懒得再跟他说,重新将注意力放到电影上,随口道:"反正我的决定是不会改变的,你赶紧走吧,别待会儿被发现了。"

郁璟然一张脸气成了猪肝色,却敢怒不敢言,只能恨恨道:"我不走!我也要看!"说完,就转头去看大屏幕。

这时,恰好一个脸色苍白的鬼影突然出现在屏幕上,吓得郁璟然魂飞魄散,当场失声惊叫。

在一片安静的观影氛围中,这声尖叫可谓是石破天惊,立刻吸引了周围人的注意力。

姜念条件反射般地扑过去捂住郁璟然的嘴,一把将他的脑袋按到了自己怀里,赶忙对着前排看过来的观众连声道歉。

幸好电影院里灯光昏暗,并没有人发现这个被吓破了胆的胆小鬼居然就是当红爱豆郁璟然。

"你不是最喜欢看悬疑小说吗?看个恐怖片就吓成这样,至于吗?"姜念无奈地问。

郁璟然还躲在她怀里瑟瑟发抖,幽幽地说:"悬疑跟恐怖是两回事,你搞清楚好不好?"

喊,嘴还挺硬。

"是你自己非要看的,吓着了别赖我。"

姜念把他推到一边,郁璟然却不敢离开半分,死活又缠了上来,因为他一直闭着眼睛,这一扑少了点准头,竟然直奔姜念的胸前。

两人同时愣住,还没等反应过来,忽然听到旁边再次发出一声尖叫。只见乔茵茵的眼睛瞪得像铜铃一般,仿佛被眼前这一幕吓到丧失了语言功能。

天哪，今天来看这场电影，绝对是姜念有史以来做得最错误的一个决定！姜念的头都快要炸了，一把推开郁璟然，赶忙又去捂乔茵茵的嘴。

"淡定！淡定！要是有人发现他，咱俩都死定了！"

乔茵茵惊魂未定，愣了愣，赶紧点头。

姜念这才松开了她。乔茵茵指着郁璟然，话都说不利索了："他……他……他是……"

郁璟然略带嫌弃地看了一眼乔茵茵，对姜念道："姜念，你这朋友是不是有点傻？"

这个熟悉的语调！这张英俊到令人发指的面孔！可不就是当红男团 ACE 组合的 Top 成员郁璟然！堂堂顶级流量居然会跟她坐在同一个电影院里看电影？乔茵茵握住姜念的手，努力遏制住内心深处想要呐喊的冲动，一场电影看完，差点没把姜念掐出瘀青来。

电影结束后，顾君陶开车来接她们去吃饭，姜念急着把郁璟然这尊大佛赶紧送回家去，便拒绝了："你们吃吧，我带他回去了。"

"别啊，吃火锅人多热闹，一起去嘛！"乔茵茵立刻拽住姜念，偷偷拧了一下她的胳膊，低声道，"给个面子，好歹也让我要个签名啊。"说完，对着郁璟然道，"偶像，吃不吃涮羊肉？"

郁璟然看了一眼路边停着的那辆黑色大奔，莫名觉得眼熟，顿时想起来这不就是之前大晚上等在姜念家门口那辆车吗？再一看车上下来的人，竟然是顾君陶，顿时更没好感了！呵，没想到这家伙的人品跟职业道德一样，都没有下限！

他随手打了个响指，说道："吃啊！明天进了深山里，下次吃火锅还不知道猴年马月，走呗。"

"成！果然是我偶像，真爽快！"乔茵茵竖起大拇指，对着郁璟然比了一个大大的赞。

顾君陶订了一家老字号的涮羊肉火锅店，生意很好，大堂里坐满了人，吃饭喝酒谈天说地，好不热闹。

姜念扯了扯郁璟然的袖子，说道："要不我们还是走吧，这里人太多了，你被认出来怎么办啊？"

顾君陶让服务员拿来菜单，神色淡淡道："这里都是普通人来的地方，郁先生要是不习惯这里的环境，可以先走。"

"啰唆什么？"郁璟然扯过椅子坐了下来，不耐烦道，"这顿我请，坐啊，都愣着干吗？"

乔茵茵立马拉着姜念坐下，一通马屁拍得行云流水："看我偶像多接地气，一点架子都没有！不过哪能让您买单呢，能跟您一起吃饭，已经是小女子的毕生荣幸了！"

看着乔茵茵这鞍前马后的劲头，姜念真是有些无奈：这家伙一点眼力见儿都没有，在自己男朋友面前花痴别的男人，没看到顾君陶这会儿浑身上下都散发着寒气吗？

"学长，你也坐吧。"

见姜念替顾君陶拉椅子，郁璟然一颗心都像泡在了醋缸里，没好气道："他自己没手啊？"

虽然郁璟然多次出言不逊，但顾君陶仍然维持着一贯的绅士风度，先是给每个人倒了茶水，然后才看向郁璟然，说道："好久不见，郁先生还是老样子。"

乔茵茵和姜念对视一眼，异口同声地问："你们俩认识？"

顾君陶答道："之前做节目的时候见过一次。"

郁璟然从鼻子里发出一声冷哼，没说话。

看他这副表情，姜念猜想那期节目绝对没说他什么好话，于是默默打开手机浏览器开始搜索。

姜念还真没猜错，事情是这样的，三年前有一个女高中生是郁璟然的私生粉，她不知道从哪里打听到ACE公寓的地址，每天躲在外面偷窥，郁璟然去哪里她都跟着，后来在高速公路上追车的时候发生了事故，险些致残。这件事当时引起了很大的轰动，但郁璟然自始至终没有站出来说过一句话。

因此，顾君陶做了一期名为《偶像失声》的专题节目，以郁璟然为例，针对此类对待粉丝过激行为毫不理会、任由事件发酵的偶像进行批判和抨击，并提出偶像应该给粉丝做出正确的引导，尤其是一些偏低龄化且人生观尚未形成的粉丝圈。偶像失声，就是在推卸自身的社会责任。

当时的节目一出，立刻引起了多方关注。郁璟然的形象也受到了不小的影响，过了近半年的时间，这件事才算慢慢平息。

"你在看什么？"郁璟然发现姜念一直埋着头看桌子下面，起了疑心。

姜念一个激灵，连忙把头抬起来，表情尴尬道："没什么，我就回个微信。"说完，赶忙移开了视线。

各色菜品很快都端了上来，顾君陶一向很会照顾人，除了乔茵茵，偶尔还会给姜念夹夹菜，递纸巾什么的，看得郁璟然心里十分不爽。

过了一会儿，乔茵茵和姜念一起去洗手间，席间只剩下郁璟然和顾君陶两个人，气氛变得诡异起来。

郁璟然开门见山道："顾大记者不累吗？一边照顾女朋友，一边还不忘照顾女朋友的闺蜜，又是夹菜，又是深夜送东西的，还真贴心。"

顾君陶停下筷子，看向他，问道："那晚送姜念回家的人是你？"

"是又怎样？"

顾君陶眸色渐深："作为一个有数千万粉丝的公众人物，我认为你不应该跟她走得这么近。姜念只是一个普通的女孩子，你不清楚自己的行为会给她带来什么后果吗？"

"你是以什么身份跟我说这句话？"郁璟然冷笑一声，"顾大记者，我奉劝你一句，别吃着碗里的看着锅里的，对自己女朋友的好朋友心怀不轨，你不觉得自己恶心吗？"

"郁璟然！"顾君陶隐隐有些动怒，"你知不知道自己在说什么？"

姜念和乔茵茵携手归来，察觉到饭桌上诡异的气氛，两人对视一眼，都有些不明所以。

乔茵茵问："怎么回事？发生什么了？"

顾君陶喝了一口水，压下心头的怒气，沉声道："没事，吃饭吧。"

姜念觉得有些疑惑，坐下来捅了捅郁璟然的胳膊，小声问："你是不是又惹麻烦了？"

郁璟然没好气地看了姜念一眼，狠狠地说："笨蛋，被人卖了还替人家数钱！"

一顿饭吃得刀光剑影，波谲云诡，好不容易结束了。

顾君陶叫来服务生，准备买单，郁璟然却抢先一步，拦在他前面，说道："我说过了，这顿我请。"

说着，他开始掏钱包，一秒钟，十秒钟，三十秒钟……时间一点点过去，他把全身上下都翻了一遍，一毛钱都没翻出来。这辈子没遇到过这么尴尬的事情，他的脸顿时由白转红，又从红转黑，那叫一个精彩纷呈。

服务生站得很近，依稀能看到一点他的脸，越看越觉得他像郁璟然，但又不太敢相信，毕竟像郁璟然这种大明星会没钱买单吗？

"还是我来付吧。"

郁璟然再找下去，不是他爹毛，就是服务生要尖叫了，姜念赶忙将服务生拉到柜台边，快速买完单。

回公寓的路上，郁璟然开着车，憋了半天还是没忍住，说道："你以后离那个顾君陶远一点，那家伙不是什么好人！尤其是我走了之后，你一个小姑娘，回头被人卖了都没人去赎你！"

"扑哧！"姜念没忍住笑出声来，有些无奈道："你整天脑子里在想些什么呀？学长虽然性格高冷，但为人肯定是信得过的，不然茵茵也不会跟他交往那么久了。"

郁璟然轻嗤一声："难怪你们俩是朋友，一对笨瓜！"

"喂！"姜念不满地喊了一声，小声嘟囔，"我看你就是因为私生粉的那篇报道，对学长有偏见。"

郁璟然手指一顿，脸上的表情都消失了："你看了？"

姜念有些怵他这副样子，顿时有些心虚，小心地说："我就是有点好奇……"

一时车内安静下来。

片刻之后，郁璟然才低低地问了一句："所以你觉得我做错了？"

"这个怎么说呢，"姜念想了想，"明星和私生粉的关系本来就比较尴尬，虽然他们有些行为确实已经触及了法律的边缘，但归根结底还是源于对偶像的崇拜和喜欢。你如果那个时候站出来发声，也许会让一些粉丝寒心。"

"我不是怕脱粉，"郁璟然打断她的话，顿了顿才继续说，"当时那个女孩才十七岁，马上就要高考了，如果我发声，会有更多的媒体和粉丝去攻击她，可能毁掉她今后的人生。每个人都会犯错，而且她已经为自己的错误付出了惨重的代价，她应该有一次重新再来的机会。"

姜念没想到郁璟然是这么想的，不禁心头微动，目光盈盈地看着他。

郁璟然被这样的目光看得心脏怦怦直跳，表情不自然地移开了视线，别扭地问："为什么这么看着我？"

"啊……"姜念的嘴角浮现出浅浅的笑意，"没什么，只是突然发现小暴龙也有温柔的一面呀。"

"咻……"

郁璟然突然一个急刹车，差点没把车子开到路边的草坪里。

郁璟然去了贵州，裴佑也去外地出通告了，以往吵吵闹闹的公寓里一下子就安静了许多，让人怪不习惯的。

周小琪整个人瘫在沙发上，忍不住大发感慨："小炸和花花一走，都没人陪我打架了，小致那座大冰山戳一下都不带有声的，这日子过得真没意思。"

姜念正在把早餐端到餐桌上，听到这话笑了笑，说道："你最近倒是挺闲的哦。"

说者无意，听者有心。如果一个当红偶像闲下来，不就是代表他快过气了嘛？这可是大事故！周小琪顿时来了危机感，猛地蹿起来，嚷嚷道："不行，我得给陈升打电话，让他给我安排点活儿干干。"

"你吃了早饭再打啊。"姜念喊道。

"不吃了！不吃了！小炸都去追赶梦想了，我还躺在家里吃东西，一定会变成咸鱼的！没准儿还是条胖头鱼！"

周小琪风风火火地朝楼上跑，差点和林泽致撞了个满怀。

姜念无奈一笑，对林泽致说："看来就剩下我们俩了，一起吃吧。"

林泽致点点头："好。"

两个人都不是话多的人，再加上上次的照片绯闻事件，姜念碰见林泽致的时候总有点儿尴尬的感觉。

饭桌上一时安静，只有默默吃饭的声音。这时，姜念突然轻咳了几声。

林泽致抬头看向她，问道："你感冒了？"

"可能是昨天回来的时候突然下雪了，有点着凉，没事，过几天就好了。"姜念不在意道。

"你今天还要去录音？"

姜念点点头："就剩下八集了，今天应该就能录完。"说着，又咳嗽了起来。

林泽致眉头微皱，双眸隐隐透着几分担忧。

"时间不早了，我得走了。"姜念急忙站起身，一边走到玄关处换鞋，一边叮嘱道，"你吃完后把碗筷放到厨房就好，我晚上回来再洗。还有，汤圆的狗粮在冰箱左边最下边那个柜子里，麻烦你帮我喂一下它，谢谢啦。"

林泽致本想让她在家休息一天，但话到嘴边，她已经匆匆出了门。

天空中依然飘着雪花，地上已经结了一层薄薄的冰，看来这雪是下了一夜。但寒冷的天气也阻挡不了人们的热情，街边的商铺外都张灯结彩，挂着各种装饰，音响里传来悦耳的欢庆歌曲，到处都是一派热热闹闹、生机盎然的景象。

姜念停下脚步，这才恍然发觉再过三天就是元旦了。

这一段时间，她一边攒房租，一边还要给家里寄钱，一直拼命地接工作，一个接一个，几乎没有一天休息过，没想到一向很强大的免疫力竟然在这次小感冒中败下阵来。录到中途时，她感觉嗓子干痒得厉害，脑子里昏昏沉沉，好像有点发烧。录音师看她状态不太好，便暂停了录制，让她休息一会儿。
  坐下来，喝了几口热水，姜念这才感觉好了点。这时，乔茵茵的电话打了过来。
  姜念接听后，轻轻地"喂"了一声。
  不愧是多年的好朋友，乔茵茵立刻听出来她的声音有些不对劲儿，忙问道："你怎么了？身体不舒服吗？"
  "嗯。"姜念的声音有些微哑，"有点感冒，不要紧。"
  "小可怜，听起来像霜打了的茄子似的。你还在录音吗？"乔茵茵为难道，"可惜我现在有工作，不然肯定飞奔去看你！"
  姜念忙说："我没事。今天可是你最重要的日子，一定要加油啊，别为我分心。"
  "嗯嗯，我准备了很久，肯定没问题的！"说完，乔茵茵又不免有些担忧，"你嗓子不舒服，就先别说话了，好好休息，我结束之后就来找你。乖乖的啊！"
  姜念笑道："好，我等你。"
  顾君陶见乔茵茵挂掉电话后一脸愁容的样子，问道："怎么了？"
  "念念生病了，听起来好像蛮严重的。"乔茵茵叹了口气，"她现在还在录音棚录音，依照她的性子，不坚持到工作结束肯定不会休息的，唉，真是让人怪担心的。待会儿我们一起去看看她吧，希望今天的比赛能早点结束。"
  这时，有一个工作人员匆匆忙忙跑进化妆间，催促道："茵茵，比赛马上就开始了，导演让你现在过去就位。"
  "好的，我马上过去。"乔茵茵连忙站起身，正要走，却见顾君陶没有跟上来，便停下脚步，不解道："怎么了？"
  顾君陶沉默片刻，站了起来，看向乔茵茵，说道："对不起，我临时有件很重要的事，需要马上过去处理。"

"什么？"乔茵茵一愣，"今天是我第一次在这么重要的赛事上担任主持，你不是特意请了假来陪我的吗？"

顾君陶顿了顿，仍是那句话："对不起。"说完，便很快离开了。

乔茵茵还没来得及多想，就被再一次来催的工作人员带去了现场。

姜念一直坚持到录音结束，才终于松了口气。从录音棚出来，刚走到监听室，她突然觉得脚下一软，差点儿摔倒在地，这时有一双手将她扶了起来。

"学长？"姜念勉强支撑着自己站起来，对着顾君陶露出一个苍白的笑容，"茵茵呢？比赛这么快就结束了？"

顾君陶看着她这副虚弱的模样，一直积攒的情绪终于忍不住爆发，说道："你为什么总是把自己逼得这么紧？为什么遇到任何困难，都不愿意告诉我？别人的二十四岁都是在恋爱、在旅游、在尽情享受这个年纪该有的快乐，为什么你却过得这么辛苦？你知不知道，看到你这个样子，我有多心疼……"

姜念被他紧紧地抱在怀里，脑子里顿时一片空白，冒出来的第一个想法是——他该不会是喝醉酒认错人了吧？

正在这时，监听室的门突然被一脚踹开，仿佛有一阵疾风从眼前刮过，紧接着，顾君陶被一拳打倒在地。

姜念抬头一看，顿时惊道："郁璟然，你怎么在这儿？"

"我不在这儿，你就被这浑蛋给……"郁璟然气到语塞，又是一拳对着顾君陶的脸揍了过去。

这次顾君陶有所防备，立刻侧身躲过，压着怒气道："郁璟然，你说话给我放尊重点！"

"像你这种人，配得上尊重这两个字吗？"郁璟然冷笑一声，一把拽住顾君陶的领口，"我警告你，离姜念远一点，你要是敢欺负她，我跟你没完！"

这番动静已经引起了外面工作人员的注意，姜念生怕会惹出更大的乱子，到时候势必会影响郁璟然的公众形象，便上前一步拦住他，劝道："够了！郁璟然，别闹了，我们走吧。"

谁知这却让郁璟然误以为她在护着顾君陶，顿时更是生出滔天怒火来，冷着脸问："姜念，别告诉我，你也喜欢他？"

"顾君陶……"

一个微弱的、夹杂着哭腔的声音传来，所有人朝门口看去，乔茵茵正一脸震惊地站在那里，似乎对眼前发生的这一切措手不及。

郁璟然这家伙就知道添乱！姜念真是恨不得踹他两脚，急忙跑过去跟乔茵茵解释："茵茵，你别听郁璟然胡说八道，我……"

"我不听你说，我想听他说。"乔茵茵看向顾君陶，一字一顿道，"你刚才说临时有事，是因为担心姜念的病情，所以急着来看她吗？"

顾君陶沉默片刻，点了点头。

乔茵茵的眼眶立时红了，今天这场比赛在三家视频网站上同步直播，现场来了上百家媒体进行全程跟踪报道，不出意外的话，这将是她事业上最关键的转折点。她提前一个多月就开始准备了，紧张、兴奋、激动，没有人比顾君陶更清楚她有多么在乎今天这个日子了，可是，他竟然为了姜念选择了离开。

"顾君陶，我和姜念在你心里，到底谁更重要？"

顾君陶再次沉默了。

而他的沉默让答案昭然若揭。

乔茵茵的脑海里突然闪过了许多过去的细节，大学她追求了顾君陶近半年的时间，他却一直很冷淡，直到他发现自己是姜念的室友后很快便同意跟她交往；他们在一起的时候总是会聊到姜念，他旁敲侧击地询问着姜念的各种喜好；他时刻记挂着姜念的嗓子，总是不遗余力地给姜念带去各种保护嗓子的药材和茶叶；他在得知姜念房子失火后表现得比她还要担心和着急……

乔茵茵突然觉得眼前一片空白，几乎要站不稳，扶着墙缓缓蹲了下来。姜念想要抱抱她，像之前每一次她难过时那样安慰她，却被她一把推开。

"我求求你,不要碰我,不要跟我说话,不要让我再看见你……我受不了,我真的受不了……"乔茵茵将脸埋在掌心里,眼泪奔涌而出,全身都散发出绝望的气息。

姜念的手落在半空,良久,抬步走了出去。

她好像在做一个梦,明明都是熟悉的人物,却发生了匪夷所思的事情。她不知道为什么顾君陶会突然跑来说那些奇怪的话,不知道郁璟然为什么要动手打他,不知道茵茵为什么会露出那么难过的表情。她只知道,可能从这一刻开始,她失去了生命中最重要的朋友。

"嘀——"

身后传来一声车喇叭响,郁璟然从车上跳下来,脸上带着生人勿近的冰冷气息,还没等姜念反应过来,就将她连人带包塞进了车里。

郁璟然心里有气,一脚将油门踩到底,车子便飞速驶了出去。

"我早跟你说了,顾君陶那浑蛋对你不安好心,你要是早点听我的话,怎么会有今天这一出?"

"别说了。"

"你声音怎么了?"郁璟然听出她的声音有些不对劲。

姜念靠在椅背上,将头转向窗外,不想再说话。

郁璟然眉心一蹙,问道:"你到底有没有考虑过自己的身体,连着接这么多工作,要是生病了怎么办?你就那么想攒钱搬出去?难道还要去找那个浑蛋?"

"够了!"姜念终于忍不住了,"郁璟然,我拜托你不要再添乱了。我身体怎么样,那也是我自己的事,你让我安静一会儿可以吗?"

郁璟然正在气头上,嘴里的话不经大脑就说了出来:"你别忘了,你是我的私人助眠师,我付你工资,你的声音就是已经卖给我的商品。如果你生病了,这件商品就不值钱了,我郁璟然从来不做亏本的买卖!"

"停车!"

车子倏然停住。

姜念一把扯开安全带,下车离开。

郁璟然望着姜念远去的背影,心里恼火到了极点,一拳砸在了方向盘上。

过去的这两个多月,是他有史以来拍戏最认真的一回。因为他一直记得她的话,一个真正的偶像,应该为了成为更好的榜样而更加努力地成长,让每一个支持他的粉丝和观众感到骄傲。所以,即使他不喜欢拍戏,仍然投入了自己十二分的精力,努力去走进剧中人物的内心,努力去理解每一个角色存在的意义,努力去融入这一整部戏。

电影杀青后,他甚至都没来得及参加杀青宴,就买了最近的一班飞机回到霖京,迫不及待地想要见到她。可没想到,映入眼帘的竟然是她和别的男人拥抱在一起的画面,他做的一切都是为了保护她,到头来反而还被数落了一通。

郁璟然越想越烦,现在回去免不了又要吵架,一气之下干脆约了一帮人,直接把车开到了会所。

本打算玩个痛快,谁知到了会所,看着房间里七七八八尽是些不认识的人,听着那些叽叽喳喳让人心烦的声音,顿时没了心情。他一个人坐在沙发的角落里,喝了半宿的酒,醉到不省人事。

第二天醒来,郁璟然头痛欲裂,一路昏昏沉沉地开车回到了公寓。

一进门,周小琪整个人就扑了过来,兴师问罪道:"你干什么去了?一晚上没回来,怎么打电话都不接?"说到这里,他突然闻到一股酒气,顿时就更来气了,"你居然还喝酒!看我不告诉陈升,看他不扒了你的皮!"

"随便你。"郁璟然现在不想跟任何人说话,一把推开周小琪,准备上楼。

周小琪说:"你是不是跟念念姐吵架了?她昨天回来收拾完行李,头也不回就走了,看上去很伤心的样子。念念姐脾气那么好,能把她气成那副样子,你肯定做了什么天大的坏事了!哼!"

"你说什么?"郁璟然猛地停住脚步,快步走过来抓住周小琪的胳膊,急道,"姜念走了?"

"对啊,她还发着烧呢,我想劝她留下来,可她执意要走。"

"她有没有说去哪里?"

周小琪摇摇头,哭丧着脸道:"没有,她就拜托我帮她照顾汤圆一段时间,其他什么也没说了。"

郁璟然的脑海里突然闪现出姜念昨天临下车时那个失望的眼神,心里顿时涌起一股莫大的恐慌感,她为什么要走?难道她真的再也不愿意见他了吗?

想到这里,郁璟然连衣服也来不及换,立刻冲出了大门,一个电话打给阿城:"帮我调查一个叫乔茵茵的游戏主播,十分钟内我要知道她的住址!快!"

乔茵茵昨天回到家,一整晚都没有睡着,半夜时不知道怎么了,突然爬起来把家里顾君陶所有的东西都翻了出来,能砸的砸,能摔的摔,最后坐在满地狼藉的客厅里哭得不能自已。

第二天,她起得很早,洗了澡,化好妆,换上衣柜里最漂亮的裙子,打开家门。

顾君陶就坐在门口的台阶上,身旁落了一地的烟灰。不过一夜的工夫,他脸颊上已冒出了青色的胡楂,看上去颓废消沉,全然没有以往在电视上的光鲜气派。

乔茵茵看着他,面无表情道:"进来吧。"

顾君陶站起身,腿上传来微麻的感觉,缓了缓,才走了进去,看到房间里已经被收拾干净,玄关处放着两个行李箱。

乔茵茵道:"抱歉,昨晚我没控制住,摔了你一些东西,不过其他的我已经尽力恢复成我搬进来之前的样子了。我叫了车,马上就搬走,从今以后,咱们俩就毫不相干了。"

"茵茵……"顾君陶声音有些干哑,眼睛里透着愧疚与歉意,"是我对不起你……"

"对不起"这三个字仿佛触到了乔茵茵心里的逆鳞,让她所有的伪装顷刻间消失殆尽。

"对不起对不起对不起,你到底还要说多少句对不起?既然你真的觉得对不起我,当初为什么要那么做?顾君陶,我真心实意地问你一句,当初姜念明明也是单身,为什么你不去大大方方追她?为什么还要答应我的追求?还是因为你喜欢这种背着女朋友跟闺蜜偷情的快感?"

顾君陶声音艰涩:"茵茵,我承认,姜念对我来说的确有很重要的意义,但我对她的感情绝对不是你想象的那样……"

"那是什么?你告诉我啊!"

这时,门铃突然响起。

乔茵茵打开门,看到郁璟然的一刹那,甚至有些怀疑自己是不是哭了一宿导致眼睛出现了幻觉。

"姜念有没有来找过你?"郁璟然扒着门框,脑门上都是汗,气喘吁吁道。

乔茵茵一愣,眼睛里流露出一丝淡淡的失落:"我们没有联络,她……不是住在你们公寓吗?"

"她昨天从我们公寓搬走了,我现在到处都找不到她!她还生着病,我担心她会出事!"

"什么?"乔茵茵这下绷不住了,顿时生出几分担心,"她在霖京市也没什么朋友,一个人能去哪里啊?"

她算了算时间,忽然想到什么,说道:"对了,姜念每年元旦都会回老家几天,说不定她已经回家了。可惜,我只知道她的老家在山城,不清楚具体的地址。"

顾君陶说:"我知道地址。"

"你?"事关姜念的安危,郁璟然没有工夫再找他麻烦,快速道,"好,你带我去。我在楼下等你,快点!"说完,立刻转身离去。

"没想到你连姜念的老家地址都知道,"乔茵茵露出一个自嘲而又苦涩的笑容,"房子是你买的,这个便宜我不会占,你放心,我会尽快搬走。"

顾君陶叹了口气,望着她,想要说些什么,最终却什么也没说出口。

Chapter7.
再靠近一点

▼

姜念坐在回山城的高铁上,望着窗外绵延的山脉,觉得这三个多月以来住在 ACE 公寓的日子就像是一场梦。这场梦奢华而迷醉,每一天都精彩纷呈,然而,梦境迟早会有醒来的一天,她也是时候回到属于自己的世界了。

随着广播里传来的一声提示音,列车缓缓停了下来,陆续有乘客下车,她旁边的位子也空了出来。过了一会儿,她察觉到有人坐了下来,便将身体往里移动了几分。

"好歹我们也当了几个月的室友,一声招呼都不打就走,不大合适吧?"

这个声音……莫名有些熟悉?姜念忍不住扭头看了过去,顿时心里一惊,差点从座位上跌下去。即使他全身上下只露出了一双眼睛,姜念还是一眼就认出这是林泽致!他……他怎么会出现在这里?幸好现在不是节假日,车上的乘客并不多,要不然要是被人认出来,岂不是要在这里上演现场版的《釜山行》?

姜念心里替他捏了一把汗,谁知当事人却是不慌不忙,一派闲情逸致的模样。

姜念压低声音问道:"你怎么会在这趟车上?"

"我在公寓外看到你提着行李失魂落魄地走出来,就跟上来看看,没想到你是要去山城。刚好我明后天没工作,就当去旅游了。"

"什么?"姜念忍不住拔高声音,反应过来之后连忙捂住嘴巴,"你疯?要是被人发现怎么办?"

"发现就发现喽!"林泽致往后一躺,懒散地靠在椅背上,满不在乎道,"反正也不是第一次了。"

"你这人真是……"姜念噎了一下,左右拿他没办法,只能约法三章,"你去山城可以,但是不许跟着我!回头出事了,你自己负责!"

经过八个小时的车程,列车抵达山城时已经是第二天清晨。

姜念走出高铁站,深深吸了一口空气。到了冬天,霖京市永远都是灰蒙蒙的样子,而山城的天空,依然碧蓝如洗,清亮透彻。晨风微微吹来,带着清甜的山茶花香,这个味道是独属于山城的,让人感到亲切和熟悉。

她走到公交车站,上了车,挑了个靠窗的位子坐下。没过多久,林泽致就跟了过来,坐在了她身后。她没有搭理他,转头望向窗外。

山城,顾名思义,是倚山筑城的意思,这里的建筑层叠耸起,道路盘旋而上,地形十分特殊。网上流传着这样一个段子,假如你叫了一辆网约车,地图上显示它已经到了,但实际上你们可能还相隔着上百米的垂直距离。

姜念的家在旧城区,从高铁站出发需要一个多小时的车程。而今天的这位公交车司机显然是位经验丰富的老司机,一路上把车速提到了场地赛车的水平,中途林泽致还把位子让给了一个阿姨,现在整个人都快在车厢里滑出了迈克尔·杰克逊的太空舞步。

不过姜念此刻也没有心思嘲笑他了,可能是感冒了的缘故,作为一个地地道道的山城人,她竟然在这样的颠簸中晕车了,一路忍着呕吐感,勉强才撑到了站点。

下了车,入目就是几十层高的台阶。姜念深吸一口气,拖着行李箱开始往上爬,但很快就体力不支了。这时,忽然觉得手上一轻,她回头一看,又是林泽致。

林泽致看着姜念脸色苍白的样子,眉心一蹙,问道:"你生病了?"

姜念不说话,将行李箱拽了过来,咬咬牙,继续往上爬。

大约过了二十分钟,姜念停在了一家面店前。

山城最有名的小吃就是热腾腾的麻辣小面，大街上这样的面店数不胜数，而这个再普通不过的小店就是她从小生活的家了。她闭着眼睛都能清楚地描绘出里面的布局，前头是一个大概能摆放五六张桌子的店面，经久没有翻新，看上去有些年代了，后面经过一个小院子，则是他们居住的地方。

　　回想起上一次回来后不欢而散的场景，姜念迟疑了片刻，才推门走了进去。

　　这会儿正是店里最忙的时候，刘月清坐在前台收钱，看到姜念进来，眼睛也没抬一下，冷冷地说："进去把东西放下，赶紧出来帮忙，现在正缺人手。"

　　姜念本来也没指望着她看到自己回来能有多热情，可这副冷淡的样子还是让姜念有些失落。姜念扶着额头，一边往里间走，一边说道："妈，我身体不太舒服，想睡一会儿。"

　　"就你事儿多。"刘月清叫住她，"你妹妹一直吵着想要个衣帽间，你又经常不在家，我就把你的卧室给改了，这几天你就先在沙发上凑合凑合。"

　　姜念脚步一顿，不可置信地看向刘月清，问道："那是我的房间，你们怎么能不跟我打一声招呼就随随便便把它改成衣帽间？"

　　"什么你的我的，这房子是我跟你爸买的，我们想怎么处置就怎么处置，什么时候轮得到你来说话了？"刘月清不耐烦道。

　　姜念一个字也不想说了，提着行李箱就往外走。

　　身后传来刘月清骂骂咧咧的声音："你这死丫头，刚回来就跟我作对！你一个当姐姐的，让让妹妹怎么了，真是越活越没长进了！"

　　林泽致看姜念又提着行李箱出来，眼睛红红的样子，出了巷子，拐了个弯，走进一家招待所。

　　前台一个五十多岁的阿姨正在玩线上麻将，看到姜念，眯着眼笑起来："这不是老姜家的姑娘嘛，从霖京回来啦？怎么上婶子这儿来了，不回家住？"

姜念扯了扯嘴角，勉强笑道："家里不太方便，我在您这里住几天。"

"成，那我先收你五天的房费，多退少补。"

"好，谢谢李婶。"

李婶注意到姜念身后跟着一个挺俊的小伙儿，顿时明白过来，怕是这姜家大姑娘带了男朋友回来，家里不好住吧。她打趣道："两个人住？那我给你开成双人间？"

"不！不是！"姜念忙道，"我不认识他，您给我开单人间就好。"

等姜念上了楼，林泽致才慢悠悠地走了过来，说道："麻烦给我也开个房间。"

"哦？"李婶立刻又脑补出另外一个剧情，看来是小情侣吵架了，姜家姑娘一气之下回了老家，小男友放心不下赶紧追了过来求复合呢！这成人之美的事她一向很乐意做，更何况这小伙子长得眉清目秀，简直比她见过的任何一个男人都要好看，配姜家姑娘绝对不亏！

"成，把你身份证给我吧。"

林泽致把身份证递给她，又问道："您知道附近的药店在哪里吗？"

"出门左拐，走上两三百米就有一个。"李婶又打量了一番他的脸，忍不住道，"嘿，你别说，我刚才一看到你，就觉得挺面熟，就是阿姨上了岁数，记性不大好，想不起来了。"

林泽致笑了笑，跟她道谢，便出了门。过了一会儿，他手里提着几盒感冒药和早餐，又回来了。

李婶瞄了一眼，了然一笑，又低头玩她的麻将去了。

"咚咚咚！"

林泽致敲了半晌的门，里面却毫无动静，心里顿时紧张起来，高声喊道："姜念，你还好吗？"

依然没有声响，林泽致不再耽搁，立刻返回前台，对着李婶快速说道："麻烦把姜念房间的备用房卡给我。她生病了，现在怎么叫都没有回应，我担心她会出事。"

"出事？刚才不是还好好的吗？"李婶吓了一跳，赶紧从抽屉里找出备用房卡,跟着林泽致一起去了姜念的房间。

房间里窗帘紧闭,一片昏暗里,姜念正躺在床上,脸上染着不正常的红晕,林泽致喊了她两声,没有任何反应。

李婶伸手摸了摸她的额头,惊道:"这么烫!这得烧到多少度了,赶紧送医院啊!"

"麻烦您帮我叫辆车。"林泽致立刻抱起姜念朝楼下跑,掌心里的温度让他的心骤然一缩,担心、紧张、恐惧,他已经很久没有过这样浓烈的情绪了。在出租车上的那二十分钟,仿佛是他人生里最漫长最焦灼的一段时间。

终于到了医院。

急诊室里,护士先给姜念测了体温,38.8℃。

医生责备道:"怎么现在才送到医院?她什么时候开始发烧的?"

林泽致回想起她昨天的状态就有些不对劲儿,迟疑道:"我不太确定,可能是昨天下午。"

"应该是高烧惊厥导致的晕倒,马上安排输液,你先去缴费吧。"

林泽致悬着的心这才放了下来。

郁璟然和顾君陶乘坐最早的一班飞机到达山城,按照顾君陶口中的地址,两人很快到了姜念家的面店。

刘月清憋了一肚子火,看到这两个陌生男人来找姜念,更是没什么好态度,不耐烦地说:"不知道,她没回来。"说完,就甩手去了后厨。

还是店里帮忙的小妹实在看不过眼,跑过来偷偷跟他们说:"念念姐可能去李婶家的招待所住了,出了巷子右拐就到了。"

这头李婶也没心思打麻将了,坐立难安,姜家姑娘烧得这么厉害,也不知道这会儿醒过来没有。

这时,大门突然被大力推开,两个男人一前一后跑了进来。

其中一个戴着墨镜口罩,头发翘得老高,张口就问:"姜念在不在这里?"

李婶问道:"你们是……"
　　顾君陶连忙解释:"我们是姜念的朋友,听说她生病了,想来看看她。"
　　"是是是!"李婶这才放下戒备,赶忙道,"那姑娘整个人烧得通红,都晕过去了,怎么叫都叫不醒,可怜见的,现在已经送到医院去了。"
　　"哪家医院?"顾君陶追问道。
　　这时,郁璟然的电话突然响起,他接通后,越听脸色越黑,"啪"的一声挂断,冷声道:"不用问了,我知道他们在哪里了。"
　　"他们?"顾君陶一愣。
　　现在这个社交网络无比发达的时代,人人都是自媒体,只要你发出的信息足够劲爆,就可以立刻被顶上热门,被万人传播。这不,阿城刚刚打来电话说,有人在医院拍到了林泽致挂号缴费的照片,一时间八卦四起,猜测什么的都有,现在已经上了热搜榜单。
　　郁璟然很快打给林泽致,问道:"你在哪儿?"
　　林泽致顿了顿,将医院地址和病房号告诉了他,说完又道:"你确定要来?我已经被拍到了,要是你也被发现,陈升可能会去跳黄浦江。"
　　"那就让他去跳。"郁璟然挂断电话,立刻夺门而出。
　　李婶看着两人离开,左思右想还是不放心,干脆锁上门去了姜家面店。

　　为了避开那些围观的人,林泽致特意申请了一间私密性更好的VIP病房,此刻正守在姜念的病床前,听到敲门声,走了出来。
　　"她怎么样了?"郁璟然焦急地问。
　　"烧已经退了,刚刚醒过来一次,现在又睡了,应该没什么事了。"
　　郁璟然长舒一口气,一颗心这才落回原位。
　　"她现在还在打点滴,你在旁边看着点,我去买点吃的东西,她待会儿醒来可能会饿。"
　　林泽致话音未落,郁璟然已经迫不及待地冲了进去。

顾君陶顺着半开的门缝,望了一眼病床上的姜念,稍稍安心,转身拦住林泽致,说道:"现在外面有很多人,你出去不太方便,还是我去吧。还有,谢谢你照顾姜念。"

林泽致认得他是霖京电视台的记者,虽不知道他是以什么身份来的这里,但也没多问,只道:"麻烦了。"

病房里,郁璟然率先打破沉默:"你跟姜念一起来的山城?"
林泽致点头。
"你什么意思?"
林泽致反问:"你这个问题什么意思?"
郁璟然看向他,说道:"你变得不一样了,好像突然之间有了温度。我们认识这么多年,你对别人从来都是一副事不关己的模样,这是我第一次见到你这么在意一个人。"
林泽致顿了顿,说道:"我们认识这么多年,这也是我第一次看到你这么在意一个人。"
郁璟然一时语塞。
"可能是因为姜念身上的温度传递给了我们每一个人吧。"林泽致看向正躺在病床上的姜念,轻声道,"你有没有想过,她的声音之所以能帮你入眠,其实并不是因为她的音色有多么特别,而是她的声音里有一股很温暖的力量,让你觉得这个世界依然很美好,能够放下心里所有的戒备。"
郁璟然一愣,目光落在不远处的女孩身上,阳光透过窗户的玻璃洒在她的侧脸上,她苍白的脸颊染上了浅黄色的光晕,看起来那么温柔和安宁。

这时,顾君陶推门走了进来,将手里的饭盒放到桌上,说道:"我买了些容易消化的东西,等姜念醒了记得让她吃点。我明天还有工作,就先回霖京了。"

"你不等她醒了再走吗?"郁璟然有些诧异地问。

顾君陶望着姜念,眼神复杂难辨,沉默了片刻才道:"不了,她应该不想见到我。你也不用告诉她我来过。"

闻言，林泽致也站起了身，对着郁璟然说："我也得走了。电话都快被陈升打爆了，要是还不回去，说不定他会亲自来这里逮人。"

郁璟然突然紧张起来："那……这里就剩我一个人？"

林泽致笑了笑，走过来拍拍郁璟然的肩膀说："你惹出的乱子，你负责解决。小琪说了，你要是不把他念念姐带回去，他就偷偷在你的剃须膏里挤痔疮膏。"

郁璟然浑身一个恶寒，这个周小琪，也太狠了吧！

顾君陶已经走到了门口，郁璟然忽然出声叫住了他，迟疑了片刻后，还是将那句话说出了口："对不起，我昨天不该打你。"

顾君陶有些意外地看向郁璟然。

"咳……"郁璟然的表情有些不自然，"你可能也没有我想象中那么坏。最起码，我看得出来，你真的很关心姜念。好了好了，没事了，你们赶紧走吧。"

顾君陶的表情柔和了许多，再次望了一眼躺在病床上的姜念，转身离去。

姜念做了一个很漫长的梦，成长过程中的点点滴滴像电影的慢镜头一般从眼前划过。小时候，妹妹穿着妈妈买的新裙子，兴高采烈地站在镜子前试穿，自己则羡慕地在一旁看着；节假日，爸妈带着妹妹去游乐场玩，自己却一个人留在家里写作业，一边哭，一边啃方便面；高三那年，爸爸出了意外，导致左腿截肢，失去工作能力，为了节省开支，妈妈不想再让自己上学，自己用绝食抗议哭了三天，妈妈才勉强放弃，却转头就买了妹妹很想要的一款游戏机；工作之后，自己每个月省吃俭用，按时把钱打给家里，即使这样也经常被妈妈抱怨钱太少……最后，画面定格在自己今天回家的那一幕，妈妈冷冰冰地说这个家里已经没有自己的房间了……

然后，姜念缓缓睁开眼睛，看见了郁璟然。刺目的阳光里，他握着她的手，仿佛让那个冰冷的梦境也温暖了起来。

"你醒了？头还疼吗？"

姜念转头看了看四周，这才发现自己在医院里。她舔了舔干涩的嘴唇，说话的声音像一个沙哑的破锣："我怎么会在这儿？"

"你在招待所的房间里晕倒了，是林泽致送你过来的，他不小心被人拍到了，现在网上传得沸沸扬扬，已经被陈升叫回去了。"郁璟然小心扶她起来，递上一杯温水，"你饿不饿，要不要吃点东西？"

姜念喝了一口水，头脑逐渐清明起来，抬眸看向他，问："那你为什么会出现在这儿？"

郁璟然一顿，说："周小琪说你生病了，我来看看你……"

"你也走吧，"姜念扯了扯嘴角，将水杯放到一边，自嘲道，"我的声音哑成这个样子，就算是个商品，也没有任何利用价值了，不值得你费心。"

"我……我不是那个意思。"郁璟然的脸上露出懊悔的神色，抓了抓头发，急忙解释，"我真的从来都没有将你的声音当成一件商品，我只是一时气昏了头。我这个人就是这样，脾气不好，又容易冲动，火气上来了都不知道自己在说什么……"

"你到底气什么？"姜念倒是不明白了。

"我……我……"郁璟然想了好半天，一张脸涨得通红，最后终于忍不住了，"我吃醋！我吃醋行了吧！"

"吃醋？"姜念的心跳突然停了一秒，紧接着开始剧烈地跳动起来。

她抬眸望向郁璟然，怀着忐忑而又紧张的心情问道："那你为什么会吃醋？"

郁璟然想也没想就回答："因为你是我的私人助眠师啊，我当然要关心你的交友状况了，省得你被人骗！"

"也是。"姜念的目光一点点变得黯淡，看着床头放着的一束鲜花，轻声道，"我是你的助眠师，仅此而已。"

郁璟然一时语塞。的确，一开始，他之所以对姜念另眼看待，就是因为她的声音可以帮助自己入眠，可是经过这些日子的相处，在他心里，她存在的意义又不仅仅是因为声音，但具体是什么，此刻却说不上来。

这时，门外突然传来一阵争吵声。

"你什么意思啊，我女儿的病房我为什么不能进？"

"不好意思，这里是VIP病房，需要经过病人同意，我才能让您进去。"

"什么VIP？我看你就是看不起人是吧，信不信我现在就去举报你！"

这是妈妈的声音……

姜念心头一紧，对郁璟然道："把帽子戴上，待会儿不许说话。"说着，便掀开被子，动作艰难地下了床。

郁璟然急忙过去扶她，说道："你下来干什么？医生让你再休息一会儿。"

"我没事。"姜念躲开他的搀扶。

她缓缓走过去打开病房门，对护士道："不好意思，这是我妈妈，给你添麻烦了。"

刘月清对着那护士翻了个白眼，这才进了病房，一走进去，便四处打量，连声"啧啧"道："每个月打那么点钱回家，我还以为你真没钱，现在居然能住这么好的病房，就知道你在蒙我！"

姜念不想当着郁璟然的面跟她争论这个，问道："您怎么来了？爸一个人在家能行吗？"

"你李婶慌里慌张地跑过来跟我说你晕倒了，我这不就过来看看嘛。看起来也没什么大事，你爸我托她看着呢，没事。"刘月清的目光转移到一旁的郁璟然身上。

终于注意到他了！郁璟然摆出一个自认为十分帅气的姿势，想象着姜念的妈妈肯定会被他的魅力所折服，然后为她女儿能有他这样一个朋友感到无比骄傲和自豪。

谁知刘月清脸色一变，露出一个轻蔑的表情，说道："姜念，我可告诉你，这年头，男人长得好看没用，有钱有家底才是关键。看他这副样子，还没毕业吧？能养活自己都够呛，你可千万别犯糊涂！"

什么？居然说他一个当红明星连自己都养不活？郁璟然自尊心受到了前所未有的打击，瞬间就把姜念刚刚的叮嘱抛到九霄云外去了，义愤填膺道："阿姨，您搞清楚，我上的是国外最知名的音乐学院，几万个人里挑一个那种，现在都毕业好几年了。"

刘月清一听更不屑了："搞音乐的啊，那更没前途。"

"我没前途？"郁璟然内伤过重，差点一口老血喷出来，"我一个代言赚几千万，拍一部电视剧能买好几辆劳斯莱斯……"

"别说了！"姜念赶紧打断，他再说下去，可真的要露馅了。她妈妈虽然不认识什么明星，但起码也会上网，回头一百度不就什么都知道了！

郁璟然不敢跟姜念争辩，只能委屈巴巴地小声道："可我说的都是实话啊。"

刘月清明显对这个话题产生了兴趣，连忙追问道："代言是什么意思？劳……劳什么什么又是个啥？很值钱吗？"

郁璟然终于找到了点存在感，准备好好解释一番："代言就是……"

"行了，"姜念瞪了他一眼，"你赶紧回去吧，别在这里添乱了！"说完，赶紧扯着刘月清离开了。

郁璟然追出去，急道："你才刚醒，是不是得让医生检查一下再出院啊？喂，姜念！"

至于跑得那么快吗，跟有狗在后面追似的！郁璟然望着姜念匆匆离去的背影，再想起姜妈妈刚刚嫌弃的表情，很是心塞。

姜念在招待所里住了两天，跨年夜的傍晚，刘月清忽然打电话让她回去。她以为只是一顿普通而又温馨的团圆饭，怀着满满的期待推开门，却见店里已摆好了一桌酒席，桌边坐着一个陌生的男人，看上去三十出头，身材微胖，有些木讷的样子。

他站起来，局促地搓了搓手，说道："你……你是姜念吧，我……我是王浩，很高兴见到你。"

听到动静，刘月清和一个中年女人从厨房里走了出来。

刘月清忙给姜念介绍道："这是你王阿姨，隔壁兴发超市的老板娘，小时候还抱过你呢！这是王阿姨的儿子，也是年轻有为啊，现在都已经在帮忙管账了，是吧？"

"对对对！"王阿姨喜滋滋道，"我儿子可能干了，虽然没读大学，可比那些大学生不知道强多少倍！要我说，念那么多书有什么用，能挣钱才是最重要的。"

刘月清接过话头，指了指姜念，说道："就是，像这丫头，读书都快读傻了，好端端非要做什么配音演员，那能挣几个钱？要我说，赶紧回家结婚才是要紧事！"

说到这里，她噙着笑意看了看王浩，顿了顿，又说："我看这两个孩子倒是挺般配的！"

王浩有些不好意思，红着脸说："谢……谢谢阿姨，我……我也挺喜欢姜……姜念的。"

"扑哧！"姜玥趿拉着拖鞋从里屋走出来，听到这句话，没忍住笑出了声。她自从放了寒假，天天在外面和朋友吃喝玩乐，昨晚唱了通宵的歌，回来后睡了一天，这会儿才刚起床，随手抓了一把瓜子嗑，笑嘻嘻道，"姜念，你这未来老公怎么是个结巴啊？"

见王阿姨脸色一变，刘月清忙训斥了她一句："这孩子胡说八道什么呢，去厨房把汤端过来，马上开饭了！"

"就知道使唤我！"姜玥翻了个白眼，不情不愿地走了进去。

刘月清拉着姜念坐了下来，语气温和道："念念，你看，要不咱就趁着元旦的好日子，先把事定下来？"

"妈！"姜念终于忍无可忍，大声道，"别说我现在还不想结婚，要结也不会跟一个我不认识的人结！"

刘月清没料到姜念这么不给自己面子，顿时恼羞成怒："你敢？"

姜念倔强地盯着她，不说话，态度却没有丝毫软化。

场面一时变得剑拔弩张起来，王阿姨这才知道原来刘月清事先并没有跟姜念提过相亲这事，自觉没趣，很快带着王浩离开了。王阿姨觉得反正他们家条件这么好,她儿子也不愁结婚对象,何必跟这儿死磕。

眼看这么好的一桩婚事搅黄了,刘月清勃然大怒,一把将手边的水杯扔过去,骂道:"你个死丫头,成心跟我作对是不是?王家条件这么好,你嫁过去有享不完的福,还有什么不知足的?"

姜念没有躲闪,杯子砸在了小腿上,玻璃应声破碎,血迹顺着腿缓缓流下,她却没有感到一丝疼痛。

一旁久未开口的姜父叹了口气,劝道:"别闹了,听你妈的话,她是为了你好。"

听到这句话,姜念只觉得好笑:"为了我好?我看你们是想卖掉我才对!怪不得连我的房间都没了,原来早就打好了这主意。"

"你说的这是什么话!"刘月清气到说不出话来,捂着胸口好半天才缓了口气,"你一个女孩子,在外面能赚几个钱,还不如早点结婚,让我和你爸也能沾沾光,有什么不对的?"

钱钱钱,又是为了钱!姜念的心头忽然生出无限悲哀,冷冷地说:"这些年来,为了给我爸付医药费,为了贴补家用,为了给姜玥买电脑买化妆品买包包买衣服,我拼命工作,拼命赚钱,恨不得把一块钱都掰成两半花……但你们呢?打电话永远是为了要钱,从来没有关心过我在外面过着怎样的生活。你们知道吗?我在霖京也遇到了很多烦心的事,我住的房子被烧了,没有地方可去,我被剧组辞退,我失去了最好的朋友……我带着满身的伤痕回到家里,哪怕你们给我一个安慰的拥抱也好,可没想到,这个家已经没有我的容身之地了。"

她哽咽道:"爸,妈,难道我不是你们的女儿吗?为什么只有我被你们这样对待?"

刘月清脸色一变:"你胡说什么!我辛辛苦苦把你养大,现在好不容易轮到你孝敬我了,你现在给我说这种话,有没有良心啊?姜念,我告诉你,明天你就跟我到王家去道歉,这件事,没得商量!"

"谁说没得商量?"郁璟然猛地推开了店门,大步走了过来,将姜念拉到自己身后,看向刘月清,"现在都二十一世纪了,您还玩封建时代包办婚姻那一套，未免太过时了吧。"

刘月清认出郁璟然就是之前在医院见过的那个小白脸，顿时沉下脸，说道："关你什么事？这是我们的家事，还轮不到你管！"

"我还非就管定了！"郁璟然握住姜念的手，"从今天起，所有跟她有关系的事，都归我管！你们的女儿自己不心疼，我来疼！你们赶她走，我要她！"说完，立刻拉着姜念离开。

"啪！"

姜玥站在厨房门口，望着这一幕，手里的汤盅突然落在地上，脸上一副见了鬼的表情，震惊到了极点。

即将迎来新的一年，整座城市都亮起了华灯，流光溢彩，璀璨如明珠。嘉陵江上，一些皮划艇爱好者正驾着发光的皮划艇，进行夜划表演，摆出各种炫酷的造型，四周传来一片叫好声。

姜念却浑然不觉，一个人沿着江边，漫无目的地走了许久后，才恍然发觉，原来绕了一个圈，又回到了原地。

身后郁璟然匆匆赶来，拽着她坐到一旁的长椅上，然后蹲了下来，从袋子里拿出刚刚在药店买的碘伏和创可贴，小心翼翼地为她处理伤口。

感觉到她轻微的颤动，郁璟然忙问："疼吗？"

没有人知道，此时此刻能有他陪在她身边，她的心里有多感激和庆幸。她摇摇头，轻声道："不疼。"

处理完伤口，郁璟然坐在了姜念的身边，两人一时都沉默下来。

"我不是让你回去吗？"姜念轻声道。

郁璟然撇撇嘴："好不容易能脱离陈升的魔爪，我才不会那么轻易回去呢。"

姜念低头笑了笑。

"对不起……"郁璟然迟疑了片刻，说道，"我之前不知道你有这么多苦衷，还总是抱怨你接那么多工作。"

姜念一愣，露出一个无奈和自嘲的笑容："没想到让你看到了我最难堪的一面，真是太丢脸了。"

郁璟然忙说："你也看过我早上没刷牙没洗脸穿着四角裤的样子啊，好朋友应该坦诚相见的，你不用觉得不好意思。"

姜念扶额："拜托，是坦诚相待！"

"一个意思嘛，这么较真干什么！"

姜念忍不住笑起来，笑着笑着忽然眼睛就湿了。

看着她这副强颜欢笑的模样，郁璟然的心突然有一种被揪起来的感觉，他坐近几分，把她的头靠在自己的肩膀上，语气是从未有过的温柔："你想哭就哭吧，我陪着你。"

听到这句话，姜念的眼泪瞬间就掉了下来。

凌晨的钟声响起，嘉陵江上空升起无数支烟花，整个城市都变得明亮而璀璨。漫天焰火中，姜念哭得声嘶力竭，不能自已。

郁璟然只是轻抚着她的背，良久，低低说了一句："可能亲情也是分缘浅缘深的，这个世界不是所有的父母都跟自己孩子有缘的。"

彼时，姜念还沉浸在无边的悲伤里，并没有注意到郁璟然说出这句话的时候，眼睛里藏着多少凉薄。

第二天清晨，第一缕阳光穿透云层的时候，姜念收到了乔茵茵的一条短信：

"念念，我走了。你应该还记得，我一直有一个环游欧洲的梦想，在新年的第一天，我已经背上行囊，去实现这个梦想啦！

"我和顾君陶分手了，我知道这不是你的错，但是请原谅我现在仍然无法面对你，也许等我找到那份勇气的时候，就会回来的。

"念念，回霖京吧，我知道你有多难才走出那个家，我也知道你有多喜欢配音这个行业，并为此付出了多少艰辛和努力。我们曾经许诺，要一起为了梦想拼搏，如今即使我们无法同行，但是也不要放弃，好吗？

"希望有一天，我们还能坐在霖大门口的烧烤摊上，像以前那样谈天说地，不醉不归。

"永远爱你的茵茵。"

姜念将短信里的每一个字都看了无数遍,仿佛要将它们镌刻在心底的最深处,最终,露出一个释然的笑容。

姜念相信,这一天,一定会到来的。而为了这一天的来临,她必须披荆斩棘,朝着心中的梦想之路,勇敢地走下去。

Chapter8.
初恋有点甜

▼

姜念收拾好行李，到前台退房，令人意外的是，郁璟然竟然也在。

"你怎么还没走？"

郁璟然愤愤道："喂，你有没有良心啊？我昨晚被你靠了三个小时，这会儿肩膀还痛呢！你不感激我也就算了，张口就要赶我走，太过分了！"

听到这句话，李婶的眼神明显一亮，目光在两人身上转来转去，也不知道又脑补出了什么剧情。

姜念知道李婶一向爱八卦又大嘴巴，生怕她出去乱说，忙踩了郁璟然一脚，截住了他后面的话，然后对李婶道："李婶，这两天麻烦您了，还给我买了那么多东西，您算算总共多少钱，我一起结给您。"

"不用谢我，"李婶摆摆手，指着郁璟然道，"那都是人家小郁买的，我就是跑个腿。"

姜念惊讶地看向郁璟然，问道："这两天你一直住在这儿？"

"那可不。"李婶快人快语，"他就住你隔壁房间。说是惹你生气了，不敢让你发现，每天偷偷摸摸的，一会儿怕你冷让我给你送个热水袋，一会儿买个巧克力托我给你送过去。昨天听说你回家了，急得跟什么似的，撒腿就追过去了，简直把我这老婆子都感动了。要我说，他可比那小林靠谱多了，听婶的，你也别犹豫了，就他了！"

这又是小郁又是小林的，姜念真是哭笑不得，一时也不知道该怎么解释。

郁璟然倒是听得很是舒爽，对着李婶竖了个大拇指，由衷赞道："还是您有眼光！"

李婶笑呵呵地说："你这小伙子年纪轻轻，没想到麻将水平还真不赖，这几天都没玩过瘾，改天咱们在线上再约一拨？"

郁璟然比了个"OK"的手势："没问题！"

这个世界太玄幻，姜念简直要被眼前这一幕亮瞎双眼。

霖京国际机场。

阿城的车已经等在 VIP 到达厅外，郁璟然理所当然地拉起姜念的行李箱，准备往外走，姜念却一把拽住了箱子。

郁璟然脚步一顿，不解地看向她。

"郁璟然，我已经在网上找了一间合租房，租金挺便宜的，在我能够承担的范围内，我打算现在就去看房。"

郁璟然没反应过来，问道："你看房干什么？"

姜念顿了顿，说道："谢谢你们在我无处可去的时候收留了我，现在我已经攒够了租金，也该搬出去了。"

"我不准你搬出去！"郁璟然这才明白过来，急得一把拉住姜念的胳膊，"你是我的助眠师，没有我的允许，你哪里也不许去！"

姜念抬眸看向郁璟然，眼睛里透着歉意，小声说："对不起，我不能再当你的助眠师了。"

"为什么？"

姜念目光柔和地注视着他，平静道："郁璟然，我们就像是这个世界上的两条平行线，本就不该有任何交集，阴错阳差我遇到了你。你带我走进了一个不一样的世界，那里的每一个角落都闪耀着光芒，每一天都精彩纷呈，很美好，却不适合我。现在，我得回到自己的世界，过自己原本平凡的生活了。"

她迈出两步，又转过身，笑容似泉水般清澈明亮，继续说道："郁璟然，还是很高兴认识你，希望你万事遂心，能够做你喜欢的音乐，再见。"

她再次转头的一瞬，眼泪却缓缓流了下来。如果以前只是模糊的好感，但在昨晚郁璟然握着她的手说他要她的时候，在嘉陵江畔他轻轻抱着她的时候,在她得知这些天他撇下了繁忙的工作,一直住在那间破旧的招待所照顾她的时候……她终于完全看到了自己的心,她爱上了郁璟然,爱上了这个一发脾气就炸毛的大男孩,爱上了这个在舞台上发光发亮的当红偶像。她越来越沉溺于他给的温暖,而只要她在他身边多停留一秒,这样的眷恋就加深一分。这样的感情本就不会有结果,那还不如在未曾开始的时候就及时斩断,也许这样,才是最好的。

郁璟然失眠了一宿,直到天亮才缓缓睡去,第二天起床时都到了下午。醒来后公寓里空无一人,餐桌上没有热腾腾的早餐,厨房里也没有那个笑盈盈的女孩,就连阳台上的那盆绿萝都因为无人浇灌而变得枯黄。他甚至开始怀疑自己是不是做了一个梦,其实,姜念这个人从来都没有出现在他的人生里。

这时,伴随着一阵由远及近的狗吠声,汤圆摇着毛茸茸的小尾巴,屁颠屁颠跑到了他的脚边。

好家伙,都忘了还有这玩意儿了!郁璟然被吓得一个激灵,赶忙后退一步,汤圆又锲而不舍地追上来,咬住他的裤腿,死命往楼下拖。

只见汤圆将他带到了冰箱前,然后又开始叫了起来。

郁璟然反应了两秒,看向汤圆,问:"你饿了?"

"汪汪汪!"一双水汪汪的圆眼睛一眨不眨地盯着他,看起来怪可怜的,这副模样跟它主子倒还挺像的。

郁璟然没辙了,从冰箱里找出狗粮倒在了汤圆的食盆里,它立刻扑了上去,狼吞虎咽地开始进食。

望着它正沉浸在食物中,似乎无暇顾及周遭的环境,郁璟然壮着胆子靠近几分,轻轻摸了摸它的毛,软软的、绒绒的,所以,姜念摸他头发的时候,也会是这种感觉吗?

打住!郁璟然敲了敲脑门,对自己这般不争气的表现一阵暗恼。哼,那女人不是要跟他当平行线吗,好,那他就永远都不要想起她,全当没认识过那个人!

这边,汤圆饱餐一顿过后,又咬着郁璟然的裤腿跑到了玄关处,对着大门又是一通乱蹭,然后看向他:"汪汪汪!"

"我伺候完你吃饭,还得陪你遛弯?"

"汪汪汪!"

一人一狗对视良久,最终还是郁璟然认输了,无奈地给它戴上牵引绳,出门遛狗。

没想到当天下午就有新闻出来了,标题赫然就是——《昔日当红男团 ACE 组合或将过气!成员郁璟然不修边幅当街遛狗!》

郁璟然顶着一头炸毛,胡子拉碴,趿拉着拖鞋的照片迅速传遍各大社交平台。这下,就连粉丝们都看不过眼了,纷纷跑到 ACE 组合的官网上,抗议公司厚此薄彼,不给自家哥哥安排通告,只能整天宅在家当抠脚大汉。

明明是你们家哥哥不配合公司的安排,现在反倒怪起公司了!陈升被气得不轻,跟公司高层请示后,干脆一不做二不休,直接将 ACE 世界巡回演唱会的时间给提前了。这下,所有人都变得更加忙碌起来,除了日常的通告外,每天还要挤出额外的时间,练习演唱会上要表演的歌曲和舞蹈。

这天,郁璟然从公司的练习室回到公寓。通过这些天的相处,他已经不再那么怕汤圆了,一人一狗的关系亲近了不少,往常他一进门,汤圆马上就会屁颠屁颠地跑过来。

可是,这一次,却连它的影子都没看到。

郁璟然看向沙发上的周小琪,问道:"汤圆呢?"

周小琪最近正在追一个八点档的都市狗血爱情剧,这会儿正沉迷在剧情里,随口道:"念念姐今天下午把汤圆接走了。"

"她来过?"郁璟然顿时沉不住气了,"你怎么不告诉我?"

"她就是事先问了你今天不在家,才特意过来的,我哪还能告诉你啊。"

话音未落,周小琪猛地反应过来自己说漏了嘴,立刻从沙发上一跃而起,撒开了脚丫子往楼上跑。

郁璟然眼疾手快，一把揪住了他的后衣领，恶狠狠地问："什么意思？她问你了？难道你们一直还有联络？"

在中央空调30℃的温暖环境里，周小琪愣是忍不住打了个冷战。

"其实也没怎么联络啦，就是偶尔聊聊天，真的只是偶尔而已……啊！你干吗偷我手机！"

"别忘了你以前也抢过我的手机，这叫以其人之道，还治其人之身！"郁璟然仗着力气优势，捉住周小琪右手的大拇指，按在手机的指纹识别处，然后把人又随手丢回沙发，打开手机微信，找到跟姜念的聊天对话框，迅速往上滑。

好家伙，还偶尔聊聊，他这都快滑了三分钟都还没滑到头！

很好！非常好！一边说要跟他当平行线，一边又跟周小琪侃大山！这丫头片子，还真是两副面孔！

看着郁璟然的头发有种一飞冲天的趋势，周小琪迅速找回了自己的求生欲，可怜兮兮道："炸哥，我知道你和念念姐吵架了，但我是真的很喜欢念念姐，我能继续和她做朋友吗？"

"不可以！"郁璟然眼睛里火光四射，"你要是拿我当兄弟，就不准再和她有任何联络！我认真的，你自己看着办！"说完，就满脸怒色地上了楼，"啪"的一声将门甩得震天响。

周小琪的脸都快皱成了一个苦瓜，为什么他们俩吵架，到头来却是他被夹在中间左右为难？哎，等等，这种感觉怎么像是父母离婚了，让孩子自己选择要跟谁？

他太难了！

郁璟然把头蒙在被子里趴了一会儿，还是觉得心里憋屈，冲动之下拨通了姜念的电话。

看着"正在拨号"的字样显示在手机屏幕上时，他忽然清醒过来，正要挂断，听筒里却传来姜念的声音。

"喂？"

这下，郁璟然挂断也不是，说话也不是，一时骑虎难下。

沉默了片刻，姜念轻声道："郁璟然，谢谢你这段时间帮我照顾汤圆。"

郁璟然脱口而出："那你还把它带走？"

姜念迟疑道："你……你不是不喜欢狗吗？"

"我……"郁璟然一时语塞，又开始赌气不说话。

听到对面又没了声音，姜念握着手机的手指一紧，按捺下心头的万般情绪，说道："没事的话，那我挂了。"

这时，姜念旁边的房间里忽然传来一阵不可描述的喘息声，姜念心下一紧，正想按断电话，但为时已晚，那头的郁璟然已然听到。

"你在干什么？"郁璟然猛地从床上坐起，眼睛里燃起滔天怒火，声音像是淬了寒冰，冷得要命。

"不……不是我，是我住的房子隔音不太好……"姜念又羞又窘，实在不知道该怎么解释，干脆快刀斩乱麻，"时间不早了，你早点睡觉吧。"说完，不顾郁璟然的咆哮，立刻挂断了电话。

说起来也是挺尴尬的，姜念这新室友阿美性格外向，为人爽朗，倒是不难相处，唯一让人头疼的，就是她非常喜欢带男朋友回家住。这里房租便宜，房子的质量自然一般，每天晚上各种不可描述的声音都会传到她的耳朵里。她委婉地提过几次，可依然没什么用，没办法，只能买了耳塞戴着睡觉。

本以为这只是一段小插曲，没想到三天后，姜念吃过晚饭正在洗碗时，突然听到了门铃响，她以为是室友回来了，打开门一看，居然是郁璟然和阿城。

"怎么是你们？"姜念诧异道。

郁璟然径直走了进来，环顾一周，确认没有男人存在的痕迹，不过还是不太放心，对着姜念问道："我那天听到的真是你室友的声音？"

姜念简直无语："你怎么知道我的住址？"

郁璟然瞄到茶几上还有几个剩下的香酥春卷，立马坐到沙发上夹了一个来吃，没有任何的不好意思，随口道："阿城这家伙干别的不行，查人地址一查一个准。"

姜念一个眼刀扫向阿城，冷冷地问："你这么厉害怎么不去当FBI，当个助理是不是太屈才了？"

阿城苦着脸，委屈巴巴地小声道："念念姐，我也是奉命办事，拿人家工资，不得不听人家差使嘛！"他偷偷指了指郁璟然，"真正的幕后主使在那儿呢，你可别怪我啊。"

他说完，就一溜烟地跑了。

姜念哭笑不得，转过身看着郁璟然吃个没完，露出一个无奈的表情问道："你不走吗？"

"你怎么老是要赶我走？"郁璟然悲愤，"你口口声声说什么要跟我当平行线，离开我的世界，那你怎么还跟周小琪聊得那么欢？我跟他有什么不一样的？"

姜念心想：当然不一样啊，我又不喜欢他……

她语塞，赶忙移开了视线，说道："你也知道周小琪的性子，又话痨又爱撒娇，一口一个姐姐的，我怎么忍心拒绝呀？"

郁璟然愈加悲愤地问："那你就忍心拒绝我？"

"我……"姜念无奈，眼看着马上就到阿美回家的时间了，急忙过去拉他，"好了好了，时间不早了，要是我室友回来看见你就糟了，赶紧走吧。"

"我不！"郁璟然心里有气，反手将她朝自己的方向一拽，姜念一个没站稳，正好压在了郁璟然的身上。

两人一上一下，以一个极其尴尬的姿势相叠在一起。两人四目相对，从来没有这么近距离地接触过，近到姜念甚至可以清楚地数出郁璟然到底有多少根睫毛，近到可以看见他眼尾处竟有一颗淡淡的痣，近到他呼吸时的气息全部喷洒在了她的脸上……

姜念的脸一点一点染上红晕，仿佛头顶都在冒热气，她挣扎着想站起来，却被郁璟然又拉了回去，再次跌进了他的胸膛里。

"姐姐。"

耳边传来一个低低的声音，姜念甚至怀疑自己出现了幻听，震惊地看向郁璟然。

郁璟然的耳根都红透了，像一只煮熟的大虾，那双漂亮的眼眸里漾着水光，不好意思道："我也叫你姐姐了……你能不能别赶我走？"

姜念的心跳骤然加速，大气也不敢出，两只手紧紧攥在一起，抵在郁璟然的胸前。

然后，他离她越来越近，越来越近，好像……下一刻他便要吻上来了。

这时，伴随着一声门响，有人走了进来，姜念条件反射般地将郁璟然紧紧搂在了怀里，挡住了他的脸。

耳边传来阿美的打趣声："姜念，我还以为你是个乖乖女呢，没想到真人不露相，比我玩得还猛呢！哈哈，我不打扰你们啦，不过友情建议，下次那什么还是回房间吧，大冬天的别感冒了哟。"

听到阿美关上房门的声音后，姜念赶忙松开郁璟然，站了起来。

郁璟然还躺在沙发上，脸颊红扑扑的，眼睛里仿佛蒙了一层浅浅的水雾，一眨不眨地盯着她看。

姜念被看得像有只小鹿在心头乱撞，慌忙移开视线，随手扔了个抱枕过去，小声骂道："你还不起来？"

"哦……"郁璟然如梦初醒，差点没从沙发上滚下来，然后很快被扫地出门。

郁璟然傻愣愣地站在门外，脑袋里突然冒出一个想法，如果刚才再多一秒的时间，他就要吻上她的唇了……

可是，为什么一靠近她，他就像被施了魔咒似的想要吻她呢？就像上次在西班牙小镇的那座宫殿，他也是这样情不自禁地吻了她。这太奇怪了，过去二十一年的人生里他从来没有过这样的感觉。

阿城在车里左等右等都没等到郁璟然返回，便上楼来叫他，没想到见他一个人站在楼道里发呆，忙跑过去，问道："炸哥，你跟念念姐谈完了？那咱走吧？"

郁璟然没什么反应，片刻之后突然问阿城："你说，什么情况下你会想吻一个女生？"

"啊？"阿城一愣，理所当然道，"肯定是喜欢她啊！"

"喜欢？！"郁璟然吃了一惊。

"当然啊，你要是不喜欢她还亲她，那不是耍流氓嘛！"话音刚落，阿城意识到自己一时失言，连忙捂住嘴，讪讪一笑，"炸哥，我不是在说你啦，这是泛指，泛指。"

郁璟然这会儿没工夫怼阿城，继续问道："所以，如果你想要亲一个人，那就是代表你喜欢她？"

"对！"阿城双手握拳，目视远方，一字一顿道，"亲吻就是释放雄性荷尔蒙的信号，代表你想要拥有她，占有她，把她据为己有！"

郁璟然的脑袋里突然有一根弦连上了，瞬间有了一种豁然开朗的感觉。此刻，他终于后知后觉地发现，原来那股冲动并不是来源于什么神秘的魔咒，而是一种本能。

原来，他喜欢姜念呀。

阿城看着郁璟然脸上逐渐挂起一个近似于痴傻的笑容，不由得心头一颤，小心翼翼地问："炸哥，你……没事吧？"

"嘿嘿……"郁璟然笑了，朝阿城勾了勾手指，阿城赶忙凑上去。

"小爷我很快就要有女朋友了！"

一道晴天霹雳下来，阿城差点咬到自己舌头。

郁璟然戴上墨镜，打了个响指，说道："走，回家给你加工资！"

阿城回想起自己刚刚说过的话，突然觉得，这笔钱可能会是自己的遗产。

三天后，姜念忽然收到了一个同城快递，打开一看，居然是一张ACE组合上海演唱会的门票，门票背面赫然是郁璟然张牙舞爪的字迹：一定要来！！！

演唱会的时间就在半个月后，这是ACE组合近两年举办的第一场演唱会,也是本次世界巡回演唱会的首发站,可谓是万众期待,门票在各大售票平台上都已经售罄,甚至有粉丝去买黄牛炒出的天价票,真是一票难求。没想到郁璟然会送票给她,他这是什么意思?

姜念拿着这张票看了许久,最终,还是轻轻地放在了抽屉的最底层,说好了要回归自己的生活,那么,不管对面那个世界给出了多么诱人的饵,她也不能再踏进去了。

ACE 上海演唱会是在市体育场举办的,华丽的舞台灯光下,整个外滩犹如一条波浪形的琉璃光带,耀眼夺目。这一晚,注定会成为偶像元年最盛大的一刻。可容纳近六万人的场馆竟然座无虚席,很多粉丝都举着自制的灯牌和横幅,疯狂地喊着口号,为自己喜欢的成员卖力应援。

从独树一帜的鬼马嘻哈客,到游走在黑暗与光明之间的边缘少年,再到睥睨天下的舞台王者,ACE 组合用一个个精彩绝伦的节目带领观众走进他们的音乐世界。每到这个时候,无论台下坐着的是谁的粉丝,都不得不折服于郁璟然强大的作曲能力以及超乎时代的音乐概念,然后感慨一句,他真是词曲创作界的旷世鬼才!

两个半小时的视听盛宴仿佛白驹过隙,很快就到了尾声。灯光暗下来时,台下的粉丝不舍地大声喊着"安可""安可",就在这时,灯光再次亮起,裴佑、周小琪和林泽致又站上了舞台。

周小琪拿着话筒,笑着说道:"其实今天的演唱会已经结束了,这是临时增加的一个小环节,公司和乐队老师都不知道。"

此话一出,台下的工作人员纷纷面面相觑,不知道这是要闹哪一出,顿时都有些慌了。

粉丝们则立刻沸腾起来,欢呼声一片。

周小琪做了个嘘声的动作,继续道:"这首歌是璟然写的,送给我们的一个朋友,不知道她今天有没有来,但我们都很希望她可以开心起来,像以前一样笑得那么温暖和快乐。"

裴佑勾了勾嘴角,转头看向舞台的一侧,带着一丝戏谑地说:"开始吧?"

一道白色的光束打下来,粉丝们这才发现,郁璟然穿着一身白色西装,正坐在钢琴边,灯光映在他精致的侧脸上,像是从童话世界中走出的白马王子。

台下立刻发出此起彼伏的惊呼声。

郁璟然清了清嗓子,耳朵微红,只说了一句:"这首歌的名字叫做《念》。"随后,按动琴键,一段优美的乐曲前奏从他的手指中缓缓流淌而出。

伴着钢琴独奏,裴佑、周小琪和林泽致三人独有的声线完美地融合在一起——

念念是彩虹划过碧蓝的天空,
念念是曦光融化冬日的冰雪,
就像温柔的夜莺,
念念永远闪闪发亮。
念念是勇气拥抱未知的明天,
念念是希望热爱每一道风景,
就像飞翔的候鸟,
念念永远微笑向前。

接着,是一段上行的 G 小调音阶,曲风采用 Rap 和主旋律混搭,节奏变得强烈起来。郁璟然望着台下的某个方向,眼神专注。

念——念——念——念,
你说我们是平行线,
从来也不在一个世界,
我偏偏不信这个邪,
非要与你死磕到底。
念——念——念——念,
这个世界,
太冷漠,太虚伪,太多假象,
是你给我温暖,

让我相信相信的力量。
念——念——念——念，
未来也许跌跌撞撞，
但我想陪你走过，
哪怕生活被屋檐压得再低，
它还是有一片天空的希望。
一曲结束，ACE上海演唱会就此落幕，台下却已炸翻了天。

等他们回到后台，阿城急忙跑上去，却不见郁璟然的踪影，顿时头都大了，急忙问道："小炸呢？"

裴佑摊手，做了个无奈的表情，说道："跑了。"

阿城惊恐道："跑了？！跑哪儿去了？"

"他说看到念念姐了，扒了件工作人员的衣服换上，立马就追过去了。"周小琪"嘿嘿"傻笑一声，"在高朋满座里将隐晦爱意说到最尽兴，小炸真是太浪漫了！我决定了，以后我有喜欢的女孩子了也要这么做！"

"你敢！"陈升一脸煞气地出现在众人背后，盯着周小琪的后脑勺恶狠狠道，"你要是敢跟他学，看我不打断你的腿！"

在场所有人都打了个寒战，不禁为即将遭受枪林弹雨的郁璟然深深掬了一把同情的泪水。

姜念纠结了很多天，但最后还是忍不住来了上海。当她坐在台下，与万千粉丝一起观看这场视听盛宴时，每一秒都像是灵魂的震撼。这是她第一次这么直观、这么强烈地感受到偶像的感染力，他们的一举一动都可以牵引着粉丝的情绪，为他们的舞蹈而疯狂，为他们的音乐而沉醉，这种强大的共情能力是任何人任何事物都所不及的。

最后，当ACE唱起那首歌的时候，她的心仿佛都要停止跳动。每一句歌词都像是一道温暖的阳光，照进了她的生命里。她不禁红了眼眶，抬眸看向钢琴边的那个人，没想到就这样撞进了他温柔而深情的目光里。她心头一跳,连忙低下了头。

演唱会结束,那个精彩而盛大的世界也就此落下了帷幕,也许,这就是最好的告别方式。

姜念有些落寞地随着人潮走出体育场,熙熙攘攘的街头,刚才那个还在舞台上火力全开、叱咤风云的男人,此刻却戴着口罩和鸭舌帽,站在她的面前,带着紧张和惊喜地说:"你真的来了!"

这一刻,姜念忽然有点想哭。

下一秒,郁璟然却大步走过来,牵起了她的手,穿越人群,向前奔跑。她不知道他要带她去哪里,可此时此刻,无论是哪里,她都愿意跟着他。

凌晨十二点的钟声敲响,姜念站在迪士尼乐园的中心广场中央,那座她想象了很久的奇幻童话城堡就矗立在面前,恢弘而壮丽,像一个彩色棉花糖编织的美梦。

郁璟然站在远处的台阶上,双手拢成喇叭状放在嘴边,朝着她大声喊道:"姜念,你看清楚了,这场烟火只为你一个人绽放!"

话音刚落,无数朵烟花腾空而起,夜空瞬间白亮如昼,伴随着迪士尼经典歌曲,巨型的投影、炫目的激光和璀璨的烟火交相辉映,将这座城堡渲染成如梦似幻的魔法世界。

姜念几乎要看呆了。

小时候,她最大的梦想就是跟着爸爸妈妈去游乐园开开心心地玩上一天,可惜被带去的永远只有姜玥,而她只能一个人躲在家里偷偷羡慕。长大后她便很想去一次,可惜一直没有机会。没想到,第一次带她来这里的人竟然会是郁璟然。

可今晚的意外却并不止于此。

漫天烟花中,郁璟然大步走了过来,停在距离她五步之外的地方,他似乎很紧张,额头上冒出了汗珠,手指在衣服上搓了又搓,终于鼓起勇气说道:"姜念,我喜欢你!你可以……做我的女朋友吗?"

姜念心头一震,以为他在开玩笑,难以置信地抬眸看去,却见他的目光是从未有过的认真,连忙有些慌乱地移开视线,小声说道:"你怎么可能喜欢我？别开玩笑了，也……也许，你喜欢的只是我的声音，一时搞不清楚……"

"不！"郁璟然急忙道，"我是喜欢你的声音，但我更多的是喜欢你这个人！不知道从什么时候起，我总是很在意你，看见你对别的男人笑、跟他们说话，我都会很烦躁；你靠近我的时候，我会很紧张，也很兴奋，甚至不受控制地想要吻你……我从来没有过这样的感觉，所以很长一段时间我都不知道这代表着什么。直到你离开我，我第一次那么害怕失去一个人。看见你脸色苍白地躺在病床上，听到你在江边哭得那么伤心的时候，我恨不得自己代替你去承受这些痛苦。"

顿了顿，他挠了挠后脑勺，有些懊恼道："我知道我这个人哪儿哪儿都不好，爱发脾气，说话又冲，还经常对你凶。但那些我都不是有意的，而且我愿意改，你喜欢什么样子，我就改成什么样子！你可能一时半会儿还不能接受我，但我不会放弃的，我会尽我最大的努力对你好，用行动证明给你看……"

璀璨的灯光映着他殷红的耳垂，看着他磕磕巴巴说着话、满脸紧张的样子，姜念整颗心都软得一塌糊涂。不管他们之间隔了多少不可逾越的沟壑，不管他们的身份有多么巨大的差距，此刻，站在她面前的不过是一个单纯到有些蠢萌的少年，他在跟她告白，而碰巧，她也喜欢他。

姜念再也无法抑制心头的悸动，用尽全力朝他奔跑而去，踮起脚，吻上了他的唇。

这一刻，郁璟然的大脑一片空白，眼睛蓦地睁大，下一秒，便紧紧地将她搂进了怀里，将这个吻加深到极致。

那就这样吧，为了这一刻，哪怕那个未知的世界有多少惊涛骇浪，她也甘愿头也不回地踏进去。

Chapter9.
浪漫的秘密

▼

第二天早上,郁璟然送姜念去机场。两个人都是第一次谈恋爱,像两个情窦初开的学生,有些紧张又有些害羞,总想偷偷看对方,但视线对上之后又会红着脸赶快分开。

"你不回霖京吗?"姜念问。

"嗯,我们下一场演唱会在日本开,过几天直接从上海走。"

前面就是安检口了,姜念从郁璟然手中拿过自己的包,轻声道:"那……等你开完演唱会,我们在霖京见?"

"啊?那还有三四个月呢!"刚在一起就要分开这么长时间,郁璟然有些不高兴,攥着姜念的手把她拉到了怀里,低头看着她,语气有些撒娇,"你不能中途来看看我吗?"

姜念见他可爱得一塌糊涂,忍不住摸了摸他的脑袋,哄道:"乖!好好工作,不许闹脾气哦!"

"哼!真是个狠心的女人!"郁璟然别过脸去,装作生气的样子。

姜念嘴角弯弯,踮起脚尖,"啵"的一声亲在他的脸颊上,问道:"这样可以了吗?"

郁璟然在这番温柔攻势下很快就丢盔弃甲了,握着姜念的腰将她往上一提,狠狠亲在了她的嘴巴上,心满意足道:"这才叫可以!"

送走了姜念,郁璟然整个人都像丢了魂似的,没精打采地回到酒店,干什么都觉得没劲。他昨晚兴奋得都没怎么睡着,这会儿正准备补个觉,却不知网上早已炸翻了天。

原来,昨天演唱会一结束,就有粉丝将ACE合唱《念》的视频传到了微博上,顿时引发了惊涛骇浪。

"ACE 上海演唱会返场合唱""郁璟然钢琴独奏""念"等相关热搜迅速占据排行榜前列,所有人都在猜测周小琪口中的这个朋友到底是谁,居然能如此荣幸让 ACE 全团成员为她唱歌。

当然,讨论得最多的还是这首歌本身,它温柔细腻的曲风与郁璟然以往的创作风格截然不同,如果不是周小琪提到,绝对不会有人想到这首歌会是郁璟然写的。

至于郁璟然为什么会写这首歌,更是众说纷纭,但其中的一篇博文很快引起了热议。这篇博文来自一个从 ACE 出道起就喜欢郁璟然的真爱粉,内容是这样的:"尽管我非常不愿意相信,但第六感告诉我,这孩子绝对是谈恋爱了!这首歌太不同寻常了,每一句歌词都透着爱意,尤其是他自己唱的副歌部分,那就是在赤裸裸地表白啊,要不是有喜欢的人了,你们觉得那丫心眼比碗口还大,能写出这样的歌词来吗?还有,他唱歌时望着台下的眼神,分明就是喜欢啊!我大胆揣测,念应该是他喜欢的女孩子名字中的一个字,而且女孩就坐在台下,现在就看谁能神通广大地扒出来她是谁了!最后我想说,ACE 哪个成员单放出去不是娱乐圈的顶流,现在居然在万人演唱会上合体为她献唱,这绝对是前无古人后无来者的惊天壮举,不管这个女生是谁,她上辈子一定是拯救了银河系!"

这条微博一出,立刻引起了轩然大波。郁璟然的粉丝们纷纷不能接受,大呼博主造谣,几分钟不到就在微博下骂了数万条评论。一时间,更是将郁璟然的恋爱传闻推上了风口浪尖。

陈升被气到差点脑溢血,二话不说就让阿城立刻将郁璟然押了过来。

"干什么?好不容易今天没通告,能不能让我睡个觉啊?"郁璟然打了个哈欠,整个人瘫在了沙发上。

陈升沉住气,压低声音问:"你昨晚干什么去了?"

听到这句话,本来看上去无精打采的郁璟然一下子眼神发亮,嘴角忍不住弯起,来了句十分矫情的话:"不告诉你!"

看他这副闷骚的模样，陈升还有什么不明白的，随手拿了个橘子砸过去，骂道："在演唱会上表白，你以为在拍 MV 啊？！你是怕我死得不够早，还是怕你自个儿太红了啊？你昨天整那么一出，今天公司的股价都得跌好几个点，你知不知道要损失多少钱，你赔得起吗？"

郁璟然反手接住橘子，三两下剥开扔到嘴里，不以为然道："真是皇帝不急太监急，那是人家老板的事，你一个小小的总监犯得着操那份心吗？再说了，股价涨涨跌跌的不是很正常吗，过两天没准儿又涨回去了。"

"郁璟然！气死我对你有什么好处啊？"陈升一口老血噎在心头，恨不得打爆眼前这个炸毛头。

"好了，好了。"郁璟然也不想真把他惹毛了，赶紧见好就收，"就一首歌而已，除了你们几个，别人也看不出什么来，最多讨论个两三天而已。而且下个星期就去日本开演唱会了，到时候谁还记得这个啊。"

陈升也懒得再跟郁璟然废话，沉声道："郁璟然，你是真的要跟那个姜念谈恋爱？"

"当然！"郁璟然坦坦荡荡。

陈升深吸一口气，问道："你知不知道作为一个当红偶像，恋情曝光会有什么后果？"

"我知道。"郁璟然坐直身体，正视陈升，认真地说，"当我决定要跟她在一起的时候，我就已经做好了面对任何风波的准备。升哥，我十四岁遇到你，是你带我进入这个圈子，看着我长大，你应该知道，这是我第一次这么喜欢一个女孩，我希望你能支持我。"

话说到这份儿上，陈升一肚子骂娘的话反倒说不出来了，只能恨恨地挥了挥手："赶紧滚，别让我再看到你！"

"谢了！"郁璟然双手抱拳，赶忙溜了出去。

房门刚关上，陈升忽然一拍大腿，疑惑道："不对啊，像他这种八百年不开窍的直男，怎么会突然福至心灵，发现自己有喜欢的人了？"

阿城尚不知危险即将来临，笑呵呵道："小炸那么二，哪有那么容易开窍，当然是在我的点拨之下啦，不然他可能八百年后还是单身狗呢，哈哈哈……"

"原来是你啊！"陈升的声音阴恻恻的，仿佛是从牙缝里挤出来的。

阿城突然一个激灵，这才反应过来，正想抱头逃跑，却还是晚了一步，被陈升一把揪住后衣领，一顿胖揍。

接下来近四个半月的时间里，ACE世界巡回演唱会一共去了八个国家，举办了二十多场，中途还拍了几个广告。总之，这段日子，他们不是在飞机上赶行程，就是在练习室彩排，忙得不可开交，可把郁璟然给憋疯了。

对于正处于热恋当中的小情侣来说，刚刚交往就要异地，那种折磨简直称得上惨绝人寰。

这不，最后一场香港地区演唱会刚刚结束，郁璟然不等工作人员安排，一上车就火速给自己订了张回霖京的机票，然后打给姜念。

"我下午就回去，你一定要来机场接我啊！"

姜念一愣，说道："可是……我不在霖京……"

"什么？"郁璟然千算万算也没料到这出儿，顿时就怒了。

"你小点声！"姜念揉了揉被震到的耳朵，无奈道，"我也是刚接了这个工作，还没来得及跟你说，是一个电视剧的台词指导，现在在横店呢，估计再有一个月就结束了。"

"还要一个月！我现在一天都等不了了！我不管，我现在就要见到你！那我去横店找你好不好？"

姜念连忙阻止他："你不能来！这里很多艺人拍戏，粉丝也很多，你肯定会被认出来的！你乖乖的，我这边一结束就回去找你。"

"我又不是小孩子，你干吗老是叫我乖！而且我已经很乖了！"郁璟然有些委屈，"这几个月来，我每天都在盼着见到你，你说你不能来，我就忍了。可是现在好不容易演唱会结束了，你告诉我又得等一个月！我后天就要去拍综艺了，那我们到底什么时候能见面啊？我看你就是反悔了，不想跟我好了，对不对？！"

说到这里,他忽然很害怕姜念的回答,连忙挂断了电话。

一旁的裴佑捅了捅他的肩膀,笑道:"是不是感情上遇到什么挫折了?这方面哥哥可是行家,快跟哥说说,我帮你出谋划策。"

"我……"郁璟然正想开口,忽然又咽了回去,将裴佑推到一边,"算了吧你,你那些滥情史能有什么好经验。"

裴佑怒道:"嘿,你这臭小子,哥哥好心关心你,你怎么还人身攻击啊!"

"哈哈!小炸说得没错!"周小琪拍手称快,完了又有些心塞,"没想到念念姐到头来竟然被小炸这头白痴小猪猪给拱了,怪可惜的。唉,你们说念念姐最近是视力和品位哪方面下降了?"

裴佑嗤笑一声:"我看两个都下降了,还降得不少。"

郁璟然立刻将火力转向了周小琪,阴恻恻地问了句:"你想死吗?"

周小琪不理他,忽然又自顾自地开心起来:"不过还算是有个好处,起码念念姐跟小炸在一起了,以后就真的跟我们是一家人了!唉,好久都没见到念念姐,我可真是太想她了。小炸,等我回去就能见到她了吧?"

郁璟然顿时泄了气,没好气道:"小爷我都见不着她,你还想见?做梦吧你!"

裴佑这下终于明白了,故意用鼻子嗅了几下,笑道:"哎哟,我说这车里怎么火药味这么浓,原来是有个怨夫在这儿呢!"

"说谁怨夫呢!"郁璟然一脚踹过去。

裴佑敏捷地往旁边一躲,这一脚便落到了他身后正在闭目养神的林泽致身上。

林泽致缓缓睁开眼睛,面无表情地看着郁璟然。

郁璟然一阵心虚,连忙去拍了拍他的裤腿,笑呵呵道:"路不好走,刚刚有点脚滑。"

林泽致没什么反应,冷不丁突然来了句:"因为独守空闺,腿脚也不好使了?"

"哈哈哈哈……"

车里顿时笑倒一片，就连开车的阿城都一个激动，差点把刹车当油门踩了。

郁璟然的头发噌噌噌孪得飞起，挽起袖子就朝林泽致冲了过去。

《悠闲的客栈》是苹果台今年重磅打造的一档明星经营体验类真人秀节目，节目邀请了六位明星一同前往云南丽江，用一个月的时间经营一家客栈，主打远离喧嚣，在慢节奏的生活中寻找初心。

节目一开始就瞄准了郁璟然和林泽致的超人气流量，邀约了很多次，但他俩就是不肯接，后来为了让姜念能继续留在ACE公寓，不得已答应了陈升的魔鬼条约，这下，就算再不情愿，也只能参加了。

于是，在霖京市待了两天，郁璟然和林泽致又登上了前往丽江的航班。这两人一个因为见不到女朋友心情不好，一个天生高冷不爱说话，愣是在飞机上一句话没说，吓得跟拍的编导和摄影师还以为他们俩吵架了。他们原本是想拍一拍其乐融融的兄弟情，这下可真不知道该怎么办了，急得不行，又没人敢上去告诉这俩哥们儿，好歹演一演啊。

下飞机后，导演组包下的商务车已经停在出口。一上车，郁璟然就往旁边一倒，自然而然地把林泽致的腿当枕头垫着，没到五分钟就睡了。林泽致也没说话，就这样让他枕着，随手拿了本杂志看。

编导立刻眼睛放光，按捺着心头的万分激动，招呼摄影师赶紧拍！

经过快两个小时的车程，又改换乘船，终于到达导演组安排的客栈。这座客栈依山傍水，风景秀丽，极具民俗文化特色，而且这里不通车马，只能靠小船泛舟到达，很有一种世外桃源的感觉。

其他四位嘉宾也陆续到了客栈，分别是出道近二十年的前辈歌唱家沈和瑛，跟ACE同公司的师妹丁思琪，上遍各大综艺节目的十八线男演员陈迪，以及郁璟然的死对头——陈斯吟。

沈和瑛不知道他们之间的过节，还笑呵呵道："斯吟是不是刚和璟然合作了一部电影，应该很熟吧。"

陈斯吟皮笑肉不笑地说："对啊，可熟呢，导演组的保密工作做得真好，我可一点都没猜到是你呢！"最后一个字简直是从牙缝里挤出来的。

郁璟然更是恼火，好不容易跟这个恶女人拍完戏，总算解脱了，没想到还要跟她一起上综艺，还整整一个月！想到这里，他连客套话都懒得说了，只跟沈老师问了好，跟其他人打了声招呼，压根儿没理陈斯吟，就提着行李回房间了。

陈斯吟气得脸都红了，但碍于镜头在，还是尴尬地笑道："璟然可能累了，不太想说话。"

大家便笑了笑，这件事就算过去了。

各自收拾好行李，所有人在餐桌旁开始开会。客栈的老板毫无疑问由最有资历的沈和瑛担任，她逻辑性很强，行事干脆利落，办事说话也很有效率，很快将客栈开业前的准备工作分配清楚，限大家在两天内完成各自的工作，后天早上八点正式开业。

男生们负责采买和搬运所需用品，两个女生打扫客栈的卫生，而客人的订房事务则暂时由老板处理。

都是十指不沾阳春水的大明星，谁在家也没干过这种活儿，但观众们爱看，就算大家心里不大乐意，为了营造出自己非常独立非常能干的形象，大家伙也都干得挺认真。

干活是一个方面，能展现自己的优势才是最重要的，否则，一直傻乎乎地在那埋头苦干多无聊，谁会乐意看。这不，陈斯吟扫地期间起码换了三件衣服，最后逼得编导都不得不委婉地提醒她，再换下去节目就不连贯了，观众们还以为是多次拍摄拼凑在一起的，她这才作罢。艳压群芳暂时行不通了，她便打起了姐妹情深的人设，刻意跟丁思琪示好，没一会儿工夫，两人就牵着手一起上洗手间、一起去逛花园了，看起来还真成好闺蜜了。

陈迪的优势就很明显了，他虽然人气一般，但胜在嘴皮子利索，会玩梗也会接梗，有他在，气氛就不会尴尬，没一会儿就如鱼得水了。

而郁璟然和林泽致的画风就跟其他人不太一样了。不愧是一个团出来的，这两人干活倒是都挺认真，就是一直没什么表情，能说一句话绝对不说两句话，能说一个字绝对不说一句话，特别沉默，好像还真是来打工的，完全不在意镜头的存在。

导演组的工作人员都纳闷了，林泽致冰山王子的名号是出了名的，不爱说话也正常，没听说郁璟然也有这毛病啊！这可真是要了命了！

这个节目是边拍边播，最后没办法，后期制作只能剪了很多他俩干活的镜头，没想到第一期节目播出的时候，就立刻引发了全网关注。这也难怪，这是郁璟然和林泽致第一次参加真人秀，粉丝们平常见到的都是他们在舞台上劲歌热舞、光鲜亮丽的样子，哪里见过这么不修边幅做家务活的时候，简直太反差萌了，自然稀奇。

当然，最出圈的还是郁璟然在车上躺在林泽致腿上睡觉的画面，后期甚至还配上了"岁月静好，现世安稳"的字幕，简直是戳中了一众少女的小心脏。一夜之间，他们俩的超话排行榜一路飙升，甚至超过了一直稳居第一的裴佑和周小琪这对欢喜冤家！

各项数据表明，《悠闲的客栈》已经超过同期所有综艺节目，毫无疑问，这个节目火了！而且是大火！

总导演一声令下，以后除了郁璟然和林泽致上厕所和洗澡，就算是嗑瓜子、发呆的画面，也得一帧不漏地给拍下来！

快乐都是别人的，郁璟然可一点儿都没感觉到。这段时间姜念一个电话也没打来过，而他也一直赌气不肯让步。这下好了，他们都快半个月没联系过了。

这天上午，送走客人后，郁璟然窝在房间里，左思右想，算了，女朋友还是比面子重要，男人偶尔服个软没什么！他好不容易说服自己，正要打电话，忽然听到门外传来沈和瑛的声音。

"有客人来了，璟然，你去前面接一下。"

郁璟然应了一声，只能放下手机，晃晃悠悠地走出客栈，只见远处的碧波中，一个女孩正乘着小船缓缓而来。

随着她的模样逐渐清晰，郁璟然的眼睛一瞬间就亮了起来，仿佛不相信眼前发生的这一切，片刻之后才反应过来，拔腿就冲到码头边。

他看着姜念从船上下来，脸上依旧带着不可置信的神色，问道："你……你怎么来了？"

看到摄影师还没来得及跟过来，姜念赶忙抓紧时间，对着他眨了眨眼，笑着小声道："我来看看我的男朋友到底乖不乖呀。"

一句话就让郁璟然的心炸开了花，整个人陷入巨大的惊喜当中，上前就要抱住姜念。

姜念连忙后退一步，用眼神示意了下镜头的存在。郁璟然这才有所收敛，但还是一把将她的行李箱提了过来，声音里带着抑制不住的喜悦："走！我带你进去！"

身后的摄影师早就看呆了，跟拍了近半个月的时间，他还是第一次见到郁璟然露出这么丰富的表情，难道今天太阳打西边出来了？

这会儿客栈里没什么事，大家都待在前厅里聊天，见郁璟然带着一个女孩进来，都好奇地看过来。

沈和瑛忍不住打趣道："从来没见过我们璟然主动帮女孩提过行李，今天这是怎么了？看来我们这位刚来的客人身上肯定有什么独特的魔力。"

姜念脸颊微红，连忙从郁璟然手里拿过自己的行李，不好意思道："刚刚路上不太好走，谢谢你了。"

"咳……没事。"郁璟然挠了挠后脑勺，突然还有点害羞。

沈和瑛在他们之间来回打量了几眼，笑了起来，对姜念道："小姑娘叫什么名字呀？打算住几天？"

"我叫姜念……"

没等她说完，郁璟然就赶忙说道："她住半个月！"

"半个月？"沈和瑛笑道，"那岂不是要一直住到我们节目结束了？"

"不不不！没那么长！他可能刚才没听清，"姜念连忙更正，"我是来这边旅游的，可能会住三四天。这段时间麻烦你们了！"

沈和瑛意味深长地"哦"了一声，笑道："不麻烦不麻烦，你是我们的客人，为你提供优质的服务是我们应该做的。"然后，对门外正在浇花的丁思琪喊道，"思琪，你带这位姜小姐去客房休息吧。"

郁璟然立刻说道："我这会儿反正没事，我去就行了。"

丁思琪擦了擦手，走过来，拍拍郁璟然的肩膀，俏皮地笑道："师哥，姜小姐刚来，风尘仆仆的，肯定要洗漱，你去不方便，还是我去吧。"

她说完，转头对姜念道："走吧，姜小姐，我带你去房间。"

姜念便跟了上去，路过林泽致的时候，侧头偷偷跟他做了个"谢谢"的口型，林泽致微微勾起嘴角，深藏功与名。

郁璟然眼巴巴看着姜念离开，完了又像是忽然想起了什么，一头扎进了厨房。

这也太反常了！就连陈迪都看出来郁璟然有些不对劲，小声问一旁正在看书的林泽致："他这是怎么了？"

林泽致头也没抬，淡淡道："喜从天降，不小心砸脑袋上了。"

"啊？"陈迪没明白，张大了嘴巴，"什么意思？"

这边，丁思琪领着姜念去了二楼的一间客房，还贴心地帮她整理了行李。姜念自然十分感谢，对这个清秀可爱、活泼开朗的小妹妹心生好感。

"对了，姜小姐，你是不是认识我师哥呀？看起来你们好像挺熟的。"丁思琪状似无意地说道。

"你师哥？"姜念一愣。

丁思琪笑道："就是郁璟然啦，我们是同一个公司的，不过我没他那么红，你应该不认识我吧。"

姜念看丁思琪神色有些落寞，连忙解释道："那个……我平常其实不怎么关注娱乐圈的事情，就算特别红的明星，我也不一定认识。就像郁璟然，我第一次见到他的时候都不知道他是谁……"

丁思琪反应很快，立刻打断她问："所以说，你们真的认识？"

呃……一时嘴快说了出来。姜念顿时有些紧张，忙解释道："我是配音演员，之前拍戏的时候跟他有过几天合作，但是也算不上很熟。"

"哦……"丁思琪点了点头，露出一个可爱的笑容，"反正我觉得师哥对你和其他女孩不太一样。就连我这个认识好几年、也合作过好几首歌的同公司师妹，他好像都没跟我说过几句话。"

姜念笑了笑，没有说话。

"好了，不说这个了，收拾得差不多了，我带你在客栈参观参观。"丁思琪牵着姜念的手来到前厅，表情兴奋道，"没想到姜小姐跟我们是半个同行呢，告诉大家啊，她可是一位配音演员呢！"

"是吗？"陈迪倒是很热情，特意过来询问姜念都配过哪些电视剧或电影，得知其中几个都是自己特别喜欢的角色后，满脸都是惊喜，"原来是姜老师啊，我可喜欢你的配音了，没想到能在这里见到你本人！"

话音未落，陈斯吟从房间里走出来，恰好看到姜念，一眼就认出了她，顿时整个人都不好了，冷冷地问："你怎么在这儿？"

丁思琪看陈斯吟脸色都变了，好奇地问："你们也认识？"

陈斯吟这才回过神来，心想：糟了，忘记有镜头了！要是之前我在化妆间为难姜念的事情爆出来，肯定会有损自己的形象。

陈斯吟立刻发挥演员本能，挤出一丝笑容，说道："不好意思，我刚刚看错人了。"

丁思琪便笑了笑，没再继续追问。

姜念也是一时冲动跑来找郁璟然，没想到会在这里遇到陈斯吟，不过她们井水不犯河水，陈斯吟应该也不会当着这么多摄影机的面故意为难自己，便松了口气。

这时，郁璟然捧着一个三明治巴巴地跑过来，递给姜念，说道："我也不会做其他的，你先吃这个垫垫肚子吧。"

姜念看着这个塞得满满当当的巨无霸三明治，忍不住笑起来。她咬了一口，对着郁璟然竖了个大拇指。

郁璟然立刻笑得见牙不见眼。

再继续下去,这旁若无人的小粉红别说在场的人,估计就连客栈门口的小黑狗都能嗅到了。

"咳……"林泽致突然清了清嗓子,"时间不早了,老板,现在是不是该给客人们准备晚饭了?"

"对对对。"沈和瑛正在前台计算这几天的收支状况,差点忘了这茬儿,忙道,"今天晚上吃火锅。陈迪,你去统计一下客人们都喜欢吃什么口味的,其他人都来给我帮忙吧。"

丁思琪对姜念抱歉地说:"对不起啊,姜小姐,我没空陪你了。"

"没事,你忙吧,我自己转转也行。"姜念说完,这才察觉到自己刚刚的失态,连忙躲开郁璟然的视线,出了客栈。

她刚出去,陈迪突然一拍脑袋,说道:"呀,忘记问姜老师喜欢吃什么口味的火锅了!"

话音刚落,郁璟然和林泽致竟异口同声道:"麻辣味,越辣越好。"

大伙儿一愣,每个人的脑门上都蹦出来三个问号。

姜念顺着一条羊肠小道走到湖畔,刚才来得匆忙,还未曾发现这个地方究竟有多美。放眼望去,四周青山环抱,云雾缭绕,湖面上的水草在微风中摇曳生姿。此时夕阳西下,给这里的万物都涂上了一层金黄色的余晖,显得柔和而温馨。

"路上好走吗?"

远处传来一个清冷的声音,姜念转身一看,原来是林泽致正缓步走了过来。

"还好,挺顺利的。"姜念笑笑,"还要谢谢你帮我跟导演组走了个'后门'呢,不然这么多人报名,我肯定选不上的。"

"举手之劳。"林泽致浅浅一笑,望向远处的湖面,"我这也是为了自救,你要是不来,过不了几天,整个客栈估计都会被那家伙的寒气给冰冻了。"

没想到林泽致也会讲这种笑话,姜念"扑哧"一声笑出来。

片刻之后,林泽致转头过来看着她,说道:"比起一般人的恋爱,娱乐圈里的爱情往往会面对更多的阻碍和诱惑,通常都是很难走下去的,我自己也不例外。但是,我希望你和璟然能够打破这个魔咒。"

姜念微微有些愣怔,继而扬起一个明媚的笑容,坚定道:"我们会的。"

一刹那,林泽致似乎被那笑颜晃了眼,顿了顿才说:"那……祝福你们。"

林泽致走后,姜念找了块石板坐下,闭上眼睛,听着四周的风声和鸟鸣,心里是从未有过的安宁。这一刻,她似乎有点感受到了这个节目的意义。疲累的生活之外,或许也需要这么一方净土。

没过多久,手机就接二连三地跳出几条微信。

"你在哪儿?你方向感那么差,千万别走丢了,早点回来啊!"

"你喜欢吃什么肉?我偷偷给你多放点儿!"

"要喝什么?酸奶还是果汁?待会儿他们肯定会喝酒的,你一定不许喝啊!"

……

不是在做饭吗,怎么还有时间发这些有的没的?姜念想象着郁璟然絮絮叨叨发微信的样子,心里像涂满了蜂蜜,甜甜的。

晚上七点多钟,出去游玩的客人陆续回来了。老板一声令下,火锅大餐便正式开始了。餐桌是长方形的,一般情况下,都是老板坐主位,然后客人坐一边,员工坐另一边,郁璟然也不好直接过去坐在姜念旁边,只能退而求其次,抢先坐在了她的对面。

见大家都已经落座,沈和瑛笑道:"今天这顿饭我们璟然可是大功臣,从头忙到尾,虽然由他择过的菜都会损失一半,不过心意可嘉,大家可要好好品尝哦。"

话音刚落,大家纷纷笑了起来。客人之中有几个二十出头的姑娘都是郁璟然的粉丝,本就是冲着他来的,谁知这几天郁璟然除了日常接待,跟大家都没什么互动,没想到今晚能吃到他亲手做的火锅,顿时都兴奋起来。

　　锅底刚煮沸，郁璟然就迫不及待地捞起一筷子涮羊肉夹给姜念，说道："快尝尝，味道怎么样？"

　　这话一出，在座的所有人立刻都看了过来。

　　姜念心里暗道不好，在桌子底下轻轻踢了下郁璟然的小腿。

　　郁璟然这才反应过来，对着众人尴尬地笑了笑，解释道："听说姜念是山城人，肯定对火锅很有研究，我就让她给我们这顿火锅打打分。"

　　"这么巧！那我们是老乡啊，怪不得你这么能吃辣呢！那你家是在哪个区呀？"陈迪很是兴奋，忙跟姜念攀谈起来。

　　郁璟然看着陈迪对着自己女朋友那副热情洋溢的模样，真是哪儿哪儿都碍眼，恨不得一脚把他踹到门外的湖里去。

　　不过经陈迪这么一插科打诨，倒也没有人再关注刚才的事了。

　　吃到差不多了，按照惯例，就到了客栈的谈心时间。

　　其实，郁璟然非常不喜欢这个环节，吃饱了就散场得了，非要一堆人坐在这里对着镜头谈自己的烦恼、梦想、遗憾等，然后强行煽情，感动落泪。

　　每次郁璟然都会尴尬得浑身不自在，然后找个借口躲回房间。可今天姜念在这儿，他就算觉得再尴尬也不能走了。

　　沈和瑛哪能放过这个机会，一上来就瞄准了他："我第一次见到璟然的时候，他才十四岁，那会儿应该是刚进公司当练习生吧。个头也不高，瘦瘦小小的，跟一群小男孩在训练室练舞。别人休息他在练，别人吃饭他在练，别人回宿舍了他还在练，我当时就跟他的经纪人说，就冲这孩子肯吃苦肯拼命的劲头，以后准有大出息！"说到这里，她笑了笑，指着郁璟然说道，"你们看看他现在，我没说错吧！"

　　"是啊。"丁思琪接过话头，继续道，"您不知道，我们这些后辈都拿师哥当偶像呢，好多人都是冲着他才进的公司。对了师哥，你能不能跟我们讲讲你当时是怎么坚持下来的？中途有过因为太累想要放弃的时刻吗?"

开始了开始了,郁璟然没想到这把火这么快就烧到自己头上了,所有人都盯着他看,仿佛已经准备在他回答完这个问题后开始发表各自的感言了。

郁璟然当下却只觉得无聊,也不想在这里卖惨,只淡淡地说了句:"你想要得到什么,就必须付出相应的努力,这很正常,没什么可说的。"

没想到今天的第一个煽情环节就遭遇了滑铁卢,气氛一度冷场,还是陈迪这个综艺能手适时说了个笑话把这个话题带过了。

此后,再遇到这种话题,谁都不敢再提郁璟然了。这家伙,绝对有一句话把周遭温度降到冰点以下的魔力!

从上次郁璟然在化妆间里为了维护姜念向她泼水,陈斯吟就觉得他们俩之间有点不太寻常,今天再这么一看,心里更加明了。当红流量曝出恋情,他们俩谁都不会好过,到时候,她不费吹灰之力就能收拾了这两个眼中钉。想到这里,她微微勾起嘴角,看向姜念,问道:"姜小姐有男朋友吗?"

姜念犹豫了一下,点头道:"嗯。"

"哦?"陈斯吟问的是姜念,目光却转向了郁璟然,"那你男朋友一定很优秀吧,他是做什么的呀?"

姜念下意识就想看向郁璟然,幸好及时反应了过来,稳定心神,淡淡地说:"他只是个普通人。"

"我可不信。"陈斯吟笑嘻嘻道,"姜小姐这么年轻漂亮,在配音界也颇有名气,男朋友怎么会是普通人呢?不要不好意思嘛,大家相聚在这里就是有缘分,要勇于分享嘛。"

"那个……"姜念不知该怎么回答,一时有些尴尬地僵在原地。

郁璟然"啪"的一声将勺子扔到了碗里,看向陈斯吟,冷声道:"分享故事不是要探人隐私,麻烦你适可而止!"

陈斯吟没想到他这么不给自己面子,顿时也火气上来了,顾不上现场还有摄影师在拍,大声道:"郁璟然,我只是随便问问,你至于这么护着她吗?"

"好了好了。"沈和瑛连忙跳出来主持大局,"大家可能喝得有点多了,今天就到这里了,早点回去休息吧。"然后还不忘叮嘱编导,"一定要把刚刚的镜头删掉,传出去可有得闹了。"

编导慌忙胆战心惊地点点头。

这顿晚餐就这么匆匆结束了。姜念回到房间,有些后悔自己一时冲动来了这里,恋爱中的女孩啊,果然是没有理智的。

这时,手机的提示音突然响了。

姜念打开一看,居然是郁璟然发来的:"你从客栈后门出来,顺着小路一直走,我在路口等你,小心点,别让摄影师发现了!"

什么鬼?怎么搞得跟偷情似的?姜念哭笑不得,但也还是放轻了动作,小心翼翼地溜了出去。

按照郁璟然所说,她顺着后门外的那条小路一直走到尽头,映入眼帘的是一片五彩缤纷的格桑花田,郁璟然就站在花田旁,见到她来,双眸里焕发出星星点点的光芒。

姜念被他看得有些害羞,别过脸去,语气里似有抱怨似有撒娇:"看什么呀?"

听到她的声音,郁璟然的心柔软得像一团棉花糖,忍不住走近几步,盯着她的脸看得更认真了,柔和地说:"我都142天没有见到你了,你还不许我好好看看你啊!"

姜念"扑哧"一声笑出声来:"你怎么算得这么清楚?"

"那当然,我每天可都是度日如年,恨不得时间能过得再快点儿,"说起来,郁璟然还有些委屈,"不像你,一点儿都不想我!"

姜念抿唇笑起来:"我以前怎么一点儿没发现,原来你谈恋爱这么黏人啊,早知道的话……"

"早知道怎样?"郁璟然一把将她搂过来,低下头,看着她的眼睛,用凶巴巴的语气道,"我告诉你,上了我这条贼船,可没有反悔的机会了,一辈子都不许你下去!"

他精致的脸庞在月光下越发显得清俊帅气，像艺术家笔下最完美的雕刻品，看得姜念心头小鹿乱撞，忙低下头，双手轻轻环住他的腰，将脸颊靠在他的胸前，轻声道："小气鬼，我也每天都在想你呀。"

　　郁璟然的脸颊瞬间染上了红晕，心脏仿佛要从胸腔里跳出来似的。他用力将姜念抱得更紧了，沉溺在这样的温柔与甜蜜中，只希望时间能够永远停留在此刻。

　　突然，郁璟然想起来一件事，惊呼道："糟了，我明天有一个通告要出！"

　　姜念一愣："你要离开这里？"

　　"嗯。"郁璟然苦着脸，"是一个颁奖典礼的表演舞台，我和小致都得去，一来一回怎么着都得两天。不行，我要给陈升打电话，我不去了！"

　　"别！"姜念忙道，"我在这儿要待一个星期呢，你乖乖去，我等你回来。"

　　"可是我一分一秒都不想跟你分开！"郁璟然一米八三的大高个儿，把脑袋埋在姜念的肩窝里磨磨蹭蹭地直耍赖，"好不容易见到你，又要分开，我们俩怎么比牛郎织女还命苦啊！"

　　姜念伸出一根手指将他推离了几分，故意道："提醒你一下，男人太黏人的话就没有魅力了哦。"

　　郁璟然猛地弹开，表情严肃地说："男人应该以事业为重，这个典礼还是很重要的，我还是去吧。"

　　姜念被逗得直乐："好啦，你明天还要早起赶飞机呢，赶紧回去睡觉！"

　　"哦。"

　　望着姜念匆匆离开的背影，郁璟然一阵心塞，起码亲一下再走嘛，这个女人真是太不解风情了，哼！

Chapter10.
月上柳梢头

　　一大早送走郁璟然,姜念决定去周围的风景区逛一逛,考虑到自己的路痴属性,便去问丁思琪有没有附近的地图。
　　丁思琪诧异地问:"我们之前的客人没有这个需求,所以就没有准备,姜小姐,你要地图做什么?"
　　姜念窘道:"我方向感不太好,很容易迷路。没关系,那我用手机导航也行。"
　　"那你注意安全,有什么事给店里打电话。"丁思琪笑笑。
　　"好的。"
　　很久没有这么悠闲自在了,姜念沿着湖畔,漫无目的地走过桥头,望着远处的碧湖青山,心情格外宁静。中午她肚子饿了,刚好路过一家餐馆,便吃了一碗热腾腾的过桥米线,浓汤鲜美,面线劲道,果然是这里地道的美味。下午,不知不觉又转到了后山,这里成片成片盛开的格桑花田更是惊艳绝伦,美不胜收。姜念忍不住拍了好些照片,才打道回府。

　　今天客栈里又来了几个新客人,大家都忙得不可开交。
　　姜念进门时,刚好碰到陈斯吟要出去,被陈斯吟拉住。
　　陈斯吟说:"我正打算去附近的小镇买点水果蔬菜,店里其他员工都在忙,我一个人实在拿不过来,你要是没什么事的话能不能陪我一起去?"
　　"这……"姜念犹豫了一下,看着她焦急恳切的神色,不像是假的,便道,"那好吧。"

从客栈到附近的小镇大约有四十多公里的山路，大约一个小时车程。不知道陈斯吟是因为有求于她，还是碍于有随行摄影师在场，一路上态度倒是很亲切，有说有笑的，一点都没有之前刁蛮刻薄的模样，姜念都有些怀疑自己是遇到了一个假的陈斯吟。

到了集市，刚一下车，陈斯吟突然"啊"了一声，懊恼地说："哎呀，我忘记带包包了，我的钱包和手机都在包里呢！这可怎么办呀，现在回去拿肯定来不及了！"

姜念早上出门想着就在客栈附近溜达溜达，便只带了个零钱包，大概数了数，说道："我这里还有两百多块钱，不够的话应该也可以手机支付。"

陈斯吟一脸惊喜地接过，说道："姜小姐，真是太谢谢你了，要不是有你在，我真不知道该怎么办呢。"

"没事。"姜念不在意地摆摆手，心里只惦记着这次出行的目的，"前面那家的水果好像还不错，我们过去看看吧。"

中途，陈斯吟突然又道："丁思琪让我给她捎个东西回去，我忘记是什么了，你的手机能借我打个电话吗？"

姜念不疑有他，便把手机递给了她。

"谢谢啊，那你先接着买，我出去打个电话很快就回来。"

陈斯吟这一走就是半个小时，姜念等得有些着急，便出去找她，却发现刚刚停在路边的那辆车已经不见了。在附近找了几圈，仍然不见陈斯吟的踪影。

身上的钱和手机都被陈斯吟拿走了，这里又是人生地不熟，她连路都不认识，更别说自己回去了，姜念顿时有些慌了。

陈迪从家里带来了一套音响设备，今天捣腾了一整天，总算成功地连接在电视上。吃过晚饭，大家便聚集在前厅唱歌，一片欢声笑语，好不热闹。

就在这时，郁璟然和林泽致突然回来了。

"哎呀，怎么这么晚了还赶回来？"沈和瑛惊讶之余，又不免心疼两个孩子这么辛苦,"你们着什么急啊,在酒店好好休息一晚,明天再回来也一样。"

郁璟然有些尴尬地移开视线,说道:"这……这不是听说客栈今天又来了几个客人,我们赶回来帮忙的。"

林泽致噙着笑看了他一眼,没有拆穿他这个拙劣的谎言。

郁璟然扫视了一圈,却没有看到姜念,忍不住问:"姜念怎么不在?"

"对哦。"陈迪一拍脑袋,这才反应过来,"好像今天一整天都没见到姜老师,你们有谁见到她了吗?"

丁思琪道:"下午的时候,我好像看到斯吟姐和姜小姐一起出去了,是吧?"

陈斯吟没想到郁璟然回来得这么早,从他一进门就变了脸色,这会儿听到丁思琪提到自己的名字,更是有些慌了,但仍然强装镇定地说:"我们是一起去的镇上,但是后来走散了。我想着她自己可能想去别处逛逛,就带着摄影师先回来了。"

现在已经十一点多了,姜念怎么可能会逛到现在?郁璟然心头一紧,也顾不得现场有镜头在拍,直接拿出手机拨通了姜念的电话。谁知,下一秒,手机铃声却在这里响了起来。

众人顺着声音看过去,只见陈斯吟神色慌张地站起来,急忙从上衣口袋里掏出手机扔在沙发上,面红耳赤地解释:"我……我出门的时候忘记带手机了,就借她的手机打个电话,结果忘记还给她了……"

郁璟然顿时就气炸了:"你跟她一起出去的,还拿了她的手机,现在都半夜了她还没回来,你居然还能安安心心地坐在这里唱歌?"

"我……"

陈斯吟正想辩驳,林泽致突然出声打断,望向周围的摄影团队,沉声道:"你们谁是陈斯吟今天的跟拍摄影师?"

安静了片刻,有一个摄影师举起手,说道:"是我。"

林泽致脸上没有任何表情,语气却是从未有过的强硬:"把你今天看到的都一五一十说出来。"

"我……"那摄影师有些犹豫，求助般地看向导演。

事已至此也没办法，导演只能点了点头，他这才开口。当说到陈斯吟借走了姜念身上所有的钱，然后开着车率先回来的时候，郁璟然一瞬间怒火中烧，大步走向陈斯吟，声色俱厉道："这都是你计划好的是不是？！你故意带她去镇上，故意借走她的钱和手机，故意把她一个人丢在那里！陈斯吟，你分明就是故意要害她！"

陈斯吟涨红了脸，恼羞成怒道："郁璟然，你别血口喷人！我怎么就害她了，手机和钱都是她自愿借给我的，镜头可拍得清清楚楚，不信你自己去看！是她自己蠢，找不到回来的路，关我什么事？"

"你说的是人话吗？！"郁璟然一声怒吼，踹翻了旁边的凳子，吓得陈斯吟连忙躲到沈和瑛身后。

"别跟她说这么多了！"林泽致拉住郁璟然，"这个地方治安不好，多耽误一分钟，姜念就多一分危险，我们现在立刻出发去镇上找她！"

郁璟然倏然收紧手指，转头扯上那个摄影师就往外走："你跟我们一起去！"

"哎，等等！"导演一个箭步挡在他面前，"你们都走了，那我们节目怎么办？"

郁璟然看向导演，冷冷地说："姜念一个女孩子身无分文，流落在外这么长时间，你们这么多人在这里，竟然没有一个人想着出去找她！如果她真出了什么事，你觉得这个节目还能录下去吗？导演，真人秀也要有底线！"

导演愣在了原地。

郁璟然三人走后，刚才还欢歌笑语的前厅陷入了沉寂。陈斯吟趴在沈和瑛肩头，哭哭啼啼个没完，客人们则是缄默不语，气氛十分尴尬。

编导犯愁了，小跑过去偷偷问导演："导演，咱……还拍吗？"

"还拍个屁！如果那姑娘今天出了事，这个节目也得完蛋！"导演拍了这么多年节目，从来没遇到过这样的事，心里窝火到不行，扔了个杯子，吼道，"把大家都召集起来，一起去镇上找人！"

一声令下，陈斯吟的哭声立马就止住了。她原本只是想教训姜念一顿，没想到事情会越闹越大，顿时有些慌了。

午夜时分，姜念独自坐在空无一人的街边，开始深刻反思自己怎么轻易就着了陈斯吟的道儿。

五月的天气，即使白天再怎么炎热，到了这会儿也起了寒气，她抱着胳膊，觉得有些冷了。

路口传来一阵"叮叮咚咚"的酒瓶声，几个流里流气的男人结伴走了过来，其中一个染着黄毛的男人冲着姜念吹了声口哨，醉醺醺道："哪里来的姑娘，我好像没见过啊！"

"哟呵，还真是！"另一个高儿个男人眯起眼睛看了看，"啪"的一声扔了酒瓶，朝姜念走过来，笑嘻嘻道，"长得还挺漂亮，相逢就是有缘，今晚陪我们哥儿几个耍耍？"

那一瞬间，姜念其实没有太多害怕，甚至还回忆起某个电视剧里的打斗场面，然后脑子里蹦出两个方案：一、抄起地上的酒瓶子砸他的脑袋；二、用自己军训时练了两个星期的军体拳踹他的命根子。一号方案震慑力较强，但目标人物个子太高，很可能够不到；二号方案虽然功夫蹩脚，但一旦命中后劲十足。

当她还在纠结哪一招儿更为致命时，那家伙居然已经倒在了地上。

她抬眸一看，竟然是郁璟然。

那黄毛见个儿大哥被踹翻在地，气得立刻使出一招扫堂腿，郁璟然顺势揪住他的衣领，一拳砸在了他的鼻子上，鼻血糊了满脸，吓得他当场就腿软了。

一瞬间，在姜念的眼中，郁璟然简直就像漫威电影中的超级英雄，浑身闪耀着正义和无敌的光辉。可惜，这光辉只持续了三秒钟。

"愣着干吗，都给我上啊！"高个儿男人从地上爬起来，一声怒吼，其余两个人也扑了上来，郁璟然一对三，顿时落了下风，被揍了好几拳。

姜念急得不行，猛然想起自己刚刚的第一个方案，拿起一个酒瓶就准备冲过去，没想到被人攥住了手腕。

"就你这小身板，还想加入战斗？"林泽致嘴角噙着笑，好整以暇地看着她。

姜念急道："你怎么还看热闹，赶快去帮帮他啊！"

林泽致仍然岿然不动，稳如泰山，淡淡地说："你觉得我像会打架的样子吗？"

呃，看他这副清风明月、不食人间烟火的仙人模样，还真不像……

姜念绝望了，绝望中，看到郁璟然又被踹了一个屁股墩。

林泽致也不逗她了，说道："放心，小炸是跆拳道黑带九段，这几个人不是他的对手。"

"你确定？"姜念看着郁璟然跟跟跄跄的模样，忍不住发出了来自灵魂深处的质问。

郁璟然逐渐恢复了状态，那几个人缠斗了一会儿，见占不到什么便宜，又怕引来警察，只能灰溜溜地跑了。

郁璟然立刻飞奔过来，一把将姜念搂紧在怀里，心头绷着的一根弦这才稍稍有所缓和。片刻后，他才松开她，拉着她的胳膊前前后后看了一遍，不放心地问："有没有哪里受伤？"

"我没事。"姜念看着他一身狼狈的模样，满眼都是担心，"倒是你，我刚看你被打了好几下，疼不疼啊？要不要去医院？"

"都是些皮外伤，去什么医院啊。"在女朋友面前挨了揍，郁璟然觉得有些丢脸，还在给自己找台阶下，"咳……我今天只是没发挥好，其实我很厉害的！"

话音未落，林泽致戳了戳他脸上的瘀青。郁璟然一下子没绷住，顿时痛得大叫。

"林泽致！你谋杀啊？"

林泽致勾勾嘴角："我看你刚刚不是挺嘚瑟吗？"

见郁璟然又开始炸毛，姜念赶忙拉住他："好了好了，你要是没事的话，那我们赶快回客栈吧。"

"等等！"好不容易跟姜念见一面，一回客栈就会有十几台摄像机在拍，连几句话都说不了，郁璟然实在不想回去，一抬眼看到街道对面正亮着灯牌的汽车旅馆,立刻心生一计,扶着额头露出难受的表情,"我突然觉得头有点疼,你扶我进去休息一会儿。"

"头疼?"姜念一愣。

"哎呀,越来越疼了,我都快站不住了!"郁璟然说着,还一脸虚弱地靠在了姜念身上。

姜念信以为真,连忙叫来林泽致,两人一左一右将郁璟然扶进了旅馆。

在房间里安顿好郁璟然,姜念便急着去楼下找老板看看有没有什么治疗跌打损伤的药。

见郁璟然还躺在床上"哎哟哎哟"地装头疼,林泽致忍不住踹了他屁股一脚,没好气道:"人都走了,别装了。"

想当年还在当练习生的时候,有人欺负周小琪,郁璟然年少气盛,一个人单挑对方一票人,结果被打得鼻青脸肿,差点脑震荡,也没见他喊过一声痛,今天这才哪儿跟哪儿?都是穿一条裤子长大的兄弟,郁璟然那点小心思,瞒得过姜念,可瞒不住林泽致的眼睛。

郁璟然被他识破诡计,倒也不恼,一个翻身坐起来,好声好气道:"那个摄影师还在车上等我们,要不你先跟他回客栈吧,也跟导演说一声我们已经找到姜念了,免得他们担心,对吧?"

"哦?"林泽致的神色有些微妙,"你们今晚要留在这儿?"

话音未落,姜念匆匆走了进来,说道:"我在老板娘那里找了些药膏和冰块,待会儿先给你在瘀青的地方冰敷一下,明天应该就能好点儿。你等等啊,我找个毛巾把冰块包一下。"

见她去了洗手间,郁璟然立马对林泽致使了个眼色,小声说:"慢走不送。"

"那怎么行?都是哥们儿,我现在走了岂不是太不够意思了?"林泽致嘴角微勾,"脱衣服吧,我来给你涂药。"

郁璟然立刻扯过一旁的被子紧紧抱住,咬咬牙,仿佛下了很大的决心,说道:"我收集的那一整套变形金刚的限量版手办,给你了!"

林泽致不为所动,上下打量了他一番,问道:"先涂上面还是先涂下面？"

郁璟然握拳，咬着牙说："下个季度我可以帮你跑三个通告！"

林泽致想了想，说道："我觉得还是先涂下面吧，需要我帮你脱裤子吗？"

"我新买的那辆跑车，给你开一年！"

"成交！"林泽致打了个响指，转身就走，临走时还不忘给他一个忠告，"就你这演技，以后还是别演戏了吧。"

郁璟然气得暗暗咬牙，这家伙看着跟冰块似的，心里可着实黑得很哪！

姜念拿着用毛巾包好的冰块走了出来，看了一圈，好奇地问："林泽致呢？"

"我怕导演组的人担心，就先让他回去了。"

姜念一愣："那我们呢？"

"我现在是没办法走了，你肯定也不忍心丢下我，"郁璟然露出一个可怜兮兮的表情，"不然……我们明天早上再回去吧？"

姜念看了看时钟，已经快凌晨两点了，现在回去确实也不太合适。而且郁璟然这副样子，她也实在没办法拒绝，只能妥协。

"那好吧。不过，林泽致走了，谁帮你涂药啊？"

"你啊！"郁璟然迅速由可怜模式切换到欢快模式，一把丢开了被子，仰面朝天躺在床上，一副任人宰割的模样，"我准备好了，来吧。"

他今天穿了一件休闲款的白衬衫，衬衫下摆卷到了腰上，露出肌肉紧实的小腹，还有一道黑色的内裤边，看得姜念一下子就红了脸，连忙别开视线，窘迫道："郁璟然，你知不知羞呀？"

郁璟然有些委屈地说："让自己的女朋友涂药而已，我哪里不知羞了？"

看着他这样无辜又纯真的眼神，姜念忍不住怀疑是不是自己想多了，纠结了一下，还是同意了。

"那你……哪里受伤了啊？"

郁璟然想了想，一本正经道："胸口，刚才被打了好几下，这会儿疼得厉害，你快帮我涂药吧。"说着，就开始解衬衫扣子，白皙如玉的胸膛上果然印着几块浅浅的淤青。

姜念用指腹蘸了些药膏，小心翼翼地涂在伤口处，涂着涂着就忍不住心思飘荡起来。没想到郁璟然虽然看起来还是少年人的清瘦俊秀，但是身上的肌肉线条轮廓分明、紧致结实……

"你在想什么？"郁璟然看着她的脸越来越红，忍不住问道。

"啊？"姜念突然反应过来，连忙握紧手指，"没，我没在想什么！"

郁璟然勾勾嘴角，嘴角噙着笑意，问道："你是不是想亲我？"

姜念的心跳猛地加速，急忙否认："我没有！你别瞎说！我刚刚只是在帮你涂药……唔……"

她的话还没说完，郁璟然就吻了上来，他只是浅尝辄止地吻了片刻，然后嘴唇微微离开，用鼻尖抵着她的鼻尖，轻声说："那就是我想亲你了，好不好？"

姜念浑身僵直，定定地望着他的眼睛，喉头微动，脑袋里却一片空白，只记得他的唇刚刚落在她的唇上，有一种温热的、让人浑身酥麻的感觉。

郁璟然只是被她这样看着，心仿佛都要化了，下一秒，便再次吻了上去。不同于刚才的轻柔，这个吻铺天盖地、热情而浓烈，仿佛要将压抑已久的某种欲望释放出来。

姜念从未感受过郁璟然如此强势的一面，甚至有那么一丝侵略性，但她很快便沉溺其中，根本无法思考。

不知不觉间，郁璟然已经反身将姜念压在了床上。姜念穿了一条棉麻的针织裙，材质很单薄，两人这样亲密接触，自然很容易擦枪走火。郁璟然越吻越深，手也情不自禁地落在了姜念的身上，四处游移，所到之处，都令姜念感到一片酥麻。

眼看阵地就要失守，姜念猛然惊醒，一把推开郁璟然，说道："不行不行，我们还没交往多久，这太早了……"

这句话仿佛一盆冷水浇到脑袋上，郁璟然突然清醒过来，用尽所有的自控力刹住了车,一个翻身倒在了床上,满脸的丧气。其实他也没真的想和姜念发生什么,毕竟时间、环境都不太对,刚才只是一时情难自己,可被自己女朋友这样一把推开,心里还是有些不爽。

姜念忍不住笑了笑,重新拿起药膏,说道:"好啦,还有哪里受伤了,我再帮你涂药。"

郁璟然转过头去,气呼呼道:"都是内伤,涂什么涂!"

"噗!"姜念失笑,移到床边打算穿鞋,"那我去楼下再开一间房吧。"

"不许去!"郁璟然一手搂住她的腰,一手托着她的腿,将她整个人捞了回来,然后关灯,蒙上被子,整个动作一气呵成。

"你放心,没有经过你的同意,我不会对你做什么的。"郁璟然闷闷的声音从被子里传来。

姜念笑了笑,转身抱住了他的腰,将头轻轻靠在他的臂弯里,轻声道:"嗯,我相信你。"

郁璟然顿了顿,收紧手臂,令她再靠近自己几分。

黑暗里,万籁俱寂,姜念突然想起来一件事,问道:"你不是说头疼吗,为什么让我给你胸口涂药?"

话音未落,身旁的郁璟然就立刻打起了小呼噜,简直是一秒入睡。

姜念气极,忍不住掐了下他的胳膊,那呼噜声立刻就转了道弯儿。

第二天早上,郁璟然和姜念回到客栈。一路上,姜念还一再叮嘱他千万不要和陈斯吟起冲突,郁璟然一反常态,居然满口答应,保证自己绝对不会惹事。

看着他这么乖巧的样子,姜念突然有种不祥的预感。

他们进去时,大家正在吃早餐,沈和瑛见到姜念,赶忙拉着她坐在自己身边,一脸歉意道:"昨天真是抱歉,我忙得晕头转向,都没有注意到你没回客栈,真是对不住了!"

姜念连忙摆手:"您别这么说,是我自己方向感太差才迷路的。而且因为我耽误了节目的拍摄,是我要说声抱歉才是。"

沈和瑛在娱乐圈二十多年，钩心斗角、尔虞我诈见过不少，昨天的事到底是怎么回事，她心里门儿清，不过为了节目能够顺利进行下去，也只能自己出面当和事佬，让姜念吃点亏了。她这会儿见姜念言辞温和，也知道顾全大局，不由得对姜念生出几分好感，握了握姜念的手，说了声："好孩子。"

陈斯吟坐在斜对面，一言不发地吃着早餐，好像这件事跟自己没有丝毫关系，更别说主动道歉了。

姜念也不愿意再跟陈斯吟计较，就当吃一堑长一智吧，起码这件事让她学会了一个道理——这世上不是所有人都值得你释放善意的。

在一切似乎都已经风平浪静的时候，郁璟然开始搞事了。

"姜念，你想好了，真的要报警？"

"啊？"姜念一脸问号。

大家也都疑惑不解地看向郁璟然。

"虽然你昨天是被节目组的某个人陷害，落得身无分文、深更半夜还流落街头，虽然那三四个醉汉抢劫还差点对你图谋不轨，险些酿成大祸，虽然你的心灵和精神上都遭受了极大的伤害，但是，"他话锋一转，"你要为我们节目组考虑啊。如果你报警了，警察一经调查，到时候肯定免不了节目组的责任，要是传到网上，舆论一发酵，我们节目就会遭受各方攻击，说不定还会被停播！"

导演坐在显示器前越听越心惊，连忙大喊一声："停！都别拍了！"说完，赶忙跑出来，急道："姜小姐，你冷静一下，先别报警啊，有什么事我们好商量！"

姜念完全不知道郁璟然又在搞什么鬼，急忙解释："我没有……"

她还没说完，突然就被一旁的林泽致打断："据我所知，现在广电对真人秀节目的播放资质管得非常严，出了任何一点差错，这节目也算完了。这个节目是苹果台这个季度的重点项目，投资不少，要是打了水漂，后果可不堪设想。姜小姐，你可要想清楚。"

郁璟然和林泽致不愧是多年的队友，两人一唱一和，配合得完美无暇。"

林泽致刚说完，郁璟然就立马接上了话头："就是，这节目可是这么多工作人员的心血，你可千万不要因为一个人而迁怒于大家啊。"

这句话一下子就点醒了导演，他想了想，对姜念道："姜小姐，你放心，这件事我一定给你一个交代！"说完，他看了陈斯吟一眼，匆匆离去。

"哎……"姜念有点蒙，一脸疑惑地看向郁璟然，压低声音道，"你到底要干吗？"

郁璟然耸耸肩，一副"事了拂衣去，深藏功与名"的模样，转身回了房间。

导演组生怕姜念一时冲动报警，到时候让节目组惹上麻烦，当下开了个紧急会议，与陈斯吟解除合同，并在微博上发布声明，称陈斯吟因身体原因退出节目组。

陈斯吟从来没有受过这种对待，简直快要气疯了。但这件事也是她自己理亏，更何况一听郁璟然提到报警，她也怕了，恼羞成怒之下当即收拾行李离开了客栈。

这件事算是郁璟然和林泽致联手摆了节目组一道，现在搞成这种局面，姜念觉得心里有些内疚，要不是她来参加这个节目，也不会惹出这么多事。

郁璟然安慰她："这节目忒无聊，你要是不来，我和林泽致说不定录到一半就跑路了。"

姜念无语：行吧，你且闭嘴吧。

现在节目已经过半，常驻嘉宾突然少了一个人，无论是客栈的日常工作，还是节目的内容，都急需补充新人。这时候，另一家电视台新推出一档歌唱竞技秀节目，刚好与《悠闲的客栈》撞了播出档期，一下子分走了不少观众。导演组连夜开了个紧急会议，第二天便在节目中宣布下午即将有新人加入。

这个新人会是谁？陈迪叽叽喳喳念叨了一个早上，心里十分好奇。

相比较而言,其他人倒是没什么反应,该干什么干什么,不怎么在意的样子。

吃过午饭,姜念在吧台边给大家做蜂蜜柚子茶,郁璟然和林泽致一左一右坐在旁边的高脚凳上,一个聚精会神地盯着她,一个低头玩手游,其他人都坐在前厅闲聊。

片刻之后,门外忽然传来些动静,一个女人款款走了进来,她穿着一条法式小黑裙,身材曼妙,气质优雅,摘下墨镜的那一刻,所有人都愣住了。

居然是于曼姝!

于曼姝演过多部电影佳作、拿过国内外七座影后奖杯,却在巅峰时刻急流勇退。谁也没有想到,她今天会出现在这里。时隔四年,她的一举一动、一颦一笑,依然散发出优雅迷人的女人味,晃人心神。

大家一窝蜂地拥过去,跟她打招呼。只有郁璟然和林泽致坐在吧台前没动,有一搭没一搭地喝水。

沈和瑛跟于曼姝相识很早,此刻在这里见到她,真是又惊又喜:"曼姝?我没眼花吧?真是你啊!"

于曼姝温婉一笑,走过来与沈和瑛拥抱:"瑛子姐,很高兴再见到你。"

"我还以为以你的性子会不喜欢参加真人秀,节目组这次也是下了血本了,居然把你给请来了!"沈和瑛的脸上仍是激动的神色。

于曼姝笑道:"现在观众们都爱看真人秀,我当然也得跟随一下潮流,不然大家都该忘记我了。"

一旁的丁思琪忙接过话头,笑容可掬地说:"于老师说哪里话,您的电影在我们心里可都是经典之作,大家都盼着您能复出呢!"接着又连忙自我介绍,"对了,您应该还不认识我,我叫丁思琪,今年二十岁,是星宇娱乐公司的歌手。"

于曼姝看了看丁思琪,笑了笑,若有所思地说:"二十岁,多好的年纪啊。我第一次拍电影,就是像你这么大。有人说,演艺圈是更新换代最快的地方,这句话真是一点儿没错。我离开了四年,现在已是你们年轻人的天下了。"

丁思琪突然察觉到自己刚刚不该提到年龄这个话题，但后悔也来不及了，只好急忙解释："于老师，您可一直都是大家心中的女神，现在和以前都是，一点儿没变！"

"怎么会没变？"于曼姝轻笑一声，抬眸看向不远处的吧台，"四年前我离开的时候，ACE组合可没这么红呢。"

沈和瑛这才发现郁璟然和林泽致还懒洋洋地坐在吧台那儿，于是笑呵呵地朝他们招手："你们俩孩子还愣着干什么，快跟前辈问好啊！小致，我没记错的话，你的第一部电影还是跟曼姝拍的吧！"

郁璟然抬眸看了一眼身旁的林泽致，见他没什么表情，这才从高脚凳上站了起来，看向于曼姝，脸上挂着玩世不恭的笑容，淡淡地说："好久不见啊，曼姝姐。"

"我可天天都能在网上看到你。"于曼姝笑道，"璟然现在是男明星里最火的，不过我瞧着性子倒没怎么变，还是这么有个性。"

"不敢当，您这么说，不是成心想让我被围攻吗？"郁璟然勾了勾嘴角，像是在开玩笑的样子。

于曼姝尴尬地笑了笑，转头看向林泽致的背影，眸光微动，轻声说道："小致，我回来了。"

林泽致滑动手机屏幕的手指一顿，没有说话。

全场顿时安静下来，在场的人明显感觉到于曼姝对待林泽致比其他人更为亲密熟稔，但只当这是他们合作过一部电影的缘故。

姜念却再清楚不过他们过往的感情纠葛，此时不免有些担心地看着林泽致，欲言又止。

就在这时，林泽致忽然抬眸看向姜念，指了指她手里的柚子茶，说道："我要加冰块。"

"嗯？哦。"姜念反应过来，连忙倒了一杯，加了几块冰，递给他。

林泽致低头喝了一大口，转身对着于曼姝浅笑："欢迎你。"说完，他就端着杯子回了房间。

气氛一时有些尴尬，沈和瑛笑了笑，打了个圆场："小致前一天去外地出通告，连夜赶回来的，可能是累了，让他回去休息吧。"

她顿了顿，拉着于曼姝的手坐下来，问道："这次回来是不是有新电影要拍啊？"

于曼姝这才回过神来，面上仍是笑着，点头道："已经在谈了，顺利的话应该很快就会进组。"

"那真是太好了！这个消息要是传出去，你的那些影迷可该激动坏了！"沈和瑛打趣道，"我还以为你彻底退圈了，怎么，是不是在家里待不住了，还是想回来演戏？"

"还是瑛子姐了解我。"于曼姝笑了笑，望着林泽致刚刚离开的方向，奈何最精湛的演技也掩盖不了眼睛里的失落，"只有失去过，才知道什么是最值得珍惜的。"

昨天有一对情侣入住客栈，男生一来就跟沈和瑛悄悄表明了来意，自己打算在这里跟女朋友求婚，想请大家帮他筹办一个求婚派对。

趁着他们出去游玩，大家决定将客栈后的小院子布置一下，今天晚上在这里举办派对。

沈和瑛知道姜念擅长烹饪，特地将她留下来，跟自己一起准备晚餐。于曼姝准备求婚的花束，男生们则负责布置现场，干一些体力活。

郁璟然身在曹营心在汉，自告奋勇地跑去跟沈和瑛申请调换"劳动小组"："瑛子姐，我最近突然对做饭萌生了浓厚的兴趣，要不我跟你们一起吧？"

沈和瑛嘴角噙着笑，看了姜念一眼，又看了看他，说道："就你这水平，可别给我们拖后腿了。对你啊，我另外有一个特别任务。"

"什么任务？"郁璟然没明白。

"咱们派对得有节目啊，我打算让你和丁思琪唱歌助助兴，一般的歌也没什么意思，要是时间还来得及，最好能创作一首新歌，要适合求婚，浪漫又温馨的。"

不是吧……郁璟然有些无语地看着沈和瑛。

沈和瑛一摊手，朝旁边的编导耸了耸肩，示意这是他们的主意，她也爱莫能助。

最近节目的收视率有了明显的下滑，导演组可谓是使出了浑身解数给节目增加看点。郁璟然简直无力吐槽，委屈巴巴地看了看姜念。姜念正忙着做蛋糕，连一个眼神都没甩给他，他更悲愤了，心不甘情不愿地被沈和瑛赶走了。

夕阳的余晖逐渐暗淡，夜幕低垂，游玩了一整天的小情侣回到了客栈，男孩牵着女孩的手，怀着忐忑而兴奋的心情，来到了庭院。庭院的正中央放着一张长方形的餐桌，上面摆满了各色美食，草坪上点缀了各色鲜艳的花束，浪漫到了极致。见到此情此景，女孩有些迷茫和惊讶，顿时停下脚步。

这时，一束光打下来，郁璟然拨动吉他的琴弦，优美流畅的前奏让人为之惊艳，他隔着人群遥遥地看过来，清亮的双眸漾起无限温柔，低声唱了起来。

很多人说，郁璟然的唱功远远比不上他的词曲创作能力，但不可否认，他的音色是整个音乐圈独一份的，清冷、慵懒，微微带了些少年音，有一种神奇的魔力，让人过耳不忘。

沈和瑛忍不住感慨："这么短的时间，没想到璟然真的能写出一首歌来，歌词和旋律都这么好听，真是了不起！"

"是啊！"陈迪连连点头，显然也一副被震撼到的样子，"我现在才总算明白了，这'创作鬼才'的名号是怎么来的。"

唱到副歌部分，丁思琪也加入进来，与郁璟然一起合唱。两人的音色一个清冷，一个柔美，竟然格外合拍，配合得天衣无缝，好听到令人沉醉。

看着台上的两人郎才女貌，简直比后山上的格桑花还要养眼，陈迪心里的八卦因子又冒了出来，笑嘻嘻道："嘿，他们俩不愧是师兄师妹，真是有默契啊！"

姜念默默地看了半响，忽然觉得心里有些闷闷的，收回视线，低声说了句："我去厨房看看蛋糕。"

她刚一走，陈迪就捂着脑袋痛呼出声，瞪向罪魁祸首，气愤地说："你敲我干吗？"

林泽致没好气地看他一眼，转身离开。

于曼妹望着他们一前一后离开的背影，脸色慢慢沉了下来。

看着郁璟然和丁思琪如此默契地在台上唱着歌，姜念也说不上来自己现在是一种什么样的心情。嫉妒？失落？还是自卑？好像都有，又好像都不是。他们年岁相当，爱好一致，又同在娱乐圈，无论从哪一点来看，都比自己和郁璟然更加般配。即使不是丁思琪，娱乐圈里有那么多女明星，漂亮的、美艳的、可爱的……跟她们相比，自己不过是一个平凡无奇的普通人，郁璟然又会喜欢自己多久呢？

烤箱发出"嘀"的一声响，姜念回过神来，一时忘了戴手套，就打开烤箱去拿托盘，结果被烫到手，疼得叫出声来。

林泽致快步走过来，一把握着她的手走到水池边，打开水龙头用冷水冲烫伤的手指。他的眉头拧成了一道褶皱，焦急地问："好点没？"

冲了半晌，那股钻心的疼痛已经稍有减轻，姜念咬着唇点点头，从他的手心里抽出手，说道："我自己来吧。"

林泽致手指一顿，转身从烤箱里拿出蛋糕，放在案板上，没有说话。

姜念察觉到他神色有异，以为是于曼妹的到来影响了他的情绪，有些担心地问："你……还好吗？"

"我应该比你好吧。"林泽致觉得有些好笑，"周小琪不是说你是厨神吗，怎么，厨神连烤箱都不会用了？"

"我又没说自己是厨神，那是小琪瞎叫的。"姜念关掉水龙头，低头看着红肿的手指，眼神有些黯淡，"我刚刚在想事情，没注意。"

林泽致顿了顿，伸手按掉身上的麦克风，看着姜念，问道："在想郁璟然什么时候会喜欢上别人？"

姜念蓦地抬起头对上他的视线，眼波微动。

"看来我猜对了。"林泽致摇了摇头，神色有些无奈，"原来再通透的女孩，谈恋爱的时候都会变笨啊。"

姜念撇了撇嘴:"说谁笨呢!"

林泽致轻轻笑了笑,说道:"你可能不知道,小炸在遇到你之后改变了多少,我从来没见过他这么在乎一个女孩子,带你在ACE公寓住下来,为了你跟陈升对抗,丢下所有的工作去山城照顾你,甚至不顾舆论压力在演唱会上为你唱歌……他变得越来越不像他,却越来越有温度。除了你,我相信不会再有第二个人能让他愿意为之改变。"

姜念有些动容,但纠结的情绪还是挥之不去:"我知道他对我很好,我也知道他现在是喜欢我的,可他有时候就像一个没长大的孩子,我不确定这份喜欢到底能持续多久,也不知道会不会只是他的一时兴起。"

"小炸虽然性格顽劣,但不是没定性的小孩子,他喜欢的事情,就一定会坚持下去。无论是音乐、舞蹈,还是喜欢的人。"林泽致眉头微皱,定定地看着姜念,"身处娱乐圈,自然会经受不少诱惑,你已经有了这样先入为主的想法,这对小炸不公平。"

姜念一愣,垂下双眸,摩挲着手指低声道:"我知道……其实,我只是不自信。他是偶像明星,有成千上万的粉丝,身边又有那么多优秀的女孩子,我甚至都不知道他喜欢我哪一点,更不知道我有哪一点值得他一直喜欢下去。"

看着她失落的神色,林泽致心头微动,手掌不受控制地想要摸摸她的头顶,伸到半空中时才猛然反应过来,蓦地收了回去。片刻之后,他才轻声道:"你当然值得喜欢,在我心里……"

顿了顿,他改口道:"在我们心里,你是最好的。小炸能被你喜欢,是他的幸运。"

白炽灯光的映衬下,越发显得林泽致的脸庞白皙如玉,他的双眸沉沉如墨,仿佛氤氲着某种浓烈的色彩,看得姜念心头一震,连忙移开了视线。

这时,后院里响起一阵喧闹的起哄声,姜念忙不迭地端起蛋糕,有些尴尬地说:"看来求婚仪式已经开始了,我们赶紧出去吧。"

林泽致看着她匆匆离去的背影,脸上浮起自嘲般的笑容。生活不是演戏，无论你多么精心去伪装成一个角色，总会有情不自禁露馅的时候。

"你喜欢她？"

于曼姝不知何时出现了，倚在门框上，目光灼灼地看过来。

林泽致转过身，从灶台边拿起一个水杯，喝了一口后淡淡地说："我不知道你在说什么。"

于曼姝将鬓边的碎发拢到耳后，嘴角轻勾，眼睛里却毫无笑意："你刚才看她的眼神，跟当年看我的时候一模一样。"

"啪！"

林泽致手指一僵，水杯掉在地上，发出清脆的响声。他慌忙蹲下身去捡，不小心被碎片割伤了食指，伴随着一阵刺痛，鲜血流出。

于曼姝缓步走进来，握着他的食指含进嘴里，轻轻吮吸。

她伸手轻抚林泽致的脸庞，柔声道："可是我知道，在你的心里，最爱的人依然是我。"

林泽致发出一声轻笑，眼睛里透着冷漠与戏谑："于老师，请问你是哪里来的自信？这个世上，没有人会永远站在原地等你。"说完，他就挥手拨开于曼姝，大步往外走。

"小致！"于曼姝突然大喊一声，而后轻声道，"我离婚了。"

林泽致神色未变，仿佛只是听到一个不相干的消息，转身走出了厨房。

这几年，于曼姝过着衣食无忧的阔太太生活，每一天的日子都平静得如同没有一丝涟漪的湖水，很安逸，但也无趣到了极致。她曾经以为这是自己梦寐以求的生活，可当她真正过上了这样的日子，却又无比怀念以前那些精彩纷呈的演艺生活，以及那个眼中只有自己的少年。

于是，在又一次无端的争吵过后，她终于累了，毅然决然提出了离婚。

自此，以往皆为序章，她满怀希望回到国内，想要找回自己失去的事业和爱人。但令她万万没有想到的是，林泽致对她的回归竟如此冷漠，他的眼神、说话的态度，仿佛是在对待一个陌生人，那些曾经专属于她的温柔和爱慕都落在了另一个女孩身上。

这一刻，于曼姝的心里突然有了一丝恐慌。

一曲终了，女孩如愿答应了男孩的求婚，大家纷纷鼓掌欢呼。

陈迪打开一瓶香槟射向天空，气氛一时更加热闹。这种场面下，郁璟然和林泽致自然是焦点，大家伙一个劲儿地鼓动他们跳上一段。他们俩就像小孩子过年时被家里人强行拉出来表演节目似的，无奈之下只能被迫营业。不过他们俩不愧是多年的队友，在没有彩排的情况下，只对了个眼神，就迅速找到了默契，利落的动作，酷帅的外形，配上节奏感超强的音乐，很快燃爆全场。

一场求婚派对很快变成了联欢晚会，员工和客人们连番上去表演，倒也是其乐融融。

郁璟然趁着没人注意，很快溜到了姜念身边。此时，正是丁思琪在自弹自唱她的一首原创歌曲，姜念听得很专注，也没搭理他。

"喂，怎么不说话？"郁璟然拉了一下姜念的胳膊。

姜念躲了一下，目不斜视，淡淡道："别打扰我听歌。"

郁璟然撇了撇嘴："有那么好听吗？我刚才唱歌的时候，你都没这么认真听，半途还不知道跑到哪里去了？"

姜念微微侧过脸，看他一眼："你唱歌的时候还顾得上看我呀？"

郁璟然没听出来她话里的醋意，还傻愣愣道："那当然！这首歌可是我想着你才写出来的，唱的时候当然看着你才最能表达出感情啊！"

闻言，姜念的嘴角不自觉弯了起来，轻轻掐了一下他的小臂，问道："你一个钢铁直男还会说这种话，谁教你的？嗯？"

"啊！"郁璟然装作很疼的样子，低声喊冤，"我说的都是肺腑之言，你可别冤枉我！"说着，又偷偷把屁股往姜念那边移了几分。

姜念瞪他一眼，立马弹出十厘米的距离："别闹，你想被大家都看出来呀？"

郁璟然一下子就丧了。

此时，丁思琪已经唱完了一首歌，目光直直地看过来，脸上没有任何表情，跟这几日里天真可爱的模样截然不同，像是突然换了一个人。

姜念心里觉得有些怪怪的，但也说不上来是为什么。

察觉到姜念的异常，郁璟然忙问："怎么了？"

姜念摇摇头，心想可能是自己太敏感了。顿了顿，她看向郁璟然，好奇地问："你跟丁思琪是一个公司的，那应该很熟吧？"

郁璟然明显对这个话题没什么兴趣，百无聊赖道："也没有，她比我们晚几年进公司，平常大家工作都很忙，也没什么交集，哦，上张专辑好像有跟她合作一首歌。不过说真的，她倒是挺有天赋的，原创歌曲都写得不错，现在这样的年轻歌手也不多了。"

听到他夸奖别的女孩子，姜念心里的醋瓶又倒了，没好气道："刚才不是还说没什么好听的吗？现在看来你还是很欣赏人家的嘛。"

到了这会儿，郁璟然就算再迟钝，也听出来些不对劲。他琢磨了下，顿时恍然大悟，眼睛腾地亮起来，问道："你是不是吃醋了？"

"谁吃醋了？！"姜念连忙否认，随手揪起一根狗尾巴草扔过去，"不许污蔑我！"

郁璟然一把逮住她，凑到她跟前，眼角眉梢都是笑意，小声道："好好好，没吃醋！不过我还是得声明一下，我现在心里、眼里、脑袋里，满满当当装着我女朋友，嗯……勉强还能挤进来一只汤圆吧，其他的我可连看都不带看的！"说着，他悄悄握住了姜念的手，一点一点攥紧，最后十指相扣。

姜念纠结了一整晚的心思在这一刻突然烟消云散了，不管以后遇到什么，只要他们眼中只有彼此，那么她就无畏也无惧了。她莞尔一笑，手指微微有力，回握住郁璟然的手。

月光如水，让夜幕里的一切都笼上了一层银白色的光辉，她的心里是从未有过的轻松和安逸。

Chapter11.
恋爱症候群

▼

　　这短短的几天里，姜念仿佛经历了另一段跌宕起伏的人生，虽然中间有些小波澜，但是可以每天看到自己喜欢的人，更多的还是开心和幸福。

　　很快就到了她离开的日子，虽然很快就会再见面，但对于热恋中的情侣来说，每一次的分离都让人不舍。

　　郁璟然从一大早就冷着一张脸，方圆十米皆是寒冰。沈和瑛看破不说破，在跟姜念告别后，笑着说让郁璟然去送送。

　　郁璟然也不说话，一把提上姜念的行李箱，大步朝门外走，姜念一路小跑地跟着。到了不得不分开的地方，郁璟然这才停下脚步，不说话，也不离开，就那样一动不动地站着。

　　姜念回头看了看，见摄影师没跟上来，便拉了拉郁璟然的衣角，叮嘱道："林泽致这几天估计受到的冲击不小，你有空多注意点他啊。嗯……那我走了？"

　　郁璟然一听，脸更臭了："你都没有话对我说吗？！"

　　看着他气呼呼的样子，姜念忍不住笑起来，戳了戳他的脸颊，说道："小气鬼！这也要吃醋啊，你也知道那段感情给林泽致带来了多大的心理创伤，他这人又爱钻牛角尖，我只是怕他出事。好啦，别生气了，嗯？"

　　郁璟然看向她，有些恼火地问："这个节目最多还有两个星期就结束了，你就不能陪我录完吗？"

　　"这怎么可能呀？"姜念无奈，"别的素人嘉宾最多录两天，我在这儿都待了四天了，已经算多的了，再待下去节目组真要赶我走了！"

"有我在，谁敢赶你走？！"

"好啦！"姜念笑了笑，牵着他的手左右摇晃，"其实我一开始就不应该来，只是我太想见你了，一时冲动才跑来了。你们毕竟是在录节目，还是要以工作为重呀。再说了，这不是也快结束了吗，我在霖京等你回来好不好？"

这样温柔又带着撒娇的口吻，郁璟然哪里扛得住，心一下子就软了，只能闷闷地点了点头。

见他委屈巴巴的小模样看起来真是可怜，越发显出脸颊上的两团奶膘，姜念突然Get到了那些妈妈粉的萌点，忍不住挠了挠他的下巴，眨眨眼，学着粉丝的口吻哄他："崽崽真乖！"

这四个字一下子就触到了郁璟然的逆鳞，他一把将她拉到树下，用力压在树干上，猛地亲了上去。他的动作强势而充满了侵略性，撬开她的唇齿，肆无忌惮地交缠在一起。

姜念只感觉自己胸腔里的氧气都快被抽走了，大脑一片空白，晕乎乎的，不能动弹。

就当她的胸腔快要爆炸时，郁璟然终于停了下来，他微微离开几分，又凑过来吮吸了一下她的下唇，额头相抵，定定地望着她的眼睛，略带喘息的声音性感得不像话："看你还敢不敢再叫我崽崽？"

姜念心跳如雷，脸颊红得都快要成了火烧云，连忙躲进他的怀里，害羞得一个字也说不出来。

看着她被自己亲成这副模样，郁璟然简直成就感爆棚！哼，他可是要誓死捍卫自己作为男人的尊严哪!

从丽江回来之后，姜念很快又投入到更为密集的工作当中。这还要得益于她之前配音的那部宫廷剧，那部剧的剧情十分精彩，演员的表演也入木三分，再加上配音得当，一播出就火了起来，各种相关话题每天都在微博热搜榜上居高不下，连带着姜念这个女主角的配音演员也有了些热度，好几部剧都主动找上门邀请她参与配音，而且给出的酬劳也十分可观。

姜念从中选了两部电视剧，都是她以前从来没接触过的人物类型，颇有些挑战性，但也只有这样才能有所突破。

这一天配音结束，她提着从超市买的菜回到出租屋，电梯门一打开，就看到姜玥正提着一只行李箱站在门口。

见到姜念回来，姜玥的脸上立刻挂起了笑容，快步走过来，拉着姜念的手，态度殷切道："姐，你回来啦！我都等你好久了！"

姜念一愣，抽出手，从包里拿出钥匙开门，有些冷淡地问："你找我有什么事？"

姜玥也不在意她的态度，用撒娇的口吻道："哎呀，姐，瞧你这话说的，我就不能是想你了，来看看你嘛。"

门锁打开，姜念推开门走进去，给姜玥拿了双拖鞋，淡淡道："你以前从来没叫过我姐。"

闻言，姜玥的神色有些尴尬，笑了笑，说道："其实……我还真的有件事想要找你帮忙，咱们可是亲姐妹，你一定会帮我的，对吧？"

"你先说什么事？"

姜玥瞧见茶几上放着水壶水杯，很有眼力见儿，立马倒了一杯水给姜念，笑嘻嘻道："是这样的，你知道《造梦者》吧？就是苹果台那个很经典的女团选秀节目，制作方最近在招募学员，你能不能帮我进去呀？"

"你学上得好好的，参加什么选秀？"姜念觉得又好气又好笑，"还有，我就是一个名不见经传的配音演员，你觉得我有那么大的本事吗？"

"你没有，郁璟然有啊！"姜玥脱口而出，"上次突然出现在我们家，后面又带走你的那个男人，就是郁璟然，对吧？爸妈不认识他，我可看得清清楚楚，你们俩肯定关系匪浅！郁璟然可是娱乐圈最当红的大明星，我听说这一季的《造梦者》要邀请他当评委，这种事对他来说简直是轻而易举。你就拜托他帮帮我不行吗？"

"你……你胡说什么？"姜念的脸一下子涨得通红，立刻站起身，满脸写着紧张和无措，"我……我怎么可能认识郁璟然！"

姜玥轻嗤一声，说道："得了吧，你一说谎就结巴，咱们俩虽然从小没什么感情，但这一点我还是很清楚的。"

"姜玥！"姜念一把提起她的行李走到门口，打开门，冷声道，"如果你找我是为了这件事，那么抱歉，我帮不了你。还有，你现在还是大学生，回去好好念书，别总是异想天开。现在我送你去机场。"

姜玥坐在沙发上，闻言神色未变，懒洋洋地拿出手机，一边按键，一边说道："既然你要赶我走，那也别怪我翻脸喽。"

话音刚落，电话那头就接通了，姜玥立刻装出一副可怜的模样，委屈地说："妈，我好不容易才到霖京，刚来姐姐家她就要赶我出去！你快帮我劝劝姐姐吧！"

听到这话，刘月清立刻勃然大怒，吼道："你把电话给她！"

姜玥得意扬扬地挑了挑眉毛，按下扩音键，将手机递给姜念。

姜念深吸一口气，刚叫了一声"妈"，就被刘月清的连环炮似的责骂打断了。

"你上次在王阿姨面前撂了我的面子，跟那个野男人跑了，这笔账我还没跟你算呢！这次玥玥一个人去霖京，你这个当姐姐的不好好照看着，居然还要赶她走？你有没有良心啊？她要是出了什么事，我跟你没完！"

姜念稳住情绪，耐着性子跟刘月清讲道理："妈，您知不知道姜玥是来干什么吗？她要参加选秀节目，这里面水很深，也根本不适合她，您明白吗？"

"怎么不适合？"刘月清言辞凿凿道，"我们家玥玥长得好看，又会唱歌又会跳舞，不比电视上那些女明星差，这次去肯定能够入选。你干那个什么破配音的没前途，我们玥玥可是要赚大钱的，你别给她拖后腿！你现在要做的，就是用尽全力帮衬她，等她红了，你面上也有光不是？"

姜念无奈地问："您以为在娱乐圈出道有那么容易吗？就算出道了，能红的又有几个人？姜玥也就罢了，您怎么也这么天真？"

"行了！"刘月清不耐烦道，"玥玥可是我的命根子，我养了你这些年，你自己看着办！"说完，"啪"的一声挂了电话。

"怎么样?"姜玥拿走自己的手机,露出一副同情的表情,"好好说话你不愿意,非要我使出撒手锏,现在没办法了吧。"

"从小到大,这一招你还没用腻吗?"

"招数不在于新,管用就行。"姜玥把自己的行李箱拉回来,笑嘻嘻道,"姐,我住哪个房间呀?"

姜念收紧手指,闭了闭眼睛,还是妥协了,说道:"好,我可以让你暂且住在这里,但找郁璟然帮忙的事,你想都不要想!而且,你一旦面试失败,必须立刻回去,听到没有?"

姜玥耸耸肩,做出一个无所谓的表情:"再说喽。"

突然要住进来一个人,姜念自然得跟室友打声招呼,并主动多承担一份水电费,室友也没多说什么。不过家里只有一个房间,姜念便让姜玥睡她的床,自己在房间里打了个地铺。

姜玥丝毫没有不好意思,大剌剌地躺在床上,说道:"你这床也太硬了,一点儿也不舒服,还不如我大学宿舍呢。"

姜念也没给她好脸色,冷冷地说:"不舒服你可以去住酒店。"

闻言,姜玥讪讪一笑,不再说话了。

姜念转身去了浴室洗澡。

姜念一走,姜玥立刻一个鲤鱼打挺坐起身,直奔正挂在衣架上的包包,从里面翻出姜念的手机。姜念的密码不难猜,永远都是循规蹈矩的生日数字,她按下去,果然解锁了。

姜玥点开手机相册,一目十行,迅速向下滑动,突然手指一顿,停在了一张照片上。这是一张自拍,背景是夜晚烟花绽放的迪士尼城堡,照片里的男生就是郁璟然!他亲密地揽着姜念的肩膀,脸上挂着甜蜜和开心的笑容,一看就是热恋中的模样。

没想到还真让她挖出宝了!姜玥欣喜若狂,连忙拿出自己的手机对准照片,拍了一张。这时,屏幕上方突然跳出来一条微信,发信人是一个很奇怪的名字——我就爱爹毛。

她好奇地点开,映入眼帘的就是一条最新消息:"干吗呢?有没有想我啊?"

紧接着,又跳出来一条:"告诉你一个好消息,我明天就回霖京啦,你要来机场接我啊!"

然后,就是一张航班信息的截图,上面的乘机人正是郁璟然。

姜玥一下子就呆住了,难道,难道这就是郁璟然的微信?第一次见到明星的微信,她一时还有种幻觉,好半天才反应过来,连忙向上翻看他们的聊天记录。她本来以为姜念能勾搭上郁璟然这种大明星,肯定是暗地里使出了什么见不得人的招数,没想到一路看下来,郁璟然反倒是主动的一方。他跟平常营业的模样完全不一样,在姜念面前各种黏人,每隔一小会儿就发一条微信过来问姜念在干什么,有时候还会撒娇卖萌,看得姜玥都快要怀疑人生了。顾不上感慨,她拿起手机就是一通猛拍。

就在这时,门口突然传来一阵脚步声。姜玥吓了一跳,连忙手忙脚乱地把手机按回主屏幕,放到原来的包里。

姜念走进来,看她神色有异,皱眉道:"你在干什么?"

"啊?"姜玥心头一紧,赶忙从旁边的电脑桌上拿起一本书,掩饰道,"没事,我就是无聊,随便看看。"

姜念不疑有他,便也没再多问,说道:"以后用我的东西,必须事先告诉我。"

姜玥翻了个白眼,懒懒道:"知道了,我先睡了。"说着,便一溜烟钻进被子里。

这时,一阵来电铃声响起。肯定是郁璟然见姜念这么久不回他,又打电话过来了。姜玥连忙竖起耳朵去听,只听到姜念打开门走了出去,门外传来她刻意压低的声音:"我明天还有工作,没空去机场,等我工作完去公寓找你好不好……"

啧,还挺腻歪!真不知道郁璟然是一时瞎了眼还是脑袋进了水,怎么会看上姜念这种呆瓜?不过,这倒是给她提供了便利。

姜玥悄悄打开手机,翻出刚刚拍的那些照片,勾了勾嘴角,仿佛看到华丽绚烂的舞台已经在朝自己招手了。

哼，不帮就不帮，本小姐自有办法!

姜念早上出门时，见姜玥还在睡觉，想了想，还是在桌上留了五百块钱。

在录音室录了一天音出来，打开手机，跳出来一连串的未接电话和未读信息，全都是郁璟然。估计这家伙下了飞机就开始给自己打电话了，姜念无奈地笑了笑，还是先给姜玥发了个微信，问她在哪儿。

这丫头自小就不安分，三天两头闯祸，这次来了霖京，姜念多少还是有些不放心。

姜玥的微信倒是回得很快："我在逛商城买面试要穿的衣服，你早上给我的钱根本不够，再给我转一千。"

姜念心里腾地生出一股火来，下定决心不管她，直接将手机塞到包里，走了几步，还是犹豫了。姜玥在自己这儿没要到钱，肯定会找家里要，回头又是一顿闹腾，顿了顿，姜念还是把钱转了过去。

刚转完账，郁璟然的夺命连环 Call 又来了。她赶忙接起来，不等郁璟然说话，立刻道："给我三十分钟，马上到！"

那头的人明显憋了一口气，停顿了三秒钟，发出一声冷哼："那你赶紧来！"

为了赶时间，姜念难得打了辆出租车，一路催司机师傅开快点儿，这才刚好在三十分钟内赶到了 ACE 公寓。

姜念一开门，就见郁璟然抱胸站在玄关处，脸色黑得像锅底，一副兴师问罪的模样。

姜念好笑道："看你这架势，好像我劈腿了一样。"

郁璟然敏感脆弱的内心又受到一击，睁大了眼睛，不可置信地问："劈腿？！"

难道谈恋爱会让人的幽默感降低？姜念真是哭笑不得，赶紧强调说："玩笑！我在开玩笑！"

"一点儿都不好笑！"郁璟然瞪她一眼，转身去了客厅，一屁股坐在了沙发上。

姜念换上拖鞋，跟了过去，见电视上正在播的就是她之前配音的那部宫廷剧。

周小琪一边剥小龙虾，一边看得津津有味，看见她来，顿时一跃而起，激动道："念念姐，我都想死你了！快来快来，新鲜出炉的秘制小龙虾，特好吃！"

居然有小龙虾！姜念眼前一亮，立刻加入了战斗行列。味道倒是极好，就是有点辣，饶是她这个地道的山城人也有点吃不消了，忙提醒周小琪："这小龙虾油盐辣都重，你也别多吃啊，小心明天长痘。"

"不管了！我连着录了几个通宵的节目，每天都吃盒饭，都快馋死了！就算满脸都长痘，我今天也一定要吃个过瘾！"他说着，还攥着拳头晃了几下，以示决心。

这周小琪不愧是ACE组合里的"搞笑担当"，真是活脱脱一个活宝，姜念被他逗得直乐。

郁璟然在一旁看着两人聊得热火朝天，攒了一肚子闷气，头顶的毛一撮接着一撮往上爹，为了彰显自己的存在感，故意发出一连串略显做作的咳嗽声。

周小琪嫌他打扰自己看剧，剥了一只小龙虾塞到他嘴里。

郁璟然没设防，一口吞了进去，他平常就不怎么能吃辣，这下子简直被辣得直跳脚。

姜念赶忙递给他一杯水。

郁璟然拿起来"咕咚咕咚"全喝了下去，这才好受点，他刚一恢复，就立马提着拖鞋朝周小琪冲过去。

没想到周小琪居然没有像以前一样抱头鼠窜，而是气定神闲地坐在地毯上，使出了一招绝杀："念念姐，救我！"

"好了好了！别闹了！"姜念连忙拉住郁璟然，"怎么还跟小孩子似的，动不动就打架呀？"

郁璟然一口闷气憋在心头，义愤填膺道："明明是他先惹我的，你为什么只帮着他说话？我给你打了一天电话，你都不接！明明说工作一结束就来找我，你看看现在都几点了？来了之后也不理我，光顾着跟这死小孩说话！你到底有没有把我当作你的男朋友？"说完，他将拖鞋一扔，光着脚就冲上了楼梯，然后"啪"的一声关了房门。

　　周小琪丝毫没有害人家小情侣吵架的愧疚感，仗着有姜念撑腰，壮着胆子对着楼上大吼一声："郁小炸，你说谁死小孩呢！"
　　"好啦，"姜念忍着笑瞪他一眼，"你也不许再欺负他了！"
　　闻言，周小琪都快哭了，哀怨道："念念姐，你不疼我了吗？我可是你的可爱小天使啊，你怎么能这样对我呢？"
　　姜念很认真地看着他，说道："周小琪同学，我建议你还是少看点这种宫斗剧吧，不然小天使要变成深宫怨妃了。"
　　"我这不是为了支持你的作品嘛！"周小琪不高兴地嘟起嘴巴，"哼，念念姐，我发现你现在变坏了！肯定是被那小爹毛给传染了！"
　　姜念忍俊不禁，拍了下他的脑袋："行吧，我要去哄我的爹毛男朋友了，你接着看剧吧。"

　　姜念打开房门，郁璟然正盘腿坐在床上打游戏，头发爹得老高，听到她进来头也没抬，全身上下都写着四个大字：我很生气！
　　姜念坐在他身边，歪着脑袋去看他。
　　郁璟然瞄了她一眼，冷哼一声，很快又把头转了个方向，继续玩游戏。
　　姜念蹭了蹭他的胳膊，柔声道："要不咱俩一起下去揍周小琪，给你出气？"
　　郁璟然还是不理她，手指在屏幕上滑得飞快，传来一阵"砰砰砰"的子弹射击声。
　　"好吧，"姜念站起身，露出一个无奈的表情，"那你好好玩游戏吧，我回去了。"
　　话音未落，郁璟然立马丢了手机，一把拉住她，凶巴巴道："你敢！"
　　姜念的嘴角弯了起来，揉了揉他的头发，心平气和地说："终于肯理我啦？那你认真听我解释好不好，我最近接了一部新剧，因为要赶在月底上档，所以制作周期很紧张。我今天一整天都待在录音棚里，根本没来得及看手机，直到刚刚才录完音，一结束我就赶过来了。璟然，我们的工作性质都很特殊，忙起来可能会有很长的时间见不到面，但也没办法。如果我们想要一直走下去，就只能相互理解，学会接受和适应。你说呢？"

郁璟然盯着她看了许久，闷声道："那你也可以不用工作啊，或者不要接那么多工作，你要什么我都可以给你，为什么非要把自己搞得那么辛苦呢？"

他话音未落，被姜念一把掐在小臂上，用力拧了一圈，疼得他直吸气。

姜念神色认真地说："我知道你很有钱，而我也的确很需要钱，但我要通过自己的努力赚到钱，而不是伸手去依靠任何人，就算你是我的男朋友也不行。而且，配音是我一直以来的梦想，为了实现这个梦想，我不顾家里人的反对，一个人偷偷跑来霖京，经历过很多挫折和失败。现在我终于把梦想变成了工作，虽然每天会很忙碌，但是心里却有满满的幸福感和成就感。我相信你在通宵练舞唱歌的时候，也会有这种感觉，对不对？"

郁璟然听她说完这些话，自知理亏，赶紧点了点头。

姜念揪着他的脸颊，用威胁的语气道："以后不许你说这种话！不然我要生气的，知道了吗？"

"知道了。"郁璟然闷声道，"其实我也不是要干涉你的工作，我只是觉得你好像不在乎我。我们交往以来，你都没有主动联系过我，每次都是我忍不住了去找你。我会因为你一条微信、一个表情，甚至是一个停顿，都要抓心挠肝地在那里纠结很久，而你总是很冷静、很淡定的样子，我都不知道你是不是喜欢我。"

"我……"

姜念正要说话，却被郁璟然飞速地捂住了嘴巴。

他紧张地说："我随便说说的，你可千万不要说你不喜欢我啊！"

"噗！"姜念没忍住笑出声来，拽开他的手，语调温柔，"我当然喜欢你啊，不然我干吗跟你交往！嗯……可能是家庭的原因，我从小就不太会表达自己的感情，也一个人独立惯了，可能还没适应突然有了男朋友的生活。好吧，那我也反省一下，从明天开始改正，你监督我好不好？"

"你说的啊！"郁璟然眼睛一亮，雀跃道，"从明天开始，你每天最少得给我发三条微信，打一次电话，还要主动汇报行踪，不能让我找不到你！"

姜念眨了眨眼睛："嗯？小琪好像在叫我？我下去看看啊。"

"你说了要反省的，不许说话不算话！"郁璟然飞快地跳下床，跟在她屁股后面喊，"还有，不许你跟周小琪说话！"

裴佑不知什么时候也回来了，和周小琪两个人围着茶几吃着小龙虾，画风颇为清奇。看到姜念，裴佑连忙招手："弟妹来啦，欢迎欢迎。快来，一起吃小龙虾！"

弟妹？姜念被这个奇葩的称呼给窘到了，尴尬地笑道："我刚才吃过了，你们慢慢吃。"

"那你帮我剥！"郁璟然从后面蹿出来，搂着姜念的肩膀坐在沙发上，跷着二郎腿，一副霸道总裁的模样。

姜念斜眼睨他："你不是不吃辣的吗？"

"你帮我在水里涮一下不就好了。"郁璟然一边说，一边拍了拍她的脑袋，"乖，等着吃呢！"

姜念看了看他，嘴角上扬："好的，稍等。"说完，她便去厨房端了一碗水回来，剥完虾壳，仔细将虾肉过了遍水，然后喂到郁璟然嘴边。

这一幕看得裴佑和周小琪的眼珠子都快掉下来了。裴佑更是连声感叹："小炸，你可以啊，谈起恋爱一套一套的，改天也教教哥哥。"

郁璟然挥挥手，用最低调的语气说着最炫耀的话："还行吧，其实也没什么套路，就是我女朋友太爱我了，没办法。你们不要太羡慕啊。"

说着，得意扬扬地将虾肉吞了下去，然后又一次蹦了起来。

"怎么这么咸啊？！"

姜念露出一副无辜而又乖巧的表情："因为我是用盐水涮的呀。"

这一次是自己女朋友喂的，郁璟然天大的火也没处发，只能忍气吞声，又喝了一大杯水，恨恨道："好样的！你们成功让我对小龙虾有了无法磨灭的心理阴影！"

"哈哈哈……"

众人纷纷笑倒。

时间也不早了，姜念跟大家告别，准备回家。

郁璟然攥着她的手，恋恋不舍道："你的房间还保持原样，今晚就住这里不行吗，你都很久没有给我读故事了。"

"不行！"姜念拍了下他的手背，"我妹妹来霖京了，现在还在我家住着，我得回去看着她。"

"你妹妹？"郁璟然有些诧异，他知道姜念和家里人的关系都不怎么亲近，她妹妹怎么会突然过来？

见她不想多说，他便也没追问，无奈地站起身道："那走吧，送你回去。"

"不……"

"你要是不让我送，今晚就别想踏出这个门！"

姜念忍俊不禁，这家伙今晚还真把霸道总裁演上瘾了！

换好鞋，正准备出门，林泽致恰好回来了。他看到姜念的时候明显一怔，片刻后才微微点了点头。

姜念的神色有些局促，连忙也跟他点了点头。不知道为什么，自从上次在客栈里听到林泽致说完那些话后，她再见到他时总觉得有些尴尬。

"你回来得正好！"郁璟然从林泽致手中拿过帽子口罩，一边戴一边说，"借你的戴戴，我也省得去找了。"

"你们要出去?"林泽致眉头微皱。

"我送她回家。你们先睡,不用等我!"

"那怎么行呢?"裴佑怪声怪气地喊,"小炸宝宝,早点回家哦,爸爸还等着给你讲睡前故事呢!"

"滚蛋!"郁璟然恼羞成怒,对准裴佑凌空发射一只拖鞋,然后拽着姜念迅速离开案发现场。

在门关上的那一刻,屋内传来一声惨叫。

马路上,郁璟然以每小时20迈的速度龟速前行,一路被喇叭声催个不停。最后,有一个开着奇瑞QQ的哥们儿实在忍不住了,摇下车窗对郁璟然竖了大拇指,由衷地感叹:"兄弟,你能把保时捷开成这速度,我也是佩服得五体投地!"

郁璟然看他一眼,丝毫没有被人鄙视的羞愧感,继续保持原速。

姜念忍不住笑道:"你这样开下去,咱俩估计明天才能到吧?"

郁璟然眼睛一亮:"那多好,我可以一整晚都跟你待在一起了!"

好吧,她就不指望这家伙能理解"反讽"这两个字到底是什么意思了。

一段不算太远的距离,生生让郁璟然开了快一个小时。

姜念临下车时,郁璟然还依依不舍地拉着她的手,含情脉脉道:"你没有什么想对我说的吗?"

姜念沉思片刻,神色认真道:"以后,我绝对不会再让你送我了!"

郁璟然笑容秒收,咬牙切齿地挤出两个字:"再见!"

"那你回去也开慢点哦,晚安。"姜念笑着跟他挥挥手,转身上了楼。

没有晚安吻怎么晚安啊?哼,还说他是直男,她自己才是史诗级难撩的钢铁直女好吗?!郁璟然气呼呼地看着姜念进了大楼,这才离去。

姜念回到房间,见床上和地上乱七八糟摆满了衣服和鞋子,顿时头都大了,皱眉问道:"这都是你今天买的?"

姜玥身上穿了条新裙子，正站在穿衣镜前左右欣赏，随口道："对啊。"

这些衣服鞋子加起来是一笔不菲的数目，她给的那一千五百块肯定远远不够。姜念的神色一下子冷了下来，问："你哪儿来的这么多钱？"

"这你管不着吧。"姜玥不以为然道。

"你是不是又找爸妈要了？"姜念不想吵到室友，努力抑制住怒气，"家里的情况你不是不清楚，爸每个月要付那么多药费，妈开店赚钱也不容易，你还一味地给他们增添负担！姜玥，你已经二十岁了，成熟点可以吗？"

"我的同学们穿的可都是国际名牌，我这算什么啊，又不是什么奢侈品，我多买点怎么了？"姜玥翻了个白眼，没好气道，"再说了，我这也是为了选秀的面试，等我一炮而红，赚大钱了，我可以百倍千倍地还给他们。这叫投资，你懂吗？"

见她现在满脑子都是进娱乐圈，油盐不进，姜念也懒得再跟她废话，只问道："你什么时候面试？"

"明天啊。"

姜念深吸一口气，说道："好，按照之前的约定，你要是落选，必须马上回学校！"

"那你等着瞧喽。"姜玥笑了笑，一副自信满满的样子，吹着口哨转身去了浴室。

《造梦者》的海选活动定在新世纪大酒店，姜玥赶到时，大厅里已经坐满了人，大部分人都站在酒店外，乌压压的，挤作一团，看样子几百人都有了。而且这只是今天一天的面试人数，听说这次选秀要持续一个星期，最后能够获得初选资格的，算得上是百里挑一了。

姜玥从小就经常被人家说是美人坯子，在大学里也算得上系花，可今天来到这里，满眼都是身材曼妙、五官出众的美女，自信心一下子就被削去了一大半。不过她又很快打起精神，美女到处是，可爆红是要看机遇和运气的,而她手里可是有个制胜的大筹码,肯定会通过面试的!

很快有工作人员拿了个纸箱过来,让所有人抽取号码牌,然后按照顺序二十人一组,进入面试厅进行面试。

姜玥排在197号,算下来就是第十组,等了一上午,站得脚都快麻了,这才轮到了她这一组。

进去之前,她赶紧抽空补了个妆,面带微笑,自信从容地走了进去。评委席上坐着一个五官清秀的年轻女人,大家都认出她就是最近的歌坛新秀丁思琪,还和当红男团ACE组合有过合作,不由得都兴奋起来。

"安静!"主考官皱着眉喊了一声,宣布正式开始面试。

选手们按照号码牌依次进行自我介绍和才艺表演,大家都实力不俗,各种高难度的歌曲和舞蹈一一展现,看得姜玥顿时有些心虚了。

这时,主考官喊道:"下一个,姜玥。"

姜玥深吸一口气,走到中心位置,唱了一首流行歌。她气息不稳,中间还跑了几次调,没唱到一半就被主考官喊停了。

"行了,别唱了,下一个。"

"等等!"姜玥急道,"老师,您还没听我唱完呢!"

主考官不耐烦道:"那些工作人员怎么选的,这种水平也能通过网审。别耽误我们时间了,下一个。"

姜玥信誓旦旦道:"我能给你们节目带来很高的热度和流量,你们要是现在淘汰我,肯定会后悔的!"

"哦?"主考官便是这次选秀的制作人,听到这话不禁生出几分兴趣,"那你说说,你会怎么给我们节目引流?"

姜玥得意道:"我姐姐是郁璟然的女朋友,他们在谈地下恋爱!怎么样?这个消息够劲爆吧,到时候节目组用这个话题炒作一番,一定会引起巨大关注的!"

话音未落,面试厅里嗤笑声一片。

姜玥急了,一边从口袋里翻出手机,一边道:"我说的都是真的!你们要是不信,我有他们的合照和聊天记录……"

"哪里来的神经病?"主考官没了耐心,打电话叫来了保安,"赶紧把她拉出去!"

就这样,姜玥在众目睽睽之下,被两个保安一左一右押了出去。这下不光是丢脸丢到家了,出道的希望也破灭了,她蹲在大街上,哭得稀里哗啦。

这时,突然有个自称是丁思琪小姐的助理的男人走过来,想找她谈一谈。

姜玥一愣,还没反应过来,就迷迷糊糊地被他带到了一间休息室。

丁思琪坐在沙发上,招手让她坐过来,还递过来一杯咖啡,态度十分温和。

"你找我有什么事?"姜玥好奇地问。

丁思琪低头看了眼她的资料,问道:"你姐是不是叫姜念?"

姜玥惊道:"你认识她?那你相信我刚才说的话喽?"

"我相信还不够。"丁思琪轻笑一声,"你要是能证明姜念的确是郁璟然的女朋友,我就答应让你通过面试,参加《造梦者》的录制。"

"我有,我有!"姜玥立刻兴奋起来,赶忙拿出手机,翻出之前偷拍的照片,"你看,这是他们的合影,这里还有他们的聊天记录!你也认识郁璟然,应该很清楚这就是郁璟然的微信吧!我可没骗人!"

丁思琪一张一张仔细看过,手指渐渐攥紧,心里油然生出一股强烈的不忿和怒气。她从素人时期就是郁璟然的粉丝,为了能够离他更近一些,她努力学习声乐,签进星宇公司,成为他的师妹,终于获得了跟他并肩站在一起的资格。他们一起合作的那首歌成了年度金曲,被粉丝们誉为天作之合,她以为自己对他来说是特殊的,可没想到他居然会喜欢上这样一个平凡至极的女人!

丁思琪竭力稳住自己的情绪,挤出一个笑容,对姜玥道:"好,我会让你进《造梦者》,但录制的时候该怎么炒作这个话题,你必须听我的!"

没想到柳暗花明又一村,眼下终于有了机会,姜玥自然满口答应:

"没问题！只要能让我上电视就行！"

姜念忙完了一天的工作，回到出租屋，看见姜玥已经收拾好行李，坐在客厅里等她了。她以为姜玥这是落选后准备打道回府了，不由得又有些心软，说道："今天这么晚了，明天再走吧。你要是想再逛逛，也可以多待几天，等我忙完这几天带你四处转转。"

"谁说我要回去了？"姜玥站起身，轻笑道，"我入选了，月底就开始录节目。你这房间这么小，我就不打扰你了。要是等我出道了，人家知道我曾经住在这么寒酸的地方，那多丢面子，对吧？"

姜念皱着眉问："你要住哪儿？"

"这个不用你管，我自有去处。"

今天妈妈又给姜玥打了一笔钱，就是天天住酒店也住得起，要不是为了那些照片，她才不会忍气吞声地待在这里。

"等等！"姜念一把拉住她，神色严肃，"姜玥，你已经是成年人了，自己的人生自己负责。我最后再问你一遍，你真的想好了，一定要参加选秀？"

"当然！"姜玥一脸不耐地推开她，"你不是说我不行吗？我就用实力让你看看我到底行不行！还有，别总是用这种语气来教训我，不要以为自己攀上了郁璟然这根高枝就有多厉害。你这种女人，对郁璟然来说就是玩玩而已的，到时候被甩了可别哭着来求我。"

姜玥说完，头也不回地摔门而去。

姜念很清楚自己这个半吊子妹妹到底有几斤几两的水平，一万个没想到她竟然会入选。现在她铁了心要参加选秀，满脑子都是自己要大红大紫的美梦，可没有背景、没有能力的人要想在娱乐圈混出头哪里有那么容易。该说的话姜念都说了，无论之后会遇到什么，这都是她自己的选择，她也该学会自己去承担这些了。

紧锣密鼓地忙了一个多星期，姜念总算将整部剧的配音全部录制完。

最近，ACE组合的新专辑正在录制当中，郁璟然一边录音，一边写歌，忙得不可开交。姜念想起他之前抱怨自己不主动联系他，想了想，便决定趁这个机会去录音棚探班。

录音工作室的楼下有一间星巴克，她买了些咖啡和甜品，然后给郁璟然打电话。

电话那头安静了几秒钟，接着传来郁璟然语无伦次的声音："你……你等着啊！我这就让阿城下去接你！"

电话挂断不到一分钟，阿城就气喘吁吁地跑过来了，一边接过姜念手中的袋子，一边感慨道："念念姐，你总算来了，大家最近的状态都不太好，士气正低迷呢。尤其是小炸，头上的毛就没顺下来过，幸好最近没有通告，不然铁定要上热搜。"

"是吗？"姜念不禁皱起了眉头，这些天他们每天都会打电话聊天，郁璟然却从来没有提起过这些事情。

电梯门一打开，郁璟然就直奔姜念而来，一把搂住她，满脸都是欣喜地问："你怎么会来？"

姜念笑了笑："不欢迎吗？"

"当然欢迎了！我巴不得你天天来！"郁璟然兴奋道，"走，我带你去看我们的录音室！"

录音室里，裴佑和周小琪正在试听刚才录制的片段，一看到姜念纷纷打趣："我说这家伙火急火燎地跑出去干什么呢，原来是你来了！来得正好，你在这儿坐着，我就不信郁璟然还骂得出脏话！"

姜念微微有些错愕，看向郁璟然，问道："你还会骂脏话？"

"你别听他们瞎说！我可是根正苗红的好孩子！"郁璟然振振有词地说完，立马踹了裴佑和周小琪每人一脚。

一旁的制作人看到这一幕，笑呵呵地问："这位是？"

ACE出道的第一张专辑就是他做的，一直合作了这么些年，都是特别熟悉的关系了，郁璟然自然不会瞒他，握着姜念的手，有些害羞道："我女朋友。"

制作人还真有些诧异，感慨道："没想到你这暴脾气也找得到女朋友啊。"

郁璟然大怒:"哥!"

"哈哈,我开玩笑的。"制作人笑了笑,连忙道,"来听听刚才录的这一段吧,我感觉还是不太好,没有唱出词曲的魂来。"

郁璟然一秒就变得认真起来,仔细听了一遍,眉头皱成了一团。这首歌的词曲都是他写的,他当然知道想要的效果是什么样的,可是大家录了好多遍,就是达不到那种效果,这一段已经卡了好几天。而且这首歌还是专辑的主打歌,奠定整张专辑的风格,一点瑕疵都不能有。

"噔噔噔,师哥们,我来探班啦!"话音未落,丁思琪提着一大堆饮料走了进来,见到桌上已然摆着的咖啡,神色一愣,抬眸看到姜念,诧异道,"姜小姐,你怎么会在这儿?"

没等姜念回答,周小琪就指着她和郁璟然牵在一起的手,笑嘻嘻道:"这你都看不明白吗?"

丁思琪一顿,勉强笑道:"哦,原来是这样啊。我就觉得之前在录制《悠闲的客栈》的时候,郁师哥对姜小姐很照顾呢!"

周小琪伸出食指放在嘴巴上,小声道:"要保密哦!"

"当然。"丁思琪放下手里的袋子走过来,听了一段试音后说,"我觉得这一段还可以更好,你们要不要试试?"

"你有想法?"郁璟然抬眸看她。

丁思琪点点头,认真地说:"这首歌走的是中国风的路线,我觉得这几句词可以用戏曲的唱腔来唱,而且编曲也可以加入民乐元素,例如古筝、胡琴之类,搭得好的话一定会很特别!"

这个点子倒是新颖,郁璟然眼前一亮,立马拉着制作人去商量重新编曲的事了。丁思琪也跟在一旁,时不时提出自己的看法。

看着他们聊得兴致勃勃,姜念的神色有些落寞。

裴佑走过来,拍了拍她的肩膀,说道:"璟然一聊起音乐,就仿佛进入了无人之境,有时候忙起来连吃饭都忘了。你别介意啊。"

姜念笑了笑，摇摇头，左右看了看，忽然想到什么，问道："林泽致不在吗？好像好久都没看到他了。"

"他最近在拍电影，只能等下戏了再过来单独录制。两边来回跑，这几天小林子都瘦了一圈了，可怜呀。"裴佑叹了口气。

拍电影？姜念微微有些诧异。林泽致拍过《枷锁》之后，这四年间都没有再接过任何电影或者电视剧，这次怎么会突然改变主意？难道是跟于曼姝回来有关？

"你们聊什么呢？"郁璟然突然出现，一脸防备地盯着裴佑，生怕这个花心大萝卜向自己女朋友乱放电。

裴佑踹他一脚，没好气道："你自己忙起来连女朋友都忘了，我好心帮你照顾一下，你还倒打一耙啊！"

闻言，郁璟然这才反应过来，连忙跟姜念道歉："对不起啊，我刚才急着改曲子……"

"没事。"姜念看了看丁思琪那边，"你还要很久吗？"

郁璟然点点头，无可奈何地说："我想今晚把曲子改完，明天最好能把Demo录出来，不然时间可能会来不及。"

"对啊，师哥，"丁思琪走过来，接过话头，"我们月底就要录《造梦者》了，好像档期给了两个月，录起来应该还挺辛苦的。"

"《造梦者》？"姜念一愣。

"一个女团选秀节目，姜小姐应该听过吧？"

姜念知道郁璟然并不喜欢做综艺节目，没想到他真的会接，有些诧异地问："你又要拍综艺？"

阿城抢着说："还不是之前为了能让你住在公寓，小炸跟升哥签的那个'不平等条约'，现在不想去都不行。嘿嘿！"语气里还有那么一丝幸灾乐祸。

郁璟然一个眼刀飞过去："找死是不是？"

阿城立刻闭紧嘴巴。

"你别听他瞎说，跟你没关系！"郁璟然不想姜念有心理负担，忙宽慰她，"没事，录起来也快，我都习惯了。"

"嗯。"姜念有些心疼他,摸了摸他的头发,"那你忙吧,尽量早点休息,别熬夜啊!睡不着记得给我打电话。"

郁璟然乖乖点头,很想亲她一口,但奈何这里人太多,只能生生忍住,说道:"我让阿城送你回去。"

"不用了,你那些粉丝都认得阿城,别被人看到了。天还早,这里打车很方便,我自己回去就行。"

眼巴巴看着姜念离开录音棚,郁璟然叹了一口气:"唉,突然很想写情歌。哥,现在换专辑风格来得及吗?"

不等制作人训他,周小琪和裴佑已经一人一拳把他打倒在地,怒不可遏道:"你想玩死我们啊!"

Chapter12.

脚踏两条船?

▼

　　第二天，姜念便在网上看到了林泽致参演电影《致命平行》的官宣微博。这部电影的班底阵容十分强大，选角竞争颇为激烈，两周前突然爆出由复出影坛的于曼姝饰演女主角，就已经引起了一波热度。但男主角却迟迟未宣，所有人都在好奇到底是谁，没想到最后会是林泽致。

　　继《枷锁》之后，时隔四年，于曼姝与林泽致再度搭档拍摄电影，这个消息一经传出，很快在网上掀起了巨大的讨论浪潮。

　　姜念看到这条新闻时冒出来的第一个想法便是——也许，这一次林泽致是真的走出来了。

　　而《造梦者》也在如火如荼地录制当中，作为一档养成系的女团选秀节目，青春活力的漂亮妹妹，绚丽精彩的公演舞台，再加上超强的导师阵容，很快在网上掀起了一股选秀热潮。节目组还炒起了郁璟然和丁思琪这对"导师CP"，很快，这把火愈烧愈旺，使节目获得了空前热度。

　　其实在节目开播之前，郁璟然和丁思琪就凭借着一首合作歌曲圈了不少CP粉，两人同样是创作歌手，一个高冷酷盖，一个软萌甜妹，实在般配得不得了。

　　CP粉里有不少技术达人的产出大大，将两人的各种互动剪成了MV，欲语还休的眼神、暗戳戳的亲密动作，再配上缠绵悱恻的音乐，简直成了一部浪漫动人的爱情巨作，看过的人无不深信他们已经在一起了。

　　姜念当然也看到了，说不吃醋是假的，可让她真去质问郁璟然，她又实在不知道该怎么问。而且，郁璟然这些天在录音棚和《造梦者》之间来回跑，忙得不可开交，他们已经很久没有见面了，每次在微信上聊天也不过寥寥几句，他就被工作人员叫走了。

电视上却总能看到他，耀眼夺目，仿佛与她认识的那个爱撒娇，又爱发脾气的郁璟然是截然不同的两个人。有时候，她会有一种现实和梦境的割裂感，然后忍不住怀疑郁璟然真的跟她在一起了吗？这时，她就会赶紧敲敲自己的脑袋，连忙赶走这个荒谬的想法！

这天晚上，姜玥忽然给姜念打了个电话，说自己的隐形内衣找不到了，节目组也没人管她，还有一个小时就要上台了，语气非常着急。

姜念知道今天《造梦者》正在录制第一次公演舞台，于是让她先冷静下来，把地址发过来，自己马上过去。

姜念打了个车，很快赶到录制现场。姜玥已经在门口等着了，脸上完全看不出着急的神色。姜念也没多想，把袋子递给她就打算走了，却被她一把拉住。

姜玥说道："来都来了，我带你去后台看看郁璟然吧！他刚才的舞台表演可炸了呢，把我们都看呆了！"

姜念本来不想去，可一想到马上能见到他，又有点心动了。

趁姜念还在犹豫，姜玥拉着她就往后台走。

看着来往都是工作人员，姜念担心地问："我这样去没关系吗？"

"没事，我有办法！"姜玥不知从哪里搞来一个工作牌，挂到姜念的脖子上，"这不就好了！"

经过几间很大的学员化妆室，最里面的就是四个导师的休息室。姜玥带着姜念走到其中一间门口，说道："这就是郁璟然的休息室，他刚刚表演完，应该在里面休息。你自己进去吧，我待会儿还要表演，先过去了。"

姜玥说完，便转身走了。

姜念迟疑了片刻，推开了那扇门。

休息室里灯光很暗，隐约传来轻轻的喘息声，顺着声音望去，一张单人沙发上，丁思琪正坐在一个男人的腿上，抱着他的脖子，忘情地亲吻着。那个男人是背对着她的，看不清脸，但坐在这间休息室里的男人，除了郁璟然，还会有谁？

这一刻，姜念的大脑一片空白，不知该作何反应，只觉得心脏好像被热油浇过似的，火辣辣地疼，又仿佛整个人沉到了海底，汹涌的海水从四面八方钻进她的眼睛、鼻子、耳朵……她看不见，也听不见，整个世界都只剩下这对男女在一起缠绵深吻的画面和声音。

片刻之后，她转身离开，关上了门。

阿城从场务那里取了盒饭回来，左右看了看，一时有些蒙，分辨了好半天才认出了郁璟然的休息室。

"奇怪，休息室门上挂的铭牌怎么不见了？"

"我哪知道？"郁璟然没好气道，"拿个盒饭慢慢吞吞的，想饿死我啊！"

阿城看他这副气恼的模样，乐呵呵道："嘿嘿，炸哥，是不是念念姐又不回你微信啊？"

话音刚落，郁璟然就扔了个抱枕砸在他脑袋上，怒道："你找死啊？！"

林泽致拍摄《致命平行》已有半月，这天，电影的制作人前来探班，导演便特意在豪华餐厅设宴招待，作为男女主角的林泽致和于曼殊自然也要作陪。

林泽致素来不喜欢这种场合，但做这一行的，应酬总是无法避免。饭局过半，大家轮番举着酒杯向制作人敬酒，觥筹交错间，热闹而嘈杂。林泽致觉得无聊，转头看向窗外，夜幕低垂，不知什么时候已经下起了大雨，行人步履匆匆，找寻避雨的地方。在漫天的雨幕里，他看到了一个女孩的身影。

她低着头，没有打伞，不紧不慢地往前走，仿佛与周围的世界完全隔离。她越走越近，脸庞逐渐清晰，林泽致蓦地站了起来。

所有人都看向他，他顿了顿，说道："不好意思，我还有事，先走了。"说完,便迅速冲出了包间。

　　姜念也不知道自己已经走了多久,雨似乎越下越大,仿佛整座城市要在这场大雨中彻底颠覆,她像一只濒死的鱼沉溺在其中,不知该去往哪里。

　　这时,忽然有一把伞出现在她的头顶,整个世界顿时安静下来。她抬眸看去,似乎有一个人影,她竭力想要看清楚,却突然眼前一黑,倒了下去。

　　林泽致一把抱住她,伸手拦了一辆出租车,坐进后排,急忙对司机道:"去最近的医院。"

　　到了温暖的空间,姜念身上的寒气散去了一些,缓缓有了些意识,模模糊糊听到"医院"的字眼,喃喃道:"我不去医院……"

　　"你现在在发烧,没有办法照顾自己,"林泽致满脸都是担心,却怎么也拗不过姜念,片刻后只能妥协,"那我送你回公寓,让小炸回来照顾你。"

　　没想到姜念听到这句话反应更大:"不要!我不去公寓!我不要见他!我要回家!我要回家!"说着,便挣扎着去开车门。

　　车还在行进当中,林泽致吓出了一身汗,慌忙把她束缚在自己的怀里,安慰道:"好好好!不去公寓!那你告诉我,你家在哪里,我送你回去。"

　　"我家?"姜念一愣,"我也不知道我家在哪里,我家在哪里呢……"她不住地念叨着这几个字眼,片刻后,又昏迷了过去。

　　司机师傅问道:"先生,到底去哪里?"

　　林泽致望向窗外,见前方不远处的希尔顿酒店闪着光亮,他看着怀里不住颤抖的女孩,顿了顿,说道:"就停这儿吧。"

　　姜念第二天醒来时,天已经大亮了。她挣扎着从床上坐起来,发现自己正处在一个完全陌生的环境。耳边传来门铃声,有人去开了门,有人走了进来,还有轮子划在地面上,发出轻轻的摩擦声。然后,有人关门离开,有人朝她走来。

她抬眸望去，竟然是林泽致。

他看到姜念醒了，神情明显有了松缓，问道："饿不饿？我叫了早餐，吃一点吧。"

"我在哪儿？"姜念沙哑的声音把自己也吓了一跳。

林泽致将早餐放在她的床头，说道："这里是酒店，你昨晚晕倒在路边，我不知道你家在哪里，只能送你来这儿。"

姜念的思绪逐渐清晰起来，昨晚发生的事情一段一段浮现在她的脑海里，那些亲吻的画面和声音又铺天盖地地涌了过来。她用力握紧手心，让眼泪不要流下来，对林泽致小声说道："谢谢你。"

林泽致看着她，迟疑了片刻，说道："你和小炸……"

他话音未落，手机铃声突然响起来，接听后，电话那头传来陈升气急败坏的声音。

"你在搞什么？姜念不是郁璟然的女朋友吗？你跟她怎么搞到一起去了？"

林泽致皱眉问："你胡说什么？"

"我胡说？"陈升蓦地拔高了声音，"你和姜念昨晚去希尔顿酒店开房的照片和视频现在传得全网都是，这会儿酒店外说不定还躲着一帮狗仔等着呢！"

林泽致心头一紧，迅速走到窗边，果然看到对面的路边站着一堆记者，扛着长枪短炮，虎视眈眈地盯着酒店大门。

"昨晚只是意外，姜念生病了，这家酒店最近，我才送她来这里。"

"我相信你的解释，人家粉丝和狗仔能相信吗？再说了，生病了不去医院，去酒店算怎么回事？"陈升气得快要脑充血，"行了，现在什么也别说了，二十分钟后你坐电梯直接到地下二层，我让小峰去接你！记住，一定不要再被人拍到了！"

陈升说完，"啪"的一声挂断电话。

姜念隐约听到电话里传来很激动的声音，忙问："是不是出什么事了？"

林泽致顿了顿，说道："我们被人拍到了。"

愣了好几秒，姜念才反应过来，顿时就有些慌了："那……那现在该怎么办？"

"别怕。"林泽致登录微博，迅速地上下滑动页面，果然到处都是他们进酒店的照片。所幸昨晚姜念一直处于半昏睡状态，他将她搂在怀里，遮住了大半张面孔，很难辨别出身份。

思索片刻后，他心里有了主意，立刻拨通了助理小峰的电话："你待会儿直接到酒店前门等我。"

"什么？"小峰傻了，"升哥让我去地下停车场接你啊，说是门口一堆记者等着拍呢。"

"听我的，否则你以后不用来上班了。"林泽致挂掉电话，一边穿外套，一边对姜念道，"我走之后，过几个小时，你看楼下没人了再走，知道吗？"

"你现在就走？"姜念有些担心，"不会被拍到吗？"

"没事，我会处理。"林泽致顿了顿，"这件事应该会闹得挺大，你做好心理准备，最近最好不要出门了。"

姜念有些懊恼："对不起，都是我连累你了……"

林泽致目光微动，脚步不自觉停了下来："别这么说，我们是……朋友，无论在任何情况下，我都不会丢下你不管的。还有，我不知道你和小炸发生了什么，但我觉得，你们应该谈一谈。"

姜念一怔，没有说话。

林泽致看了看她，轻声道："好好照顾自己，不要再生病了。"说完，开门离开。

酒店外，小峰已经把车停在了门口。

林泽致戴上帽子，大步走了出去。记者们没有想到他就这样光明正大地走了出来，震惊之余纷纷围了上来，争先发问。

"请问你昨晚是和照片里那位女士在酒店共度一夜吗？"

"你们是男女朋友吗？还是只是一夜情的关系？"

"你有没有想过恋情曝光会给你的事业带来什么影响？"

林泽致一概不答，在酒店保安的帮助下，迅速上车离开。

　　小峰瞅了他一眼，苦着脸道："哥，待会儿升哥骂我的话，你一定要替我说话啊！"

　　林泽致一晚没睡，此刻脑子里有些迷糊，缓缓闭上了眼睛，应道："嗯。"

　　还没等车开到星宇公司，林泽致出酒店的画面又上了一波热搜。

　　他们进去时，陈升坐在办公室的皮椅上，神色极为严肃，并没有想象中的暴跳如雷。

　　他看着林泽致，问道："你觉得你要怎么去面对璟然？"

　　小峰没明白这句话是什么意思，一脸蒙地看向林泽致，却见他的脸色蓦地一白，站在原地，沉默不语。

　　陈升是个人精，看出林泽致用这么高调的方式从酒店出来，目的再明显不过，就是为了帮姜念引开狗仔，让她可以顺利脱身。林泽致赌上了自己未来的星途，只为保护一个女孩。为什么？能为了什么？不就是喜欢她吗？

　　《造梦者》录到深夜两点，结束后，郁璟然第一时间就去看手机，发现姜念仍然没有回复他，心里不禁有些失望。他高强度地工作了这么久，实在困得厉害，回到公寓便倒头就睡。

　　第二天醒来的时候，却发现整个世界都变了。

　　一大早，打开手机，铺天盖地都是林泽致深夜酒店约会妙龄女孩的消息，照片里的女孩看不清面貌，但就是看她的发丝，郁璟然也认得出来，这是姜念。

　　等等！郁璟然有些蒙，难道自己是穿越到了某个平行时空？还是某个设定出了Bug？他从床上跳起来，迅速冲到了楼下。周小琪和裴佑作为标准的冲浪少年，一早就看到了那些照片，此刻正坐在沙发上面面相觑。

　　看见郁璟然这副样子，周小琪知道他肯定也看到了，连忙说道："小炸，你先冷静！这肯定是误会！咱们就算怀疑谁，也不可能怀疑小致和念念姐啊！"

郁璟然顿了顿，故作轻松地拍了一下周小琪的脑袋，笑着说："肯定是误会啊！我给姜念打个电话就什么都清楚了！"

还没等他拨通电话，林泽致就回来了。气氛一瞬间有些凝滞。

林泽致看着郁璟然，解释道："我昨晚在路边遇到姜念，她淋了很久的雨，发烧到昏迷，又不肯去医院，我就送她去了最近的酒店，没想到被拍到了。"

"淋雨？"郁璟然的眉头猝然皱起，然后一边迅速找车钥匙，一边急忙问，"她生病了？你为什么不通知我？"

林泽致沉默片刻后才说道："她说不想见你。"

郁璟然猛地停住了所有动作。

片刻之后，他看向林泽致，一字一顿道："就因为她不想见我，所以你一个人在房间里陪着她，照顾她一整夜吗？你可以找很多人，周小琪、我们的家庭医生、保洁、助理……"

"对不起。"林泽致突然说了这三个字。

所有人都愣住了。

林泽致轻声道："因为我喜欢她。"

下一秒，周小琪发出一声惊叫，因为郁璟然已经一拳砸在了林泽致的脸上。林泽致不躲不闪，任由他打。

裴佑急忙去拉郁璟然："小炸，你冷静点！"

郁璟然扯住林泽致的衣领，压低声音道："我拿你当兄弟，你就这么对我？"

林泽致看着郁璟然的眼睛，说道："我也拿你当兄弟，否则，我不会连表白都没有就放弃她。"

听到这句话，郁璟然蓦地愣在了原地。片刻之后，他推开林泽致，大步走了出去。

郁璟然的脑子里轰轰作响，来来回回就只有那两句话——"她不想见你"和"因为我喜欢她"。每想到一次，心脏就像被人攥在手里一样，一阵阵地抽痛。他将车开到了最快的速度，一路狂飙赶到了姜念的出租屋，对着门一阵猛拍："姜念！我有话问你！"

姜念听出了郁璟然的声音，迟疑了片刻，走到门边，轻声道："你走吧。"

郁璟然又气又急："你到底怎么了？昨天不是还好好的吗？你是不是在气我最近工作太忙，没有时间跟你见面？还是你昨天生病了，我没有陪在你身边？对不起，我跟你道歉！我回去就跟陈升说，下半年把档期都空出来，我们……"

"我们分手吧。"

郁璟然一愣，仿佛不敢相信自己的耳朵："你……你说什么？"

姜念咬着唇，努力让自己不要哭出声来："郁璟然，我们始终生活在不同的世界里，我努力让自己融入你的世界，但到头来却像是一场笑话。我不想撕破最后的一层体面，你快走吧。"

"什么你的世界我的世界？什么体面？你到底在说什么？"郁璟然看到那些照片时就憋了一肚子火，刚才知道了林泽致喜欢她，现在她又要和自己分手，就算是再相信她也无法阻挡心里那个可怕的猜测，再加上一时怒火攻心，便口不择言道，"你不要跟我说这些弯弯绕，你直接告诉我，你是不是变心了？你发现林泽致也喜欢你，所以心动了，对不对？！你要跟我分手了再去找他，对不对？！"

"你胡说八道什么？"姜念气急，明明是他劈腿了，现在居然还倒打一耙来污蔑自己，"郁璟然！我再也不要看到你！"

她说完，便快步跑回了房间，钻进被子里，眼泪终于抑制不住地流了下来。

姜念躺在床上，昏昏沉沉地睡了一天，晚上八点多钟才走了出来。阿美正坐在沙发上，一边看电视，一边涂指甲油，瞥见她时打了个招呼。

姜念顿了顿，还是忍不住问了一句："你回来的时候，在门口有遇到什么人吗？"

阿美被问得莫名其妙，停下了动作，说道："没有啊，怎么了？"

"没事，你继续看吧。"

姜念端着水杯，默默回了房间。

第二天，郁璟然突然消失了一整天，放了某杂志的鸽子，导致封面拍摄和采访行程全部泡汤的消息就冲上了微博热搜榜第一名，生生盖过了林泽致的绯闻事件。

一时间，ACE组合的声誉大幅度下降，很多网友路转黑，就连粉丝都脱了不少。

陈升一怒之下，将郁璟然和林泽致一个赶到了录音棚，一个赶到了剧组，下了死命令，没有其他工作不许公开露面！目前的确毫无办法，只能等时间平息网上的种种纷争。

郁璟然自从跟姜念分手后，整个人像丢了魂儿一样，成宿成宿失眠，满脑子都是姜念的样子和她说过的话，想得久了，心脏和脑袋都开始疼，然后发了疯一样把所有的精力都投入工作中，只有忙得昏天黑地，才能暂且将那份疼痛忘掉一分。

林泽致去片场前，来找过他一次，两个人喝了很多酒，好像还打了一架，醒来后，林泽致拍了拍他的肩膀，走了。

尽管已经四年没有拍过电影，但一到片场，林泽致很快就进入了角色。

《枷锁》的导演白立升曾经公开说过，林泽致是自己见过的最有天赋的演员，他有着超乎年龄的细腻和敏感，极易与角色共情，能准确感知人物身上的喜怒哀乐，然后用他独有的方式表现出来。他没有多么厉害的表演技巧，但贵在真实，非常能打动人。这一点，是很多演员终其一生也做不到。

令人意外的是，于曼姝却迟迟找不到状态。如今的她，无论是体能还是悟性，都与巅峰时期相去甚远。尽管导演没有明说，但她感觉得到导演对自己的表演并不满意。

这是于曼姝第一次在拍摄电影上感到了一股深深的无力感。

明天要举办开机发布会，导演特意下令提早收工，全剧组聚在一起吃个饭，互相打打气，加加油，庆祝电影正式开机。这种场合自然免不了喝酒，林泽致和于曼姝作为男女主角，更是被大家轮番上阵灌了不少酒。喝到后面，于曼姝已经不行了，脸颊通红，眼神也迷茫起来。林泽致见状，便替她挡了不少酒。

聚餐结束后，助理小峰开来保姆车，林泽致正准备上车，却见于曼姝摇摇晃晃地走了过来，身后还跟着她的经纪人。

"曼姝，别闹了，跟我回去！"于曼姝的经纪人喊道。

于曼姝头也不回，只牢牢地抓着林泽致的手，目光殷切，激动地说："小致，你还爱我对不对？不然，你刚才不会帮我挡酒的。"

林泽致神色未变，淡淡道："任何一个女生喝成这副样子，我都会帮她挡酒的。"

"不！不是的！"于曼姝不住地摇头，泪从眼眶里缓缓流出，在灯光下闪着晶莹的光，"你只是在故意气我，我知道我在你心里是特别的。你忘了龙达小镇吗？你忘了那座悬崖吗？你在那里跟我表白，说你爱上了我，即使要受到世俗的批判，也要永远和我在一起！这些你都忘了吗？"

"我没忘，"林泽致目光微动，静静地看着她，"但我还记得，也是在那里，你告诉我，那段恋爱只是你生活当中的一剂调味品，嫁给那位齐先生，过上优越富足的生活，才是你最想要的。"

"可是我后悔了！我真的后悔了！"于曼姝泪流满面，"离开你的这四年，我才发现我比自己想象中的更爱你！小致，我已经离婚了，我们从头再来好不好？我知道自己对不起你，但我会尽最大的努力来弥补你的！你再给我一次机会好不好？"

林泽致沉默片刻，摇摇头，轻声道："来不及了。"

于曼姝用力握住他的手，说道："来得及！一定来得及！之前拍《枷锁》的时候，你不是爱上我了吗，这次我们再合作，一定会找到以前的感觉！而且，你这些年来都没有拍电影，这次却愿意和我一起拍，难道不是因为你还爱我吗？"

林泽致望着她，缓缓说道："你刚走的那几个月，我对你恨之入骨，想象着要是你再回来找我，我一定要用尽最刻薄的话语羞辱你。但是很快，仇恨被思念代替，我无时无刻不在想你，最冲动的时候恨不得立刻买了机票飞到美国，想不顾一切将你带回来。再后来，那段感情逐渐沉淀下来，我开始回想我们过往的一点一滴，反省自己是不是哪里做得不够好，才会被你抛弃。这几年里，这些情绪不断折磨着我，反反复复，不得安宁，我甚至无数次想过从那座悬崖跳下去，一了百了……直到，我遇到了一个女孩。"

林泽致顿了顿，目光里渐渐有了温度："她告诉我，越仇恨越记挂，越记挂越沉溺，只有我放下了，才能真正从那座悬崖深处走出来。我接拍这部电影，是因为对于那段过去，我已经完全释怀了，你明白吗？"

于曼姝的大脑突然一片空白，她从未怀疑过林泽致的爱会改变，这次回来与他复合更是志在必得。

在《悠闲的客栈》录制期间，她看得出来林泽致对那个叫姜念的女孩有好感。那晚林泽致突然从饭局离开，第二天酒店密会的照片就曝了出来，让她的心突然有了一丝恐慌。但她仍然抱有希望，也许只是短暂的迷恋而已，在林泽致的内心深处，仍然是爱着自己的。可是这一刻，所有的希望和念想全都轰然崩塌，她觉得自己好像跌入了一个黑洞，哪里都看不到光明。

她不顾一切地抱住了林泽致，像一枝藤蔓紧紧攀附着生命里唯一的支撑，苦苦哀求："你放下了，那我怎么办呢？我爱你，我还爱你啊……你不能这样对我……小致，小致……"

这是餐厅门口，虽然天色已晚，但也有不少行人路过，一旁的经纪人连忙将于曼姝从林泽致身上拉下来，对林泽致道："她今天喝醉了，说的都是醉话，你别放在心上。"

于曼姝倚靠在经纪人肩头，已经昏睡过去。

林泽致看了她一眼，轻声道："我不会说出去的。你好好照顾她吧，我先走了。"语毕，转身离开。

从今日起，前尘是非，爱恨嗔痴，皆是过往了。

第二天早上九点钟，电影开机发布会在新世界酒店如期举行。过亿投资、知名导演，再加上国际影后于曼姝及 ACE 超人气成员林泽致的再度合作，让这部电影受到了空前关注。发布会上，各家新闻报刊、视频网站及自媒体平台都派了记者过来，整个媒体区座无虚席。

于曼姝再次回归拍摄电影，自然成了今天话题的中心人物。因为宿醉，她的脸色有些憔悴，但很快打起了精神，应付各路记者的提问。

也有不少记者询问林泽致 ACE 新专辑的录制进度，什么时候可以发行，以及他如何平衡录歌和拍戏两者的时间等。

发布会接近尾声时，突然有一位自称是《八卦周刊》杂志社的记者向于曼姝提问："有人爆出您和丈夫齐东升已经离婚，请问这是真的吗？"

对于这突如其来的一问，于曼姝沉思片刻，拿过了话筒，开口道："是的，我们已经离婚了。"

这话一出，全场顿时骚动起来。

记者趁热打铁，急忙追问："请问你们是为什么离婚呢？"

于曼姝看向林泽致，缓缓说道："因为我终于明白，我爱的人从始至终都不是齐先生，而是另外一个男人。我认识他的时候，他还是个青涩懵懂、初出茅庐的少年，我们在拍摄一部电影的时候爱上了彼此，却碍于舆论的压力隐瞒了这段恋情。后来因为一些误会，我们分手了。在我万念俱灰的时候，恰好遇到了齐先生，他也对我很好，我却错将感动当成了爱情，嫁给了齐先生，可惜最后我们还是和平分手了。我这次回来，不仅想重回事业巅峰，还想要找回我失去的爱人。"

这段话所揭露的信息量实在过大，像一枚深水炸弹投到人群中，立刻引发了巨大的震动。

那位记者兴奋得险些握不住话筒，屏住呼吸问道："请问你说的那个爱人，是谁？"

于曼姝望向台下，一字一顿道："林泽致。"

满场寂然。

一时间，大家都不知道于曼姝离婚跟于曼姝与林泽致是旧情人，到底哪个消息更令人震惊？所有记者全都从座位上站了起来，举着话筒跑到台前，争相提问。

"请问你们当时谁主动追求对方的？在一起多久？因为什么误会分手的？"

"你们年龄相差十三岁，想过公布恋情会带来什么样的舆论吗？"

"林泽致，你现在是当红流量明星，会担心自己的人气受到冲击吗？"

"请问你们已经复合了吗？"

……

"我们不会复合。"林泽致清冷的嗓音，让全场顿时安静了下来。

"当初分开也不是误会，而是因为我们彼此都有不同的人生选择。现在对我来说，于老师只是一位敬重的前辈，除了工作，我们没有任何其他私人关系，未来也绝不会有。"

话音刚落，立刻有机灵的记者问道："你为什么这么肯定？难道是因为你已经有喜欢的人了吗？"

林泽致沉默了片刻，没有回答。

在引起更大的骚乱之前，剧组的工作人员出来中断了这场发布会。

好好的一场开机发布会最后变成了八卦新闻台，气得导演当场拂袖而去。

于曼姝坐在休息室里，闭目不语。

经纪人站在一旁，神色凝重地问："你就非要闹得这样鱼死网破，无法挽回吗？现在曝光了你和林泽致的恋情，你知道网上是怎么说你的吗？"

"怎么说的？"于曼姝轻笑道，"不知廉耻的老女人勾引当红小鲜肉吗？还是过气影后与超人气男团成员惊爆不伦恋？"

看到她还这么一副漫不经心的样子，经纪人气急了："你怎么还笑得出来？我……"

这时，林泽致猛地推门而入，冷声道："你为什么要这么做？"

于曼姝转身看他，勾了勾嘴角："你不是要跟我彻底划清界限吗？可惜现在所有人都知道我们谈过恋爱了。你不让我好过，那你跟那个狐狸精也别想好过。"

林泽致倏然收紧手指，脸上带着隐隐的怒气，冷冷地说："你有没有想过这样做的后果？这部电影是多少工作人员的心血，你有考虑过他们该怎么办吗？"

于曼姝无所谓道："有什么不好？经过今天这一出，这部电影的热度可都爆了。说起来，是不是导演还应该感谢我？"

林泽致不可置信地看向她，似乎无法相信这番话是从她的嘴里说出来的。

"于曼姝，不管我们之间发生过什么，在我眼里，你一直都是一位优秀的演员。是你告诉我，电影也是有生命的，只有付出十二分的真诚和热忱，才能够让它永远保持鲜活。可是你刚刚说的这句话，却对它连最基本的尊重都没有！"

"我管不了那么多！"于曼姝蓦地站起来，一步步走近，将唇贴在林泽致的耳侧，"我只知道只要我还爱你，你就这辈子都逃不脱！"

林泽致顿住，用一种难以言喻的眼神看着她，说道："你疯了。"

于曼姝与林泽致曾经交往过这一消息很快在网上传开了，两人曾经同框时的暧昧、穿过的同款衣服，以及各种相关采访，都被扒了出来，甚至有神通广大的网友计算出了他们恋爱的时间线。

微博上更是骂翻了天——

"拜托，某位小鲜肉有点自知之明好吗，别以为蹭了影后的绯闻就能给自己提咖！我们姐姐好心带他拍电影，结果沾了一身屎，真是晦气！"

"楼上说话文明点成吗？明明是导演看中了林泽致演戏的天赋才找他来演戏的，跟你家姐姐有什么关系？还有，现在林泽致不知道比你们姐姐红多少倍,就算是蹭也是于曼姝蹭他的吧!"

"于曼姝主动在电影发布会上提起这段恋情,就是想炒作吧!她在林泽致籍籍无名时抛弃他嫁入豪门,现在看他火了又后悔了,觍着脸回来说一些似是而非、混淆视听的话,真是够不要脸的!"

于曼姝虽然国民度高,但隐退已久,自然比不上坐拥几千万粉丝的林泽致,很快在微博上形成了一边倒的骂战。

就在这时,论坛里突然出现一则匿名的爆料帖,内容是说林泽致已经另结新欢,新女友正是跟他在希尔顿酒店开房的那位,之前在西班牙龙达小镇被拍到拥抱的女孩也是她,两人正值热恋期,这女孩还特意跑到他之前录制的那档真人秀节目里当素人嘉宾,在大家眼皮底下暗戳戳地秀恩爱。

虽然帖子里并没有说明女孩的身份,但很快就有网友根据身材、发型、站姿等多角度对比,扒出了姜念。

最明显的是,当于曼姝突然来到客栈的那一期,林泽致与姜念之间有一个短暂的眼神交换,林泽致甚至没有先跟于曼姝打招呼,而是让姜念给他的果茶里加冰块,两人的关系一看就不对劲。

而开机发布会上,当记者问到林泽致是不是已经有喜欢的人时,他当时的目光里有一瞬间的柔软,似乎也进一步佐证了这条爆料的真实性。

前女友哪里比得上现女友?这样一来,网上所有的火力和矛头都转向了姜念,她的年龄、学校、职业,很快都被扒了个底朝天。

就在所有人都认定姜念就是林泽致的女朋友时,新一期的《造梦者》中有学员在宿舍开夜谈会的环节,其中一个名叫姜玥的学员床头放着的一张照片引发了热议。

照片的背景是上海的迪士尼城堡,照片中的男孩揽着女孩的肩膀将她搂在怀里,动作极为亲密,一看就是热恋中的小情侣。令人震惊的是,这两人分明就是当红偶像郁璟然和林泽致的"绯闻女友"姜念!

节目播出当晚,陈斯吟便在网上发了条微博——

"某人还真是不同凡响，跑到节目组勾搭男明星。哦，对了，有一次两个人彻夜未归，第二天早上才回来，这一晚上做了什么，我想不言而喻了吧。还有啊，自个儿的废物妹妹早点领回家吧，别以为靠着导师走后门就能出道，真当观众是傻子啊。"

虽然她没有指名道姓，但这个发文的时机，再加上陈斯吟也参加了《悠闲的客栈》，明眼人一看就知道她在说谁。

大家便把《悠闲的客栈》重刷了一次，这次发现姜念和郁璟然的互动其实更多。而且郁璟然自从姜念来到客栈，整个人的状态跟之前都完全不一样了，很多镜头里他都站在姜念的旁边，两人之间也完全没有安全距离。

这下子可是炸开了锅，有网友根据照片里郁璟然的发型、所戴的配饰以及衣服内搭，判断出了这正是ACE组合在上海开演唱会的那天，当晚他没有出席后续的庆功宴，原来是去了迪士尼跟姜念约会！这样一来，顿时有人想到了演唱会上ACE集体所唱的那首《念念》，念念，不就是姜念！

所有的谜底终于揭开了，可是，姜念前脚跟郁璟然在迪士尼亲密相拥，后脚就跟林泽致进酒店，还同时在节目里跟他们两个人眉来眼去，到底她是谁的女朋友？一个看起来普普通通的女生，居然将ACE的两大流量成员耍得团团转，现在居然还想靠郁璟然把自己妹妹带出道，真是好大的本事！

很快，网上掀起了一股抵制姜念的热潮，郁璟然和林泽致的粉丝联合起来将"姜念狐狸精""姜念脚踩两条船"的词条刷到了热搜榜前几位。姜念没有公开的个人微博，网友们就去她配音的那部古装剧官微下面进行攻击和漫骂，害得这部剧也遭到了抵制，之前找她配音的那几部剧纷纷打了退堂鼓。

一时间，姜念成了众矢之的。

Chapter13.
偶像的定义

▼

在这个风口浪尖之上,霖京市电视台知名法制节目《真相》突然推出了一期针对网络暴力的专题节目,主持人顾君陶在节目中掷地有声地发表了一番言论,很快引起了热议。

"也许你觉得只是敲敲键盘,却不知道你说的这些话,会对屏幕另一端的她造成何种伤害。被伤害得遍体鳞伤的普通人,谁又能给他们公道呢?

"这不是一座孤岛。当公众获得了话语权,当羞辱正在席卷,当我们因为一己好恶就可以毁掉他人的人生,试问谁能独善其身?我们每个人都身处其中,都息息相关。今天降临在她身上的,明天也必定会降临于你。因为,我们默许的规则会控制每个人。当施暴成为风气,当作恶成为流行,当辱骂被默许,当暴露隐私一路绿灯,那么,身处这个社会,没有人能幸免。

"网络绝非法外之地,正义或许会迟到,但绝不会缺席。根据法律规定,利用信息网络诽谤他人,同一诽谤信息实际被点击、浏览次数达到5000次以上,或者被转发次数达到500次以上的,应当认定为《刑法》第246条第1款规定的'情节严重',可构成诽谤罪,依法进行惩处。当你无法分清现实与虚拟时,当你触碰法律的边缘时,等待你的或许就是那冰冷的手铐。"

卫视台黄金档的知名法制节目,再加上顾君陶的公信力,这档节目播出后,确实对那些造谣生事的营销号造成了一定的震慑。但对于姜念来说,面临更多的还是各种围追堵截的媒体和不明真相的路人。

这天清早，姜念刚走到录音棚楼下，就被一大群记者堵在了门口，无数话筒和摄像机从四面八方伸了过来。

"请问郁璟然和林泽致到底谁才是你的男朋友？还是你同时在和他们两个人交往？"

"对于网上的恶评，你有什么回应吗？"

……

姜念从来没见过这种场面，紧张无措地愣在原地。一瓢冷水突然迎面浇来，人群里传来一个陌生女孩的怒吼："狐狸精！离我们哥哥远点！"

一旦有人带头，所有人就都有了发泄的出口。很快，她的脸、头发、衣服全都湿透了，狼狈到了极点。

四周闪光灯频频亮起，记者们比刚才更加兴奋地围上来，却没有一个人站出来制止那些疯狂的粉丝。

这时候，一阵刺耳的轮胎摩擦地面的声音传来。众人纷纷看去，只见一辆白色保时捷一个甩尾直接扎进了记者堆里。

有个记者兴奋地叫道："这……这不是郁璟然的私人轿车吗？"

话音未落，郁璟然已经从车里跳出来，大步走过来挡在姜念面前，一把将那架快顶到她脸上的摄像机抢过来砸在地上，然后一手指着那个记者，眼睛里满是戾气，吼道："我警告你！不许这样拍她！"

他说完，看向那几个粉丝，厉声道："还有你们，如果你们在学校里没有学会该怎么尊重别人，下一次，我就让你们去警察局里学！"

没有人见过这样的郁璟然，甚至没有人见过任何一个公众人物在众目睽睽之下大发雷霆，做出这样轻率暴力的行为。他甚至还穿着睡衣，趿拉着拖鞋，头发乱糟糟的，显然是刚起床就飞车到了这里，这简直太让人匪夷所思、震撼了。

郁璟然将自己的外套脱下来，直接盖到姜念的头上，揽着她的肩膀，直接穿过众人回到车里，很快疾驰而去。

"你怎么会在这里？"一上车，姜念便急声说道，"你刚刚不应该那么冲动的，要是那些记者乱写一通……"

郁璟然怒火未消，语气烦躁地打断她："你不用管，我自己会处理的。"

他意识到自己刚才说话的态度不大好，心情莫名有些忐忑，便放缓了声音，说道："你没有其他什么话对我说吗？"

"我……"姜念迟疑了片刻，"姜玥的事，我想跟你道歉。是我没有管好她，给你惹麻烦了，真的很对不起。后续如果需要，我一定会配合澄清的。"

郁璟然猛地踩下刹车，转头看向她，一字一顿道："澄清什么？"

姜念移开视线，看向窗外，声音里听不出来任何情绪："就说照片是合成的，其实我们没有任何关系。反正已经分手了，跟从来没开始过有什么区别，这样是最快捷，也是最有效的办法。"

她这么轻飘飘地说出这句话，仿佛他们过往的感情根本不存在一般。郁璟然气得心肝脾肺都快爆了，正想发作，一扭头，看到她微微发抖、嘴唇苍白的样子，话到嘴边又给咽了回去。

他冷着脸打开了空调，重新启动了车子。

接下来，两人一路无话。

很快到了姜念的出租屋楼下，郁璟然将车停在路边，看着前方，也不说话。

姜念解开安全带，准备下车。这时，郁璟然的手机突然响了起来，他看都没看，直接关机扔到了后排，眼睛里氤氲着怒气。

姜念终归还是不放心，忍不住说道："我看到是你经纪人打来的，会不会是因为刚才的事？你还是接吧。"

郁璟然还在气头上，语气生硬地说："不劳你费心。"

姜念咬咬唇，便不再多言，转身下车离开。

从姜念一进门，阿美就用一种神似便秘的表情盯着她，问道："那个……我没有别的意思哈，纯属好奇，网上传的那个姜念真的是你吗？"

姜念手指一顿，将脱下的帆布鞋放入鞋柜，没有说话。

阿美正要追问，门铃声却突然响起，她眼睛一亮："难道是郁璟然?或者是林泽致?"她说完,便立刻冲到了玄关处,一打开门,见来人是姜玥,顿时就失望了,"是你啊。"

姜玥冲进来抱住姜念的胳膊,哭诉道:"姐,我被退赛了!节目组太过分了,也不想想我给他们节目带了多大的热度,现在居然翻脸不认人要赶我走!你说我该怎么办啊?"

"呃,那你们聊吧。"阿美识趣地回了房间,一边走一边想,摊上这么个妹妹,姜念可真够倒霉的。

自从姜玥在节目上曝光了那张照片后,姜念就一直联系不到她,这几天憋了一肚子火,但眼下还是沉下了一口气,问道:"你为什么会有那张照片?"

姜玥心虚,不敢看她,小声道:"我在你这儿住的时候偷拍的。姐,我也是实在没有办法了,你不会怪我的,对吧?"

"这些主意都是你自己想出来的?"

姜玥想了想,还是没有把丁思琪供出来:"对……对啊!当然是我自己想出来的,我在这里哪会认识什么人呀!"

临走时,丁思琪承诺之后会帮姜玥介绍几个网剧的资源,还说凭她的长相,很快就会火起来的。丁思琪现在可是她唯一的救星,为了她的星途,也暂时不能和丁思琪撕破脸皮。

姜念叹了口气,自己早该想到的,姜玥不会无缘无故跑来找自己,肯定是另有所图。但现在事已至此,再说什么也于事无补。

"我换个衣服,现在就送你去机场。"

"去机场?"姜玥立马跳起来,大声反驳,"我不回去!"

姜念冷声道:"你答应过我的,选秀淘汰就要立刻回学校。"

"谁答应你了?又没有白纸黑字写下来,我才不认!"

"姜玥!"姜念终于忍无可忍,厉声道,"你知道自己闯了多大的祸吗?因为你,郁璟然现在声名狼藉,所有人都在质疑他在节目中给你开后门。你被退赛了还能一走了之,他却还得继续替你背负骂名!你觉得他的粉丝会放过你吗?你试一下不戴口罩走在大街上,看看会遭到多少白眼和谩骂?看会不会跟我一样被泼水?"

姜玥从未见过姜念发过这么大的脾气,也被她说的话吓了一跳,是啊,现在那些粉丝都疯狂得很,泼水都是轻的,新闻上还有泼硫酸的呢!

姜玥顿时不寒而栗,算了,回去就回去吧,反正自己有丁思琪的电话,到时候网剧的事再联系丁思琪好了。

将姜玥送走,在返程的地铁上,姜念接到了一个陌生电话。她迟疑了几秒,按下接听键,里面传来的声音让她顿时红了眼眶。

"茵茵?"

"赶紧把你家地址速速发来,我现在刚回来,没地方住,求收留!"

挂断电话,姜念还有一种做梦的感觉,直到一小时后,打开门,乔茵茵扑上来抱住她,才终于有了一丝真实感。

晚上关了灯,两个人躲在一条被子里小声聊天,仿佛又回到了大学时光。

"茵茵,你怎么会突然回来?"

"还不是担心你啊,我在网上看到那些帖子,急得不行!你这丫头心理素质那么差,要是想不开怎么办?吓得我赶紧订了机票就往回赶!"

姜念将头埋到乔茵茵怀里,抱着她,像是抱住了大海里唯一一根浮木,感动地说:"谢谢你,茵茵,你不知道,我在这个时候见到你有多开心。"

"我也很开心啊。"乔茵茵摸了摸姜念的头发,"你和郁璟然到底怎么回事啊?"

终于找到了一个诉说的出口,姜念这才发现原来自己的心里有这么多话要宣泄,她把这半年多以来跟郁璟然所发生的一切都告诉了乔茵茵,从相识,到变得亲近,再到交往,直至分手。

乔茵茵听后,有些疑惑地问:"看郁璟然今天在记者面前维护你的样子,不像是喜欢上了别人啊?这其中会不会有什么误会?"

"我亲眼看到的,能有什么误会。"姜念叹了口气,又开始沮丧起来。

"好啦，别想那些了。"乔茵茵握着她的手，缓缓道，"念念，你知道吗？这些日子，我去过很多地方，罗马的斗兽场、佛罗伦萨的美术馆、威尼斯的圣马可广场、米兰大教堂……我才发现，原来我以前的人生真是太狭隘了，这个世界那么大，还有很多精彩等着我们去创造，不能把所有的意义都局限在一个人身上。我们应该有自己的价值，我们可以伤心、可以难过、可以放肆、可以疯狂，但没有什么是过不去的，洗把脸，打起精神，仍然可以面带微笑向前走。"

乔茵茵的鸡汤烹到一半，隔壁忽然传来一阵呻吟声。她脸色一僵，问道："这……该不会是我想象中的那种声音吧？"

姜念看着她，悲壮地点点头，小声说："生理需求，理解一下哈，我可以借你一副耳塞。"

"啊！"乔茵茵将头埋到枕头下面，大喊一声，"太欺负人了，本小姐明天就去找男朋友！"

姜念一愣："我们……不是要创造自己的价值吗？"

乔茵茵抬起头，理直气壮地说："一边找男朋友，一边创造价值，双管齐下，两不耽误！"

第二天，乔茵茵就找老板负荆请罪去了。虽然对她这样心血来潮一下子消失几个多月的行为，老板表示了强烈的谴责和大力的批斗，但到头来考虑到她的人气和主持能力都还不错，还是勉为其难把她留下来了。乔茵茵顿时斗志昂扬地投入她的 LOL 事业当中了。

郁璟然却陷入了史无前例的大麻烦中。之前被他砸坏摄影机的记者及其所在的自媒体公司，一纸诉状将郁璟然告上了法庭，起诉他故意毁坏财物，对当事人造成严重的精神损伤，并要求巨额赔偿和公开道歉。祸不单行，再加上他公开训斥粉丝，导致大量粉丝脱粉，站姐关站，甚至有一个资深团粉公开发表了一封联名信，要求郁璟然退出 ACE 组合，否则就坚决抵制 ACE 的新专辑。不到一个小时，这封信的支持人数就超过了十万。

一时间，引发了轩然大波，郁璟然的公众形象也跌到了谷底。

星娱公司打算私了，让郁璟然在微博上发布道歉声明，并彻底撇清和姜念的关系，以此平息众怒，但郁璟然坚决反对。

"摄影机我照价赔偿，除此之外我不会做任何道歉。他们要打官司，我就跟他们打，看最后到底谁输谁赢！"

"你怎么这么幼稚？"陈升气道，"这是谁输谁赢的问题吗？这种官司起码要打几个月，这期间你顶着被告方这个头衔，哪个广告商、电影电视剧制作人还敢来找你？你的商业价值一旦毁了，不管最后官司判定谁赢，我们都是最大的输家！"

郁璟然愤然道："商业价值比一个活生生的人还重要吗？如果我道歉了，那些媒体就会更加肆无忌惮！我是公众人物，怎样骂我怎样拍我，我无所谓！但姜念只是一个普通人，因为那些记者和粉丝，她的工作、家人、生活全都暴露在闪光灯下，被指指点点，被随意辱骂！她做错了什么？我保护她又做错了什么？"

"因为你是偶像！"陈升一手指向他，声色俱厉道，"而她选择跟你谈恋爱，这就是你们该受的！"

"偶像就不能恋爱吗？"

"不能！你以为那些粉丝喜欢你什么，你的才华？你的歌？还是你的舞蹈？都不是！我告诉你，偶像立足于这一行，贩卖的是青春、颜值，还有你单身的人设！你的存在，是给了她们一个梦，如果你谈了恋爱，这个梦就会破碎，那些喜欢就会变成厌恶和仇恨，并且会加倍反噬回来，你现在所拥有的一切都会毁于一旦！你可以像裴佑那样玩，背地里怎样我不管，但放到台面上来，你绝对不能承认任何恋情！"

陈升深吸一口气后，看向郁璟然，一字一顿道："现在给你两个选择，一，公开道歉，声明你与姜念只是普通朋友关系，从未有过任何亲密关系；二，离开星娱，退出 ACE 组合。两条路，你自己选！"

《造梦者》很快就要接近尾声了，最终的成团之夜便在今晚进行现场直播。尽管有很多网友发声抵制郁璟然，但节目组一时也找不到合适的人选，硬是扛着压力让他录制了最后一期节目。

乔茵茵下班后,立马去超市买了一大堆零食,拉着阿美和姜念守在电视机前等直播。乔茵茵天生就是个自来熟,在这儿住了几个星期,就已经和阿美打成一片了。两个人追了几期《造梦者》,一下子就入了坑,天天在网上给自己Pick的妹妹疯狂投票,简直是走火入魔了。

姜念却不大想看,淡淡地说:"你们看吧,我回房间了。"

"别呀!"乔茵茵一把拉住她,"现在全民都是秀粉,你不看,就是脱离广大人民的队伍啊!"

在乔茵茵和阿美的左右夹击之下,姜念被迫坐在了沙发C位,跟着她们一起看直播。

晚上八点钟,《造梦者》总决赛直播正式开始。一上来就是郁璟然的开场秀,他以一首唱跳歌曲《Whatever》迅速燃爆全场。这个世界上有的人天生就属于舞台,即使他现在遭到了无数的非议和抹黑,但只要他站上舞台,就能够吸引所有人的目光。闪光灯下,精致俊秀的五官、活力十足的舞蹈,神态间带着几分不羁和痞气,越发显得性感撩人。

阿美看得花痴不已,连连感慨:"郁璟然跳舞真是太帅太性感了,我有种冲上去扒了他衣服的冲动!"

"咳咳……"乔茵茵拉了拉她的衣服,用眼神示意她赶快闭嘴。

阿美这才想起来,连忙捂住嘴巴。

不过,这嘴巴闭上了,眼神可挡不了。接下来的两个小时节目里,只要郁璟然一说话,尤其是他和丁思琪有互动时,阿美和乔茵茵就开始有意无意地看着姜念,好像生怕姜念下一秒就要痛哭流涕了。

姜念有些无奈,虽然她还没有完全从上一段恋情中走出来,但起码现在,她已经可以坦然面对郁璟然了。如果他真的会和丁思琪在一起,她也会在心里默默祝福他的。只是希望这一次,他能够认真地对待感情。

随着最终13位学员脱颖而出,顺利成团,舞台上花瓣纷飞,这一季的《造梦者》终于告一段落了。虽然期间风波不断,但收视率却节节攀升,并在今晚达到了最高峰。

节目结束后，按照惯例是导师和学员的采访环节，一般来说所有导师和成团的学员都会参加，但郁璟然因为前一段时间的绯闻事件，已经很久没有接受过公开采访了，这次也是提前打好了招呼，节目一结束，便在安保人员的保护下快步离开现场。

但是，记者们怎么会白白放过这个上头条的绝佳机会？他们一早就躲在了门口，等郁璟然一现身就立刻围了上去，将他堵个正着。

"郁璟然，请问你是否在和姜念交往？"

"对于林泽致和姜念在酒店共度一夜的新闻，请问你有什么回应吗？"

"网上盛传姜念游移在你和林泽致之间，脚踩两条船，请问这是真的吗？"

"请问你真的帮助姜念的妹妹通过了《造梦者》的初试吗？是姜念要求你这样做的吗？"

……

阿城挡在郁璟然前面，真恨不得自己长出三头六臂来，有点不耐烦地说："不好意思，麻烦让一让，我们今天不接受任何采访！"

"姜念是我的女朋友。"

一片嘈杂声中，郁璟然坚定不移的一句话，顿时让所有人都安静下来。

"但她从来都没有告诉过我她妹妹参加《造梦者》这件事，她也从来不是一个利用不正当手段去为自己争取利益的人。"

记者们顿时躁动起来，争先恐后地提问："你的意思是承认你们的恋情了？你作为偶像，公开承认恋情，难道不怕大面积脱粉吗？"

郁璟然沉默了片刻，说道："也许在很多人看来，偶像就是贩卖颜值和青春的职业，这样才能用单身人设吸引更多的粉丝。可是青春会老，颜值会跌，这些都是不长久的，一个真正的偶像应该创作出更优质的作品，鼓励万千粉丝以偶像为榜样，不断努力、砥砺前行，变得更加优秀。如果因为我，让那些粉丝变得盲目和可怕，那我也不配成为一个偶像。"

几乎是在同一时刻，郁璟然的这一席话就迅速登上了各大视频网站及社交媒体，引发了一场前所未有的大震动。

"郁璟然退出娱乐圈"的词条，在几分钟内就被刷到了微博热搜榜第一位，而且直接爆了。

电视机前的乔茵茵和阿美更是差点惊掉了下巴，等反应过来便第一时间去看姜念。

姜念愣了几分钟，站起身，突然冲了出去。

"念念，你去哪儿啊？"乔茵茵急忙追了出去，但姜念已经不见人影。

从采访区出来，郁璟然就直接去了陈升的家里。

以前他们几个还是练习生的时候，公司为了让他们塑形，经常吃不饱饭。

陈升虽然以"大魔王"著称，总是凶神恶煞的样子，但看着他们有时候实在饿得不行，还是会不忍心，偷偷带着他们来家里改善伙食。比萨、火锅、烧烤，热热闹闹地摆上一桌，吃完了再回去挨揍也是开心的。

自从出道后，ACE爆红，通告不断，倒是再也没有来过这里。没想到再一次过来，会是在他退团的这一天。

阿城吓得腿抖，怎么也不敢进去，郁璟然便一个人走了进去。陈升打开门，看着他，脸上没有任何表情。

郁璟然自知犯了错，乖乖喊了一声："升哥。"

陈升顿了顿，没有说话，转身走向客厅，坐在了沙发上。

了解陈升的人都知道，他的脾气是没事发小火，小事发大火，大事不发火，如果看到他面无表情、一句话也不说的样子，那恭喜你了，史诗级海啸要发生了，准备逃生吧。

郁璟然知道自己踩了他的底线，但既然做了这个决定，他就已经做好了面对一切的准备，说道："升哥，跟公司的解约金，还有所有代言、电视剧、电影合同的违约金，我都会全部赔付，不会给公司造成损失的。"

"郁璟然！"陈升终于忍无可忍，将手边的玻璃杯狠狠摔在地上，大声斥责道，"你知道自己在做什么吗？这么大的决定，你事先连一丝口风也不透露，现在全世界都知道你要退圈了，你连一丝退路都没有了，你知道吗？"

"我知道，我本来就没打算给自己留退路。"郁璟然看向陈升，神色平静，"ACE 已经因为我遭到了大量粉丝的抵制，如果我继续留在 ACE，可能到最后整个团都会保不住。"

陈升猛地站起来，神色愤懑："你觉得自己这是在牺牲小我，成就大我，很伟大是吗？狗屁！我说过，粉丝对于男明星的容忍度一向都比较高，只要你和姜念撇清关系，她们会认为是姜念缠着你，没有人会迁怒于你的！最多再过三个月，这件事就会被别的热度所掩盖，无论是你，还是 ACE 都会回到以前的盛况！这两个选择，瞎子都知道怎么选，你是脑子进水了，还是智商退化了，才做了这么愚蠢的决定？啊？"

这是郁璟然第一次被骂却没有跟陈升硬杠，只是定定地注视着他，说道："升哥，我记得你有个女儿，今年六岁了是吧？如果她以后也遇到了这样的事情，你也会说出这种话吗？"

听到这句话，陈升猛地顿住了。良久，他坐回沙发上，思绪复杂，缓缓说道："这些年来，ACE 有好几次面对险些解散的危机，周小琪偷懒不肯练习，觉得坚持不下去了，闹着要退出；裴佑花名在外，恶评如潮，遭到了团粉的抵制；还有林泽致和于曼殊分手后的那段日子，情绪一度濒临崩溃……我总是担心他们三个出状况，却从来没有担心过你。从我第一次见到那个十三四岁的你开始，你眼里的那种光和身上的那股劲，从来都没有消失过。我怎么也没想到，第一个要退出这个组合的竟然会是你。"

郁璟然的眼里闪过淡淡的哀伤和遗憾，片刻之后，轻声说了一句："升哥，对不起。"

陈升望着他，一字一顿道："你没有对不起我，你对不起的，是你的队友，还有你自己辛苦付出的这八年时间。"

"不,我对得起自己,"郁璟然顿了顿,望向对面墙壁上挂着的 ACE 合照,轻声道,"我只是对不起他们。"

面对镜头、面对记者、面对陈升,郁璟然可以无畏地说出自己要退出组合,可是,在面对自己的三名队友时,他胆怯了。

郁璟然在公寓门前,呆呆地站了许久,不知过了多久,身后有人拍了拍他的肩膀,回头一看,是林泽致。

郁璟然低着头不敢看他,问道:"你……怎么从剧组回来了?"

"周小琪哭哭啼啼地打电话给我,让我赶紧回来,跟他一起去打断你的狗腿。你倒挺自觉,主动回来挨揍吗?"

听出他的声音带着淡淡的笑意,听起来并没有责怪的意思,郁璟然抬眸看向他,诧异地问:"你不怪我?"

"怪,怎么不怪?刚看到新闻的时候,恨不得冲进镜头打死你。可是,"林泽致顿了顿,"我能够理解你。我知道喜欢一个人、为了她愿意去与全世界抗争的那种不顾一切的心情,这个很难,但你做到了。生命中有很多东西,我们不能样样都能得到,只要你认清了自己目前最想要的,这就够了。"

郁璟然不禁动容,却不知该说些什么,良久,还是像以前一样拍了拍他的肩膀,说道:"谢了,兄弟。"

话音未落,门忽然打开,周小琪泪流满面站在门口,看着郁璟然,**撇着嘴巴大声吼道**:"郁璟然,我讨厌你!"

这些年来,周小琪总是"小炸小炸"地喊他,似乎已经很久没有正儿八经地叫他的名字了,他们打架互损了那么多回,这是周小琪第一次说讨厌他。

郁璟然的眼圈一下子就红了。在这个组合里,周小琪年纪最小,又爱撒娇卖萌,郁璟然虽然表面上总爱欺负他,但心里却很疼他。

看见郁璟然这副样子,周小琪哭得更凶了:"明明是你干了坏事,你哭什么哭啊?"

郁璟然抹了一把眼泪，没好气道："谁哭了！小爷我才不会哭！"话一出口，声音却已经哽咽了。

周小琪再也忍不住了，扑上去抱住郁璟然，号啕大哭："你走了，谁教我跳舞呀？我早上偷懒起不来的时候，谁一边揍我，一边叫我起床啊？表演的时候，我忘词了谁帮我救场啊？我无聊的时候想逗你多毛找谁去啊？呜呜……你小子太没有良心了，我们从十来岁就在一起了，朝夕相处，同床共枕，你怎么能说走就走呢，呜呜……"

一旁的裴佑正沉浸在悲痛和气愤当中，忽然感觉这故事的走向怎么越来越奇怪，连忙叫停："哎，等等，你们俩什么时候同床共枕了？"

"怎么没有？"周小琪将鼻涕蹭到郁璟然的肩膀上，语气认真，"我们做练习生的时候在一张床上睡了好几年呢！"

郁璟然实在忍不下去了，一把推开他，说道："我们中间明明隔着枕头的！"

"呜呜！你怎么这样啊，跟人家睡过了，现在竟然不认账了！"周小琪更悲愤了，凄凄惨惨地唱了起来，"小白菜呀，地里黄呀，两三岁呀，没人爱呀……"

裴佑真是一个头两个大，随手拿起一只拖鞋，恶狠狠道："你再吵，我立马给你塞嘴里！"

周小琪立马闭嘴。

裴佑转向郁璟然，走近几步，拍了拍他的脑袋，没好气地骂道："你小子到底有没有把我这个队长放在眼里？一声招呼都不打，说走就走啊？"

郁璟然还是头一回心甘情愿被裴佑这么打，他默默垂下头，声音里带着愧疚："对不起，我怕提前告诉你们，我会下不了这个决心。"

听到这句话，裴佑有些绷不住了，眼角立刻泛红，沉默了几秒后才说道："我知道自己平时也不靠谱，没怎么尽过队长的责任。但是我真的把咱们这个队看得比什么都重，你们三个都像是我的亲弟弟，我做梦也没想到我们会分开……"

话音未落，郁璟然伸手抱住了他，心中千言万语，说出口的却只有一句："在我心里，你是最好的队长。"

郁璟然只简单收拾了几件衣服，其他的都没有带。他回头看了看自己的房间，说道："别的就放这里吧，你们要是想用就随便用，用不着就都扔了吧。"

"都这么晚了，你明天再走吧！"周小琪可怜巴巴地拉着他的衣服，"不对，你就算退团了，也可以住在这里啊，你别走了好不好？我们四个人都一起住了这么久了，你走了我会不习惯的。"

郁璟然心头酸涩，但不想大家太难过，勉强挤出来一丝笑容，说道："还是别了，陈升现在恨不得把我碎尸万段，我还是闪远点比较安全。"

裴佑叹了口气，拍了拍他的胳膊说："那你常回来看我们啊。"

郁璟然点点头。

"我写的那几首歌公司大概不会再用了，备选曲我听了听，还不错。这样也好，你们可以尝试更多不一样的风格。另外，三个人的舞蹈走位减少，但难度应该会加大，你们一定要多练习了，尤其是细节上一定要认真，动作、幅度、角度都要保持一致。我本来想这次发了新专辑再退出，但是担心网友们会因为我抵制新专辑，到时候大家的努力都白费了。"郁璟然好像有一肚子的话要叮嘱，但想了想，最终只说了一句，"我相信，三个人的 ACE 组合一定会更精彩！"

林泽致看着他，一字一顿道："ACE 永远都是四个人，我们等你回来。"

郁璟然笑了笑，转身朝身后的三人挥了挥手，高声说道："走了！"

门外，阿城见郁璟然出来了，连忙从车上跳下来，一溜烟地跑过来，打算接过郁璟然的行李箱："炸哥，去哪儿？"

郁璟然按住了他的手，说道："我已经不在星娱了，你不用送我。"

阿城的眼圈立刻就红了："炸哥，我一进星娱就跟着你了，我要跟你一起走！"

"别瞎说！"郁璟然弹了下他的脑门，"你女神最近不是在招助理吗？我跟陈升说了，把你派过去。以后不用受我的气了，还能天天看到女神，偷着乐吧你！"

　　阿城哭道："我不要女神，我就要炸哥。"

　　"大晚上的，别跟小爷我在这儿肉麻！赶紧回家去！"郁璟然拍了拍他的肩膀，很快开车离开。

　　几分钟后，阿城收到了一个微信红包，金额大概抵得上他好几年的工资，备注只有一句话：这些年，辛苦了。

　　阿城的眼泪唰地流了下来。

Chapter14.
以家人之名

▼

郁璟然开着车缓缓驶出小区，远远便看到有一个女孩坐在路边，漆黑的夜色里看不清她的五官，身形却似乎有些熟悉。他心头一震，猛地踩下刹车，停了下来。

那女孩听到车响，看向这边，然后站起身，迎着灯光缓步走了过来。车灯的照射下，她的面容逐渐清晰起来。

郁璟然飞速跳下车，看着突然出现在自己面前的姜念，半天没有回过神来。

姜念眼里噙着泪，右手握拳打在他的胸口上，哽咽道："笨蛋，你以为自己这么做很酷吗？你不是很喜欢唱歌跳舞吗？你不是说自己要一辈子都站在舞台上吗？你到底为什么要……"

"因为我爱你呀。"郁璟然猛地抓住她的手，用力将她拉到了自己的怀里。

姜念挣扎着想要推开他，却突然感到肩膀处一阵若有似无的濡湿，她蓦地停下所有的动作，愣在原地。

耳畔传来少年软软的鼻音，语气里带着委屈和忐忑："分开太难受了，我们和好吧，好不好？"

郁璟然哭了。嚣张、骄傲、不可一世、眼高于顶的郁璟然，竟然埋在她的肩膀上哭了。这一刻，这一个多月以来围绕在她心头的所有的怀疑、纠结与阴郁，顷刻间烟消云散了。

她知道 ACE 组合对于郁璟然的意义，也知道今天晚上这个公开声明对他来说是一个多么艰难的决定，可他依然义无反顾地做了。有时候，或许眼见不一定为实，只有用心感受到的，才是真的。

她伸出双手抱住了郁璟然，轻声道："嗯，我们和好，再也不分开。"

阿美一向自诩经历过各种大风大浪，是见过世面的人，但这天早上，当她走出房门，望着正站在厨房里煎蛋的郁璟然时，还是没忍住爆发出一阵惊天动地的海豚音。

"郁……郁……郁璟然！"

这声巨响惊得郁璟然一个手抖，成功把煎蛋颠到了锅外。他回过头，镇定自若道："早上好。"

刚刚走出来的乔茵茵看到这一幕，立刻把打了一半的哈欠憋了回去，回头一把将姜念从被子里拖出来，怒道："好你个小鲶鱼，现在不得了了呀，还学会偷偷带男人回家了！"

这句话如同一记猛锤，砸得姜念一下子从梦中清醒了过来。

昨晚发生的一切像电影镜头般一帧帧在她脑海里闪过。郁璟然本来带着她去了他自己的公寓，结果忘记了密码，输入五次后成功锁定了电子锁，最后她不得不带着郁璟然来自家的沙发上凑合一晚……

等等！他怎么还没走？！姜念猛地跳下床，果然见郁璟然好端端地站在屋子里，急忙拉着他走到一旁，小声道："我不是让你在她们起床之前就赶紧离开吗？"

"那多不礼貌。"郁璟然将最后一个煎蛋倒在盘子里，端上餐桌，态度十分诚恳地对乔茵茵和阿美说，"昨晚没经过二位同意就住在这里，真是很冒昧，为了表达我的歉意，已为二位特制早餐一份，请就座。"

乔茵茵和阿美对视一眼，都从对方的目光里看到了被雷劈过的迹象，然后两人就像中了蛊一样，乖乖坐下，看着郁璟然将煎蛋、藕粉、咖啡，一样一样地端上来。

"我第一次做早餐，不知道味道怎么样，你们快尝尝！"郁璟然一脸期待地说。

乔茵茵和阿美低头看了一眼，烧焦犹如锅底一般的煎蛋，白开水一般的藕粉，以及看起来还算比较正常的咖啡，然后同时选择了咖啡，没想到刚尝了一口就差点喷了出来。为什么这么甜，他是卖糖的吗？

"好喝吗？"郁璟然问。

男色误人，乔茵茵和阿美一脸菜色地点点头。

"那你们快尝尝煎蛋，要不要加番茄酱？我帮你们拿！"

郁璟然话音未落，乔茵茵和阿美立刻向姜念投去救命的眼神。

姜念连忙拉住他，说道："行了，你这鸡蛋煎成这副样子，想害她们进医院啊？"

郁璟然撇撇嘴，不大服气地说："卖相虽然不大好，但味道还不错啊。"说着，转向乔茵茵和阿美，露出一个十分标准的笑容，"是这样的，我看你们三个人住在这里也挺挤的，生活肯定不大方便，不如让姜念搬去我家，这样你们这里也宽敞，是吧？"

"那怎么可以？"事关好友的人身安全，乔茵茵立刻清醒过来，坚决反对道，"你们才和好就同居，未免太早了！"

"可是她之前给我当助眠师的时候，就已经住在一起了啊！"

"那不算，跟四个人住在一起和跟你单独住在一起，哪能一样啊？再说了，你这人品还有待考察，我现在还不放心把念念交给你！谁知道你是只披着狼皮的羊，还是披着羊皮的狼啊？"

"我……"郁璟然的小心思一下子被她戳中，顿时噎住了。他记着上次见着这姑娘的时候，还结结巴巴傻乎乎的，怎么这次嘴皮子这么厉害了！

"行了。"姜念在餐桌下踢了他一下，没好气道，"你家密码想起来没，赶紧回去吧。"

郁璟然顿了顿，只能无奈地妥协："好吧，那我明天早上再过来给你做早餐。"

"等等！"乔茵茵猛地窜起来，看向姜念，正色道，"我深思熟虑了一下，打扰小情侣谈恋爱是非常不道德的行为，我们坚决不能做这么不道德的人！你行李箱在哪里，我们现在就帮你搬家！"

她说完就拉着阿美一起，火速去帮姜念收拾行李了。

姜念气结，揪住郁璟然胳膊上的一小块皮肉三百六十度拧了一圈，怒道："你故意的是不是？"

郁璟然忍着痛，耸耸肩，露出一个傲娇的表情："听不懂你在说什么。"

在郁璟然的坑蒙拐骗，以及乔茵茵和阿美的合力催促之下，姜念被迫踏上了搬家之路。

汤圆倒是挺高兴，坐在后排"汪汪"叫个不停，两只黑葡萄般的圆眼睛闪烁着兴奋的光芒，时不时还想往驾驶座上的郁璟然身上扑。

这家伙明明之前还跟郁璟然那么不对盘，现在居然对他这么热情！真是没节操！

姜念暗暗鄙视了下汤圆的临阵倒戈，转头看了看导航上的路线，疑惑道："哎，不对啊，这好像不是去你家的路吧？"

郁璟然点点头，表情平淡得仿佛是要去菜市场买菜，说道："先去我妈家拿钥匙，不然怎么进门啊？"

姜念一惊，心脏猛地停了几拍："你妈？"

三十分钟后，姜念望着眼前这栋超级豪华的别墅，有一种掉头就跑的冲动。

郁璟然早就看穿她的心思，一下车就紧紧攥着她的手，温和地说："我妈又不是洪水猛兽，你怕什么？"

"不是……这也太突然了！"姜念有些手足无措，"我什么都来不及准备，第一次来应该买点东西的，这样太不礼貌了。"

"买什么啊，家里都有。"说着，郁璟然已经按响了门铃。

很快就有一个中年女人来开了门，她看起来四十多岁，面容慈祥，一见到郁璟然脸上就乐开了花："璟然回来啦！你妈妈忙活了一大早了，就等着你回来呢！"看到姜念时愣了一下，"这位小姐是……"

"我女朋友，姜念。"郁璟然语气兴奋，一把搂过姜念，"这是张妈，从小照顾我的阿姨。"

姜念忙道："张妈好。"

"好好好！"张妈满脸都是笑容，"这姑娘说话的声音像黄鹂鸟一样，真好听。别在门口站着了，快进来啊！"

进屋后,张妈便朝屋里喊:"太太,璟然带女朋友回来了!你快来看!"

姜念有些发窘,尴尬地看向郁璟然。

"习惯就好,我妈比她还夸张。"

"夸张?什么意思?"姜念没太明白。

郁璟然没说话,冲着前方挑了挑眉,一副"你自己看呗"的表情。

伴随着一串银铃般的笑声,郁妈妈从楼上狂奔而下,看到姜念的一瞬间,眼睛里立刻燃起了火光:"姜念是吧?"

姜念连忙点头问好:"阿姨,您好,我是姜念。"

郁妈妈冲上来握住姜念的手,激动地说:"我早就让璟然带你回来给我看,他就是不肯。幸好我是微博的资深用户,这些日子天天都能刷到你的消息,现在看到你本人了,感觉像认识了好久一样!真是太亲切了!"

张妈见姜念有点发窘,在背后拉了拉郁妈妈的衣服,小声提醒道:"太太,注意言辞。"

郁妈妈这才反应过来,连忙道:"哎呀,阿姨说错话了,对不起啊!不过你放心,阿姨这几天也没闲着,一看到有人说你坏话,我就冲上去怼他,直怼得他怀疑人生!"

"谢谢阿姨。"

郁妈妈话锋一转,叹了口气,说道:"说到底,还是璟然的错。当初我就不想让他去参加什么唱跳组合,每天累个半死不说,连交个女朋友都要被骂!不过现在好了,他退圈了,终于自由了!你们什么时候结婚啊?再过两年我是不是就可以抱孙子了?"

什么?什么跟什么?姜念已经跟不上她的脑回路了。

"我昨天晚上看到新闻,高兴得一晚上没睡着觉,早上六点钟就爬起来置办这些东西。你们看看,这派对布置得还不错吧?对了,差点忘记我的重头戏了,周东东,周西西,快把我的对联拿下来!"

郁妈妈一声令下,两个长得一模一样的小胖墩从二楼蹿了下来,一人手上拿了条对联,一边打开一边念:

"恭喜哥哥洗心革面重新做人！"

"祝福哥哥喜结良缘早生贵子！"

最后，他们齐声喊道："横批，相亲相爱一家人。"

语毕，郁妈妈还是不太满意，虚心求问姜念："你觉得怎么样？会不会太简陋？"

姜念沉默三秒钟，拍手赞叹："不会！已经……非常好了！"

郁璟然不愧是见惯了大风大浪的人，表情从始至终都十分淡定，只在结束后轻描淡写地问了一句："你现在明白了吧？"

姜念默默点了点头。

在郁妈妈的教导下，两个小胖墩手牵着手走到姜念面前，一起弯腰问好："嫂嫂好。"

姜念简直要被萌化了，蹲下身摸了摸他们肉乎乎的小脸蛋，笑道："叫姐姐就好啦。"

其中一个小胖墩摇摇头，表情认真地说："不行，妈妈说要叫嫂嫂，我们才能快点有小侄子。"

另外一个忙道："嫂嫂，我想要小侄女，不想要小侄子，可以吗？"

姜念一个踉跄，险些摔倒。

郁璟然总算有了眼力见儿，适时跳出来帮她解围："小胖子，不准欺负我女朋友，玩你们的泥巴去！"

"哥哥陪我们玩嘛！"

话音未落，两个小胖墩就一左一右扑到了郁璟然的身上，亲热地搂着他的脖子，"咯咯"笑个不停。

郁璟然难得回来一次，周东东和周西西都格外兴奋，跟在他屁股后面半刻都不停，黏人得要命。

吃过午饭，他们俩便拉着郁璟然去院子里玩小汽车。姜念坐在一旁的秋千上看他们玩闹，看得出来，郁璟然虽然表面嫌弃，但其实很疼这两个弟弟，兄弟仨的关系十分亲近。

这时，郁妈妈走了过来，坐在她的旁边，递过来一杯咖啡，问道：

"中午吃饱了吗，阿姨的手艺还不错吧？"

姜念点点头，笑道："您做菜这么好吃，怪不得郁璟然那么挑嘴呢。"

"你要是喜欢，以后经常来，想吃什么阿姨都给你做。"郁妈妈拍了拍姜念的手，望着不远处的郁璟然，眼睛里生出些许伤感，"其实璟然也没怎么吃过我做的饭，我跟他爸爸很早就离了婚，当时他只有六岁。"

姜念一愣，突然明白过来，怪不得那两个孩子会姓周，原来是郁璟然同母异父的弟弟，也怪不得郁璟然和郁妈妈之间总有一种若有似无的生疏感。

郁妈妈叹了口气，接着道："我们当时不是和平分手，他爸爸心里一直对我有怨念，不肯让我见孩子，背着我偷偷搬了家，我又因为工作调到了外地，有五六年的时间我们失去了联系。直到他爸爸车祸过世，我才再次见到了璟然。"

说到这里，郁妈妈的眼睛泛起泪花，她继续说："我到现在都记得他当时的模样，特别瘦，个子比同龄人矮了许多，脸上、胳膊上、腿上，满是瘀青，一双眼睛冷冷地看着我，仿佛在看一个陌生人。我后来才知道，在我离开之后，他爸爸把对我的怨恨都发泄在了孩子身上，经常对他拳打脚踢，他身上没有一处皮肤是好的……"

姜念心头一震，无法想象郁璟然经历过这样的童年，她突然想到什么，问道："那璟然的失眠……"

郁妈妈点点头："璟然因此患上了很严重的失眠症，经常晚上睡不着觉，就算睡着了半夜也会惊叫着醒来。我带他看了很多医生，都没有用。在家里住了没多久，他就被星娱选中当练习生。我担心娱乐圈的环境会让他的失眠症更加严重，一开始坚决反对，但他坚持要去，我也没法子。所以现在看到他愿意退圈，我其实心里是很高兴的。这些年，我跟他的关系其实都不太亲近，直到东东和西西的出生，才让我们的联系多了起来，但我知道，他一直把自己封闭着，谁也无法真正走进他的内心。"

郁妈妈握着姜念的手，目光里透着感激："可是，我能感觉到璟然遇到你以后，变得比以前更加开朗了，也慢慢打开了自己的心扉，阿姨真的很谢谢你。"

姜念回握住郁妈妈的手，没有说话，目光看向不远处正在和东东、西西踢足球的郁璟然，心仿佛被一只手紧紧攥住了一般，难以呼吸。

她忽然想起郁璟然曾经说过的一句话——亲情也是分缘浅缘深的，这个世界不是所有孩子都与自己的父母有缘。彼时她还不懂他为何说出那样的话，现在她都明白了。幸福的人用童年治愈一生，不幸的人用一生治愈童年。但还好，他们遇到了彼此。

快吃晚饭时，周先生回来了。姜念依稀记得在某些财经时报上看到过他的照片，他一身西装革履，看上去有些严肃，不苟言笑，但对她还是很客气，看向郁妈妈和两个孩子的时候眼睛里透着爱意，跟郁璟然也相处得不错。

不过，在晚饭前，郁璟然还是不顾郁妈妈的挽留，带着姜念告辞了。她很理解这种感觉，也许一切都很好，但是已经没有家的味道了。

在车上，姜念垂着双眸，情绪有些低落。

郁璟然看她一眼，心下了然，问道："我妈是不是都跟你说了？"

姜念一惊，忙抬起头："你怎么知道？"

"两只眼睛都快肿成馒头了，谁看不出来啊？"

姜念连忙拿出手机看了看，果然是又红又肿。她顿了顿，看向郁璟然，问道："你……你为什么从来都不告诉我这些事呢？"

"就是不想看到你这副哭唧唧的样子啊，而且小时候的很多事情，其实我已经都记不大清了，"郁璟然用手指敲击着方向盘，神态很自然，似乎真的已经完全放下了一样，"现在唯一还能记起来的就是以前我爸经常出去喝酒，把我一个人锁在家里，我待着无聊，就抱着收音机听歌。不同的歌声里有不一样的世界，欢快的、悲伤的、幸福的、忧愁的……我听着那些歌，就会觉得自己的生活也变得有趣起来。也许就是从那个时候起，我开始喜欢上音乐的吧。"

姜念的脑海里浮现出一个瘦瘦的小男孩抱着收音机的样子，那个时候的她应该已经上小学了，她也总是一个人待在家里，写一会儿作业，看一会儿窗外，脑子里偶尔闪过一些天马行空的幻想。

想到这里，姜念有些感慨地说："如果我们能早点相遇就好了，这样我们的童年都不会孤单了。"

郁璟然笑了笑，没说话，轻轻握住了她的手。

最后，姜念问出了一个困扰了她一整天的问题："不过，你才二十一岁，家里还有两个那么小的弟弟，你妈妈为什么那么想要孙子啊？"

郁璟然脸色一黑，似乎有些难以启齿，顿了顿，才语气生硬地解释道："因为她以前一直以为自己未来的儿媳妇会是周小琪，并且已经做好了没有孙子的准备，没想到现在有了你，一时比较亢奋。"

姜念突然有种被雷劈的感觉。

郁璟然退出 ACE 组合的消息在网上持续发酵了一个月，热度渐渐降了下来。娱乐圈就是这样，无论发生天大的事情，总能被时间渐渐平息。

姜念跟着郁璟然一起住到了他的公寓里，这次只有他们两个人同住在一个屋檐下，一切都是新奇的体验。

好不容易重归于好，郁璟然恨不得一天二十四小时都跟姜念腻在一起，又怕她嫌烦，于是给自己找了个借口，美其名曰荷尔蒙可以激发自己的创作灵感。在姜念的心里，他的不要脸程度又一次刷新了"纪录"。

玩笑归玩笑，但在这样轻松自在的环境里，郁璟然似乎真的找回了自己最开始的状态。这几年，为了公司的利益，他不得不接了大量的通告和商演，同一首歌，从这个舞台唱到另一个舞台，一遍又一遍地重复着制式的舞蹈和歌词，就像一个被设定了程序的机器人，开关启停全部掌握在别人手中，完全丧失了自己的想法。

可怕的是，就连他自己也在逐渐习惯这样的模式，现在回头看看前些日子写的新歌，从创作风格到整体架构，都与以前的专辑相差无几。他潜意识里仍然在复制着之前的成功，却将自己困在了瓶颈之中，无法实现新的突破。可是现在，虽然人气不再，他的心境却突然一下打开了，同样的世界，却仿佛有了别样的精彩，创作灵感也在源源不断地涌上心头。

姜念的工作却不那么顺利。自从她和郁璟然的恋情曝光后，制作人怕引火烧身，到现在为止都没有一家影视剧再敢找她合作。她怕郁璟然知道后会自责，便没有告诉他实情，只说自己想休息一段时间。

郁璟然自然高兴。没有了媒体和大众的关注，两个人就像一对普通的情侣，起床后对着镜子一边刷牙，一边互相嫌弃，然后一起商量着中午吃什么。当然大多时候郁璟然的意见都会被无视，下午就会窝在沙发上看电影，傍晚时再牵着汤圆去小区里散步，然后在漫天星光里拥抱和亲吻。

这天，姜念接到了一个业界前辈的电话，这位陈家琛老师是圈里非常资深的配音演员，之前跟姜念合作过几次，对她的敬业态度和工作能力都十分欣赏，甚至在几次公开采访中都表明姜念是年轻一代里他最看好的配音演员。他这次打电话来，是想推荐姜念参加霖江市电视台一个配音竞技秀节目，问她愿不愿意。

姜念自然不胜感激，她知道陈老师是想借这个机会拉自己一把，但这毕竟是面向大众的电视节目，她不知道自己的公开亮相会带来什么影响，更不知道观众会不会接受自己。

陈老师看出她的犹豫，最后只说了一句话："我打这个电话给你，是不忍心看到你这么好的苗子就这样被那些污言秽语给埋没了，不要管别人说什么，记得自己的初心就好，你自己好好考虑考虑吧。"

这句话对姜念的触动很深，她考虑了一整晚，终于做了决定。在给陈老师回复前，她先告诉了郁璟然。

郁璟然刚听闻这个消息时有些诧异，沉思了片刻，认真地说："我私心里肯定是不想你去，但我知道你是真的特别喜欢配音，如果你想去，那我就尊重你的想法。"

"真心的?"姜念顺势坐到郁璟然的腿上,双手圈住他的脖颈,故意逗他,"我还以为你一听就会炸毛,然后大吼一声,不许去!"

"我有那么霸道吗?"郁璟然不乐意了,"我现在多乖啊,活脱脱的二十四孝好男友,你就偷着乐吧!"

这家伙以前明明最讨厌她让他乖乖的,现在自己倒是天天把这个词挂在嘴边,恨不得挂个牌子向全世界宣称自己是最乖的男朋友。难道这就是传说中的调教有方?

姜念忍不住笑起来,歪头亲在他的脸颊上:"好好好!你最乖!奖励你一个亲亲!"

对于她这么敷衍的亲吻,郁璟然表示非常不满意,一手握住她的脖颈,低下头攫住了那张柔软的樱唇。

《请听我的声音》是一档原创的声音竞演秀节目,每期邀请六位演员同台竞技,通过台词功底、配音实力和互动搭档的比拼,最终由现场观众投票选出当期的"声音之王",进入年度声音大秀进行最后的比拼。

姜念参加的是第三期节目,由于这种节目形式比较新颖,而且大多数观众对配音并没有什么兴趣,所以前两期节目都没有掀起任何水花。制作组原本担心姜念会拖累节目,并不愿意请她,但又不想折了陈家琛的面子,这才勉为其难答应了,却万万没有想到,第三期节目竟然因为姜念而爆了,当晚收视率就破了5,网上讨论度更是空前暴涨。

很多人都是抱着故意找碴儿的心态来看节目的,没想到最后却被姜念圈了粉。她们原本以为,能勾搭上郁璟然的女人肯定是那种妖艳绿茶婊,或是惺惺作态的狐狸精,没想到姜念看起来只是一个挺普通的邻家女孩,讲话温温柔柔,就算在台上被同期的艺人暗暗排挤,都只是温和地笑着,没有露出任何不满的样子。当然,最让人惊艳的还是她的配音功力,从莎士比亚的话剧到迪士尼公主,从八十年代的香港电影到浪漫的都市甜宠剧,全都不在话下,流畅标准的英文、粤语、普通话切换自如,阴险毒辣又极富野心的麦克白夫人、温柔善良而又勇敢坚强的小美人鱼、穿越丛林潇洒自如的江湖女侠、沉浸在恋爱中的娇俏小女生……一个个鲜活的角色仿佛就在你的眼前，如果不是亲眼看到，任谁都想不到这些角色都出自同一个人的配音。这还是观众们第一次这样直观而强烈地感受到配音的魅力。

节目中还有一个小细节，在姜念配音迪士尼公主的片段后，主持人突然提了一句："姜老师刚才的配音真的很动情呢，是不是对迪士尼有什么特别回忆呢？"

这句话摆明了是在内涵姜念和郁璟然那张在迪士尼的自拍照，姜念听到之后，却并没有什么特别反应，只是一如往常温和地笑了笑，说道："不是只有真正成了母亲的演员才能扮演母亲的角色，配音和演戏一样，这是我们的职业，所以需要变得专业。"

这个回答堪称完美，既完美回避了主持人的问题，又毫不示弱地反击了回去，观众们这才发觉原来这还是一个外柔内刚的姑娘。而且，因为她巧妙地避开了郁璟然的名字，反倒在他的粉丝群里拉了一大波好感。

这个结果还真的出乎姜念的意料。

乔茵茵截了好多网友夸她的评论发过来，最后附上一句话："你的努力和金子一样，迟早都会被看到的。"

这家伙真是够了，自从下定决心要做职业女性，一天一句鸡汤，简直快成励志大师了。姜念回了乔茵茵一个哭笑不得的表情，虽然早就告诉自己不要在乎别人的看法，但是看到自己真的得到了这么多认可，还是觉得很开心。

当天晚上，郁璟然打算亲手做一个蛋糕以表庆贺，最后却以烤箱起火差点爆炸而失败。姜念看着他灰头土脸的模样，不忍心打击他的自信心，斟酌了片刻说道："要不，你帮我泡个面吧？"

郁璟然抹了一把脸上的黑渣，灰溜溜地去烧水了。

这天下午，《请听我的声音》半决赛于霖京市广电中心大厦4号演播厅进行录制。上半场结束后，所有演职人员可以休息二十分钟。

姜念刚回到后台，就接到了乔茵茵的电话。

乔茵茵很着急地说："念念，你妈妈刚才来我们这儿找你了，当时我没在家，阿美见她很着急的样子，就把你今天在电视台录节目的事告诉她了。我担心她会过去找你麻烦，你这会儿录完没？"

乔茵茵话音未落，外面突然传来一阵嘈杂的喧闹声。

姜念心头一紧，匆匆挂断了电话，跑出去一看，刘月清正被两个保安拦在演播厅门口，嘴里还在高声叫嚣着："我来找我女儿的，凭什么不让我进去？我告诉你们啊，谁今天敢碰我一下，我跟他没完！"

"对不起，对不起！"姜念急忙跑过去跟工作人员道歉，"这是我妈妈，不好意思，给大家添麻烦了，我这就带她出去。"

她赶紧拉着刘月清走到一处僻静的角落，问道："妈，您怎么来这儿了？"

刘月清上下打量了一番姜念的妆容和衣服，发现她果然如姜玥所说已经今非昔比了，越发觉得自己今天真是来对了，理所当然地说："念念，你现在有出息了，一定要帮帮你妹妹啊！"

姜念皱眉问道："她又怎么了？"

"玥玥的命真是太苦了……"刘月清叹了口气，眼睛里闪着泪花，"你不知道，玥玥回学校以后，就一直被同学排挤和欺负。她一时想不开，昨天还差点跳楼！虽然被救下来了，但还是受了很大的惊吓，现在躺在病床上都起不来！现在只有你能帮她了啊，你要是不管，玥玥的人生可算是全都毁了！"

说到这里，她拉起姜念的手，按照姜玥昨晚教给她的话复述道："听说现在拍网剧很容易就能火，她条件这么好，就是没有什么熟人介绍。我听说你在跟一个很红的男明星谈恋爱，他也拍了不少电影电视剧，肯定认识很多导演，你就拜托他帮着玥玥给引荐引荐吧！还有你，你现在参加这个电视节目，不也挺火的嘛，肯定也认识不少大明星！只要你能帮她争取到拍戏的机会，她就不用去学校受气了。到时候出名了，谁还敢骂她啊！"

姜念乍一听到"跳楼"的字眼，还吓了一跳，听到最后，总算回过味来，打断了刘月清的话："我跟您说了多少遍了，娱乐圈没有那么好进的，姜玥参加选秀最后闹成这副样子，你们难道还没有得到教训吗？不要总是想着一步登天，不是个人在娱乐圈都能红的。她现在最重要的是回学校踏踏实实把大学念完，您不帮着劝劝她，怎么还总是跟她一样异想天开呢？"

"你说的是什么话？"听到姜念不肯帮忙，刘月清翻脸如翻书，反过来指责她，"要不是你和那什么大明星谈恋爱，害得玥玥被退赛，现在名声和前途全毁了，她能这么想不开吗？！她现在这样，你要负全责！现在只不过是让你动动嘴皮子拉拉关系罢了，你就这副态度，你还有没有把我当成你妈？"

"那您有把我当成是你的女儿吗？我被全网攻击、被人辱骂泼脏水的时候，您有打过一个电话来关心我吗？"姜念红着眼睛看向刘月清，"这次姜玥被退赛是她咎由自取，虽然我是她的姐姐，但我没有义务对她的行为负责，她自己做错了事，就应该自己承担！从小到大，一旦出了什么事，您总是这样不分青红皂白、毫无原则护着姜玥，把所有的错都推到我身上。她变成现在这个样子，自私懒惰、不学无术、整日里游手好闲，只会做些不切实际的白日梦，遇到任何一点挫折就要死要活，您难道没有反省过自己吗？"

"你……"刘月清气得浑身颤抖，一巴掌打了过去。

姜念的脸上立刻就显现出一个完整的巴掌印，被打过的地方隐隐有些发麻。她捂着脸对刘月清道："您大可放心，以姜玥的性子，就算她站上去一百次，都不可能会跳下去！"

刘月清怒不可遏，扑过来就要伸手再打姜念一巴掌。这时，突然有人攥住了她的手。

姜念转头看去，竟然是顾君陶。

刘月清的胳膊被顾君陶紧紧握在掌心之中，动弹不得，气急败坏地骂道："这是我们的家事，轮得到你管？给我滚开！"

顾君陶看着刘月清，一字一顿道："姜念是我的妹妹，我当然管得着!"

姜念的心跳猛地漏了一拍。

刘月清也一愣:"你说什么?"

顾君陶反手将姜念拉到自己身后,对刘月清说:"姜念是我的亲妹妹,小时候不慎走丢,被送到了福利院,是您和您丈夫收养了她。我这里有在福利院取得的收养记录,随时可以进行公证辨认真伪。我很感谢您当初收养了她,但是,作为姜念的哥哥,不管是谁欺负她,我都不会放过那个人!"

刘月清有些心虚地问:"你……你这话什么意思?"

"你刚才几次三番要打她,看起来也不是第一次的样子,我有理由推测她在未成年时期也遭受过很多次这样的暴打。如果取证成功,我会以故意伤害罪和虐待儿童罪起诉你,两罪并罚,你将会面临二年以上七年以下有期徒刑。"

顾君陶本就是学法律出身,又做了多年的法制频道记者,现在一身西装革履、威严肃穆的神色,显然已经震慑到了刘月清。

刘月清故作镇定地说:"你是故意吓我的吧?你以为我是三岁小孩那么好骗吗?"

顾君陶站定,沉声道:"那你就试试,我顾君陶要起诉一个人,就一定不会输!"

刘月清做梦也没想到姜念突然会有一个亲哥哥跳出来,看起来还不是个好惹的,现在于情于理自己都占不到上风,咬咬牙,对姜念道:"就算我不是你亲妈,没有生育之恩也有养育之恩,你现在这个姓和名都是我给你的!别以为有了个哥哥就能甩掉我们姜家!这辈子,我们仨就算跌到了地狱也要死拖着你不放!"说完,这才愤愤离开。

顾君陶看向姜念,千言万语涌到心头,却不知道该从何说起,良久,只轻声说了一句:"我们的妈妈很喜欢《诗经》里面的词句,所以我们的名字都是出自《诗经》,桃之夭夭,其叶蓁蓁,你的名字其实是顾蓁蓁……"

"比赛还没结束,我先进去了。"姜念打断他的话,匆忙跑进了演播厅。后半场的节目,她整个人都不在状态,幸好业务能力过关,最后还是成功拿到了进入总决赛的席位。

　　录制结束时已经接近八点,天空不知什么时候下起了雨。
　　姜念婉言谢绝了节目组的聚餐邀请,背上包疾步走出录制大厅,没想到一抬头就看见了站在不远处的顾君陶。他的头发和衣服上都沾了一层水雾,似乎已经在这里等了许久。
　　姜念脚步一顿,掉转方向。
　　顾君陶快步上前,挡在了她的面前,眼睛里透着祈求和恳切:"蓁蓁,我们谈谈,好吗?"
　　"你认错人了。"姜念神情冷淡,绕开他继续往前走。
　　顾君陶追在她身后,急声解释道:"你刚生下来后背就有一个月牙形的胎记,之前在学校的游泳课上,我看到了你的胎记,开始怀疑你就是我一直在找的妹妹。后来我从学校的教务处查到了你的户籍地,又辗转在当地的福利院看到了你被送进去时的资料,就更加确认了。你要是还不相信,我们可以去做DNA鉴定!"
　　霖大有一项不成文的规定,所有学生必须通过游泳课,才能够拿到毕业证。当年顾君陶忙于社团工作,直到大三时才补选的这门课,的确是跟还是大一新生的他们一起上的。她的后背靠近腰窝处是有一个月牙形的胎记,这个位置平常有衣服遮挡根本看不到,也只有在游泳课上才会露出来。
　　姜念心里对于顾君陶的话已经信了七八分,蓦地停下了脚步。
　　"那我为什么会在福利院?是……"她声音一顿,把"爸妈"两个字咽了回去,"是他们抛弃了我?"
　　"不,当然不是!"顾君陶想要解释,话到嘴边,却不知道从何说起。
　　眼前的姜念与他脑海里那个小女孩的模样一点点重叠起来,那时的她有一张肉乎乎的小脸,像个小跟屁虫似的,走到哪儿都跟着他,笑起来露出几颗白白的小乳牙,口齿不清地叫着"哥哥",张开胳膊要抱抱,乖巧又黏人。

其实那一年他也不过刚满四岁,本是不记事的年龄,但当时发生的一点一滴、每一个场景和细节,却像刀刻斧凿般刻在他的心里,一分都不曾忘记。

"这一切,都是我的错。"顾君陶神色怆然,声音里带着愧疚和哀伤,"那时候你才不到两岁,我偷偷推着你去街上玩,却一时贪玩把你丢在了路边。等我想起来时,你早已不在原地。爸妈知道后,连夜找遍了附近所有的街市,却还是没有找到你。从那天起,他们没有一天放弃过寻找你的下落,后来,爸爸得到消息有一个被拐卖到贵州的女孩长得特别像你,便连夜赶了过去,不料在路上遭遇了车祸……妈妈伤心过度,卧病在床,没过多久也走了……"

姜念脑子里嗡嗡作响,喉头仿佛被一根带子紧紧束缚,想要问些什么,却怎么也发不出声音。

顾君陶没有勇气去看她的眼睛,低着头,嗓音喑哑地说:"这些年,我从来没有一刻原谅过自己,也下定决心这辈子一定要找到你,慰藉爸妈的在天之灵。可是当我真正找到了你,却不敢跟你相认……我怕你知道了真相会恨我,更怕会打扰你原本平静的生活。"

"那……茵茵呢?"姜念的心里突然有了一个可怕的猜想,"你和她在一起……"

"是因为你。"顾君陶知道这个答案说出来,一定会让姜念更加怨恨他,可时至今日,他不想再欺瞒她了,"我当时只是想找个合理的方式照应你,刚好遇到了乔茵茵。我得知她是你最好的朋友,才会答应和她交往。没想到一步错,步步错,造成了今天这个局面。如果我知道你在姜家过得不好,我一定不会瞒着你这么久。"

听到他说这样的话,姜念忽然觉得有几分可笑,冷冷地说:"姜家对我不好,那你呢?你轻飘飘的一句'一时贪玩',改变了我的整个人生,甚至我的亲生父母都已经不在这个世上了,我都还不知道他们长什么样子。你当时年纪小,不懂事,可后来呢?你明明有无数次机会把真相说出来,但你还是选择了隐瞒,甚至不惜伤害另一个女孩的感情。你口口声声说是为了我,但你扪心自问,这样做难道不是为了减轻你自己内心的负罪感吗?

"别再来找我了,我没有你这样虚伪、懦弱又自私的哥哥。"

姜念说完最后一句话,大步离开。

"蓁蓁……"顾君陶想要追上去,最终却还是停下了脚步,无力地站在原地。

这个秘密在他心里藏了二十多年,所有人都以为是妹妹自己贪玩跑了出去,却不承想他才是真正的罪魁祸首。当时他并没有意识到事情的严重性,只是怕说出来会挨打,后来渐渐懂事了,却更加难以启齿。可是,这个秘密就像一棵毒草,在他的心里生了根、发了芽,以最旺盛的姿态生长,然后在不见天日的黑暗里逐渐腐烂、污秽不堪。他厌恶这样的自己,却始终无力改变。无数次午夜梦回时,他都幻想着如果那一刻没有松开她的手,那么她便不会走失,爸妈不会去世,他们这个家依然是完整和幸福的。

可惜这世上没有如果,就像破镜不会重圆。

Chapter15.
唯一的城堡

▼

郁璟然将姜念送到广电大厦门口后,便调掉转方向,去了市中心的一家乐器店。还未进去,就听到一阵熟悉的 Poping 舞曲,他推开门,对着里面的人打了个响指。

那人扎着脏辫、穿着嘻哈,跳得正嗨,回头看到郁璟然,立马就乐了:"你小子怎么来了?"

秦潮和郁璟然是同期的练习生,他唱跳能力俱佳,可惜少了些运气,最后在竞选出道位的时候落选了。离开公司之后,他便开了这家乐器店,搞了间像模像样的录音棚,偶尔帮一些十八线的歌手做几首歌,算是个业余的音乐制作人,倒也自得其乐。

郁璟然倒是很欣赏他的风格,这些年来一直保持着联系,没事出来约个酒,在微信上互相发发自己新写的曲子什么的。

"最近写了几首歌,找你听听看,"郁璟然扫视了一圈空荡荡的店里,"会不会耽误你做生意?"

"放心吧,我这店里十天半个月都不会进来一个人,上次好不容易有个妈妈带着女儿来买钢琴,一见到我的模样立刻就吓跑了。"秦潮摸了摸自己的头发,语气有些遗憾,"毕竟大多数人都不懂我的风格。"

郁璟然好奇地问:"那你怎么赚钱?"

秦潮摆摆手,随意道:"没事,我家里有矿。"

郁璟然默默闭嘴。

"走,带你去看我新装修的录音棚,赶紧把 Demo 放出来听听。"秦潮摩拳擦掌,已经等不及要听歌了。

录音棚内。

伴随着前奏缓缓响起,秦潮的眼睛瞬间就亮了,听到最后,更是整个人都坐不住了,激动得拍手叫好:"你这脑子到底怎么长的,这些旋律都是怎么想出来的?真的绝了!怎么着,这次特意把Demo带过来,是不是想自己做?"

郁璟然打了个响指,问道:"有没有兴趣加入?"

"行啊!"秦潮一口答应下来,"什么时候开工?"

"先帮我找个人唱,只要声音和风格适合,其他都无所谓。"

"你不唱?"秦潮瞪大了眼睛,一脸诧异,片刻才反应过来他现在已经退出娱乐圈了,"你小子还真是洒脱,多少人挤破了头想红,你倒是说走就走,不带一丝留恋,我算是服了你。怎么着,以后真要转幕后了?"

郁璟然倒没想那么多,淡淡地说:"走一步看一步吧,不管怎样,我还是不想放弃音乐这条路。"

对于音乐,他们都有一样的坚持,这一点秦潮很能理解他,于是说道:"行,最近有不少要出片的新人歌手,我去问问看。"

"谢了啊,改天请你吃饭。"

两人聊得起劲,不知不觉忘了时间。

郁璟然一看手机,竟然都快九点了,连忙站起身,说道:"我女朋友差不多快回家了,我得赶紧回去。"

秦潮被他身上由内而外散发出的恋爱气息刺激得直起鸡皮疙瘩:"不是吧,你还真的转了性了,怼天怼地的酷盖变成居家好男人了?"

"像你这种万年单身狗,不会懂的。"郁璟然哈哈一笑,拍了拍他的肩膀,"走了啊,有消息给我打电话。"

走了几步,秦潮突然喊住了他,说道:"郁璟然,其实我一直以来都很羡慕你,不是因为你有多红,而是你可以拥有自己的舞台,那是我一直渴望却没有机会站上去的地方。如果可以,我还是希望你能回到舞台,你天生就应该在那里发光发亮。"

郁璟然脚步一顿,沉默了片刻说:"我再想想。"

郁璟然回到家，看到鞋柜上放着姜念今天出去背的包，知道她已经回来了，里里外外找了一圈却不见人影。他拨了电话过去，迟迟没有人接听，正要出门去附近找时，楼上的影音室里隐隐约约传来熟悉的铃声。

他三两步跑上去，看见姜念正抱腿坐在地上，背靠着沙发，静静地望着屏幕上的黑白影像。

"怎么跑这儿来了？"郁璟然一屁股坐在她身边，看了一眼正在播放的电影，顿时露出一脸的嫌弃，"怎么又看这个啊，这里面的台词我都背下来了，我以前背剧本的时候都没记得这么清楚过！哎，我那天刚买了新出的漫威电影，要不看那个？"

见姜念仍不作声，郁璟然这才觉得有些不对劲，问道："怎么了？"

郁璟然本想将她从地上拉起来，却被那冰冷的触感惊了一瞬，脸色蓦地沉了下来，声音里是压不住的怒气："是不是节目组的人为难你了？"

在他的拉扯下，姜念终于回过神来，她摇了摇头，眸光还是涣散的。

郁璟然更着急了："到底怎么了，谁欺负你了？你快告诉我呀！"

姜念望着他，像是在一片迷雾的森林里终于找到了出口，一直隐忍着的情绪在这一刻决堤了。

第二天早晨，姜念是在一阵颠簸中醒来的，睁开眼睛，映入眼帘的是窗外不断后退的风景。她愣了几秒，这才发觉原来自己是在车上。

"醒了？"

郁璟然戴着一副墨镜，英气俊朗，笑容满面地看过来。

姜念的眼睛还是肿着的，微微有些发痛，她轻轻地揉了揉，声音含混地问："我们这是要去哪儿？"

郁璟然从旁边拿来一袋早餐递给她，这才不紧不慢、神色悠悠地回答："马尔代夫。"

"什么？"姜念猛地坐起来，头差点撞到车顶。

八个小时后,当姜念站在马尔代夫海岛酒店的豪华套房里时,甚至都有一种还在做梦的幻觉。

"你为什么突然带我来这儿啊?"

"你不是喜欢大海吗?这里多好,打开窗就能看到海!"郁璟然脱了衣服随手扔在沙发上,往后一靠,伸了个懒腰,"再说了,我们俩交往这么久了,都没有好好约会过,现在有机会了,当然要补上啊!而且这儿谁都不认识我们,想干吗就干吗,多自在!"

姜念的目光落在那张约有两米长的豪华大床上,床上摆着玫瑰花瓣拼成的心形图案,花心的正中间则放着一盒醒目的杜蕾斯。

"你想干吗?"

郁璟然的动作蓦地停了下来,脸涨得通红,结结巴巴地说:"我……我不是那个意思,这花……这花是酒店布置的,我跟你一样事先都不知道!"

"真的?"

看着姜念怀疑的眼神,郁璟然终于坐不住了:"你先睡一会儿倒倒时差吧,这趟出来什么都没带,我去附近的超市买东西。"说完,他就像屁股着火了一般冲了出去。

看着他落荒而逃的背影,姜念忍不住笑了起来,一直笼罩在心底的阴霾仿佛也散去了不少。

有人说,马尔代夫是上帝抛洒在人间的项链,在这里,看一场瀚海星辰,度一段风流朝夕,才算是不负此行。

而郁璟然却是这万千俗人当中一朵绚丽的奇葩,作为水上运动的极度爱好者,他致力于将这里的冲浪、帆板、摩托艇等所有项目全都玩个遍,他不光自己玩,还要带着姜念一起玩。

两天下来,姜念觉得自己这辈子的运动量都没这么大过。

到了第三天,姜念实在扛不住了,赖在床上不肯起来。

郁璟然的兴致却是不减分毫,使出浑身力气拉她起床:"走!今天带你去体验个新项目!"

"还去？！"姜念累得连眼睛都睁不开了，叫苦不迭，"我今天只想躺着，要不你自己去玩吧。"

　　"那怎么行？"郁璟然一脸的不可置信，"一个优秀的男朋友怎么能丢下女朋友，自己一个人出去玩儿呢？周小琪说了，那样做的都是渣男！"

　　姜念恨不得把枕头砸在他脸上，然后大吼一声，求求你了，做个渣男吧！

　　最终，在郁璟然的软磨硬泡之下，姜念还是答应了。到了海边才知道，原来他口中那个神秘兮兮的新项目居然是潜水，这倒是比冲浪那些项目更吸引她，姜念顿时生出几分兴趣来。

　　新手体验水肺潜水，需要教练在一旁全程陪同，能够潜到的最大深度也只有12米，像郁璟然这种已经拿了AOW（开放水域进阶潜水员）证书的则可以下潜的深度更大一些。当然，作为一个非常优秀且有责任心的男朋友，郁璟然自觉收起玩心，全程都陪在姜念身边。

　　海底仿佛是另一个幽静而神秘的世界，成片的色彩斑斓的珊瑚、成群结队的热带鱼类，偶尔还能碰到几只慢悠悠游动的海龟，让人惊喜不已。

　　姜念像入了迷一般观察着海底的一切，这时，有人敲了敲她的头盔，抬眼望去，郁璟然不知从哪里抓了一块心形的礁石，正手舞足蹈地比给她看。

　　她便眉眼弯弯地笑了。

　　晚上，岛上举办每月一次的沙滩舞会。月亮升起时，沙滩上已铺满草席，大家席地而坐。一旁的按摩女郎和摊贩都在兜售着自己的服务。

　　郁璟然问道："想喝什么？我去买。"

　　姜念筋疲力尽地躺在沙滩上，有气无力道："随便。"

　　郁璟然摇摇头，一脸恨铁不成钢的样子："今天也没怎么玩儿啊，你这体力也太差了！"

　　姜念已经懒得说话了，一脚把他踹走。

郁璟然刚走，突然跑来一个小姑娘，看模样应该是本地人，手里拿着一堆漂亮的小裙子，一边指着姜念身上的衣服，一边叽里咕噜地说着当地的马来语。姜念虽然听不懂，但也大概明白她是在推销裙子，便笑了笑，随手买了一条。

小姑娘这才放过她，兴高采烈地去旁边寻找下一个客户。

姜念低头看了看自己身上的 T 恤和短裤，好像确实不太适合参加舞会，想了想，决定还是入乡随俗吧。她站起身，冲着郁璟然远远打了个手势，抬步回了房间。

沙滩上生起大火，远处有人在放烟花，舞会的高潮就此来临。附近沙滩上的酒吧将店里的音响搬了出来，放起了节奏感鲜明的动感舞曲，大家纷纷伴着音乐跳起舞来。

郁璟然一个人待着无聊，几杯鸡尾酒下肚就有些上头，一时来了兴致，直接踩着点跳了一段高难度的 Free style，立刻燃爆全场。周围的人纷纷停下动作，围成一圈对着他鼓掌叫好。

姜念换完裙子走出来，一眼便看到了人群中的郁璟然，情不自禁地勾了勾嘴角。无论何时何地，他好像总是有这样的魔力成为所有人关注的焦点。

可她不知道的是，此时的自己白色长裙，黑发明眸，在这样的异国海岛更显风情万种，同样备受瞩目。很快就有一个金发碧眼的男人走过来，附在她的耳边，十分暧昧地说："I'm not drunk（我没醉），but I'm just addicted to you（只是为你沉醉）。"

这么露骨的搭讪方式，姜念还是第一次遇到，一时有些尴尬，不知该如何回应。

"She is my girlfriend（她是我女朋友）！"郁璟然顶着一头炸毛冲了过来，一把将姜念拉进怀里，怒气冲冲地瞪着那个男人。

那个男人看到郁璟然这别具一格的发型，顿时惊了，但还算识趣，说了声"Sorry（对不起）"后便离开了。

姜念倒是很久没有看到郁璟然炸毛的样子了，忍不住笑了起来，抬手揉了揉他的头发，问道："生气啦？"

郁璟然躲开她的手,没好气道:"当着我的面搭讪我女朋友,我没揍他还算好的!还有你,你刚才为什么要对他笑啊?"
　　姜念无奈地说:"郁璟然同学,你看不出来我是在尬笑吗?"
　　郁璟然哼了一声:"没看出来,反正你以后不许对陌生男人笑!"
　　这还傲娇上了?姜念反将一军:"哦,我随便笑笑都不行了?那刚刚是谁像开了屏的花孔雀似的,在一堆漂亮小姑娘中间跳得不亦乐乎?"
　　郁璟然瞪大眼睛,不可思议地问:"哪儿来的漂亮小姑娘,我怎么一个都没瞧见?"
　　"哪里学的这么油嘴滑舌?"姜念笑笑,用手指掐在他的胳膊上,正要质问,却被他一把拉进怀里。
　　她仰头注视着他的眼睛,仿佛看到了漫天的熠熠星辰。
　　"我只知道,这里最漂亮的小姑娘就在我怀里。"

　　午夜即将来临,音乐渐缓,男士们纷纷伸出右手,邀请自己心仪的女士作为舞伴。朗朗夜空之下,伴随着柔和的节奏,随处可见缠绵缱绻的双人舞姿。
　　姜念并不怎么会跳舞,郁璟然便握着她的手放在自己腰间,温柔地说:"没事,跟着我就好。"
　　姜念将脸颊贴在他的胸前,跟着他的步伐缓缓移动,心里是从未有过的踏实。她知道郁璟然为什么带她来马尔代夫,为什么每天要安排那么多的游玩项目,为什么寸步不离地守在她的身边。他做的这一切,只是想让她忘记那些烦恼和悲伤,他不善言辞,却一直在用自己笨拙却无比真诚的行动告诉她,无论发生什么,他都会陪在她的身边。
　　她自小便独立惯了,所有的安全感都是自己给自己的,可是,再坚韧不摧的内心,也会有脆弱的一天。这是她第一次,想要去依赖一个人。
　　"谢谢你,璟然。"
　　谢谢你在漫天大雨里,给了我唯一的庇护。

在马尔代夫的这一个多星期，姜念总是会有一种身处世外桃源的感觉，碧海风帆，蓝天白云，让她的心也平静了下来。

回国后，姜念给乔茵茵拨了通电话，约在了一间两人之前常去的咖啡馆。

乔茵茵是无辜的，却平白被牵涉进来，赔付了自己将近五年的青春和爱情。虽然这是顾君陶一厢情愿的行为，但他到底是为了自己，姜念一度愧疚到无法面对乔茵茵。可是无论如何，她必须告诉乔茵茵这整件事情的来龙去脉，原谅与否，是乔茵茵的选择。

听完姜念的叙述，乔茵茵沉默了许久，问道："所以，顾君陶从来都没有爱过我吗？"

这个问题除了顾君陶自己，没有人可以替他回答。

乔茵茵耸耸肩，装作若无其事的样子，笑了笑，说道："你放心，我不会太难过的，我的眼泪早在跟他分手的时候就流完了，现在，我不会再为他流一滴泪了。"

姜念看着她强颜欢笑的样子，心里更是觉得愧疚："如果当初你没有认识我，是不是就不会……"

"那可不行！"乔茵茵握住她的手，语气坚定，"就算顾君陶是利用了我，那我也不会后悔跟你做朋友！从大学到现在，咱俩一起经历了多少事情，如果没有你，我还不知道自己会怎么样呢。再说了，顾君陶是假模假样也好，是假戏真做也好，总归他这男朋友演得还不错，我这些年也挺开心的，凭他的长相和人气，反正我也不亏！"

姜念知道乔茵茵是故意在用这样逗趣的口吻安慰自己，便忍着心头的酸涩，没有再继续说下去。

"对了，"乔茵茵顿了顿，说道，"我从朋友那里听说顾君陶前几天被停职了。"

姜念有些错愕："停职？"

乔茵茵点点头："听说是他之前做的那期抵制网络暴力的节目，没有经过领导的审批，就替换了别的节目临时上档的，被人举报他滥用职权、以权谋私。"

她看了看姜念的神色,迟疑了片刻,接着说:"我猜,这期节目他是为了替你发声才做的……念念,不管我和顾君陶怎么样,但他心里是真的疼你这个妹妹的,我希望你能再好好想一想你们之间的关系,别让自己以后后悔。"

从咖啡馆回家的路上,姜念的思绪就没有停下来过,乔茵茵刚才说的话一直在她的脑海里打转。的确,在顾君陶那期节目播出后,网上攻击她的营销号就少了许多。所以,顾君陶真的是为了她才这样做的吗?

这时,一阵电话铃声打断了她的思绪,屏幕上显示的是刘月清。她深吸一口气,接听了电话,出乎意料的是,刘月清并没有像上次那样歇斯底里,只是语气平静地说:"有时间回来一趟吧,我有些话要跟你说。"

第二天,姜念便坐上了回山城的航班。她不知道这一趟归程会是什么结果,但她必须回去,很多事情她渴望知道答案。

大门上方还是挂着熟悉的匾额"姜家面馆",不过今天旁边多了一块小牌子,上面写着"今日休息"。她穿过面馆的外间,走到客厅。

刘月清看见她进来,破天荒地倒了一杯水给她,脸上没有什么表情地说道:"坐吧。"

姜念接过杯子,喝了一口,问道:"姜玥呢?她怎么样?"

刘月清指了指姜玥的卧室,放低了声音说:"一直在家里待着,说什么也不肯回学校,整个人跟霜打了的茄子一样。"

姜念微微叹了口气:"我去看看她吧。"

刘月清一顿,点头道:"也好,你劝劝她吧。"

姜玥正窝在床上玩手机,看到姜念进来,眼睛一下子亮了起来:"你怎么回来了?"

姜念坐在旁边的椅子上,看着她说道:"你闹自杀,不就是想让妈来找我吗?你知道自己跟我说不管用,所以想用妈来逼迫我帮你,不是吗？"

"我哪有，是她偷偷去找你的，我也不知情。"姜玥有些心虚，低下头避开了姜念的目光。

姜念皱眉道："你之前明明已经答应我要安心读书了，为什么现在又闹着要拍戏？"

提到这个，姜玥就来气，愤愤道："还不是丁思琪那个小人过河拆桥！她明明答应给我介绍几个网剧的资源，可是现在完全不理我，还把我的微信电话全拉黑了！"

"丁思琪？"姜念觉得有些不对劲儿，"她为什么要帮你？"

"因为我帮了她一个小忙……"事到如今，姜玥觉得自己也没必要替那个女人打掩护了，便如实说道，"那天我带你去的休息室，其实是丁思琪的休息室，我也不知道她什么意思，但肯定是没安好心。其实我初选的时候已经被淘汰了，她听说我是你妹妹才答应帮我入选，后来也是她让我在节目上曝光你和郁璟然的合影。我看她八成是对郁璟然有意思，想要破坏你们的感情！"

姜念一愣，当初她以为那是郁璟然的休息室，所以想当然地判定跟丁思琪接吻的那个男人就是郁璟然，可其实她从头到尾看到的只有丁思琪的正脸，那个男人都只是背影而已。现在想来，在录制《悠闲的客栈》时，丁思琪就一直在明里暗里打探她和郁璟然的关系，还总是在她面前说起他们一起合作时的趣事，就算只是提到郁璟然的名字，丁思琪的眼睛也是在放着光的。看来，从姜玥一开始参加《造梦者》，丁思琪就已经在布这个局了。

看着姜念若有所思的样子，姜玥以为自己有戏，连忙上来握住她的手，刻意放低姿态，说道："姐，我知道自己错了，我以后会改的！看在我把这些都告诉你的份儿上，你一定要帮帮我啊！"

姜念站起身，直接拒绝道："我帮不了你，也不会帮你。"

"你……"姜玥终于忍无可忍，恼羞成怒道，"姜念，我低声下气求了你这么久，你不要太过分！我们姜家白白养你这么多年，现在不过让你帮我这么一点小忙，你都不肯，你有没有良心啊？"

姜念一顿，惊讶地道："你也知道？"

"我当然知道！"姜玥愤愤道，"你就是没人要的小孩，我爸妈好心收留了你，没想到你这么不识好歹！我告诉你，我从来没把你当作姐姐，我爸妈也没把你当作女儿，你在这个家从头到尾就是个局外人而已。"

"你闭嘴！"姜念看向她，一字一顿道，"我是没人要的小孩又怎样，我靠着自己的努力站稳了脚跟，现在也有了自己喜欢的职业！你得到爸妈的宠爱又怎样，你现在一无所有，就是个躲在房间里做白日梦的可怜虫！姜玥，你没把我当过姐姐，但我曾经真心拿你当过妹妹。今天是我最后一次奉劝你，如果你不早点从那些虚无缥缈的梦里醒过来，你这一辈子就废了！"说完，转身就走。

姜玥简直快气疯了，从后面追上来，大喊大叫："姜念！你说谁废了，你给我说清楚！"

刘月清听到里面的动静，连忙过去安抚姜玥，关好门，拉着姜念出来，责怪道："就不该让你进去，从小到大，你就不知道让让你妹妹！算了算了，以后也不会见了，我已经把你的东西都收拾好了，你带着赶紧走吧，从此以后，咱们就两清了。"

姜念看着面前的两个袋子，问道："您这是什么意思？"

刘月清叹了口气，说道："我知道这些年是委屈你了，不过玥玥到底是我们的亲生女儿，跟你不一样，我们偏爱她些也是正常的。不管怎么说，我也把你拉扯到这么大了，没有功劳也有苦劳吧，你以后也别怨我们了。"

姜念咬着唇，问："既然这样，你们当初为什么要收养我？"

"那会儿我身体不太好，结婚好几年都怀不上，听人说收养一个孩子就能添福报，没想到还真是，你来家里没多久就有了玥玥。"说到这里，刘月清顿了顿，挥挥手道，"行了，不说这些了。你现在也找着自己哥哥了，哪儿来的回哪儿去吧。"

姜念忍着泪不让自己哭出来，提着行李转身离开。

原来从一开始，她的存在就只是为了姜玥的出生而已，她曾经那么渴望得到父母的关爱、希望与姜玥和睦相处、期待在这个家里能多一些温暖，此刻看来简直就像一个笑话。

走到门口时，姜父推着轮椅追上来，叫住了她，面带愧疚地说："孩子，是我和你妈对不住你。你也知道，你妈这个人生性要强，后来我这腿瘫了，家里里里外外都靠她撑着，很多事我也不好说什么，希望你能理解……"

姜念看着身形佝偻的姜父，心头微酸，以前，她也曾盼着他能够站出来替她说几句话，可一次次失望过后，她便不再抱有希望。到了如今，她更没有立场责怪他了。

姜父顿了顿，神色有些为难："有件事……你妈不让我告诉你，但是我思来想去，还是得跟你说一声。前几天有个男的来家里，说是你哥……"

姜念问道："他来干什么？"

姜父叹了口气说："他给了我们一大笔钱，说是要偿还姜家对你的养育之恩。但我心里清楚，我们虽然收养了你，但从来没有尽到父母的责任，这钱我拿着心里有愧，让你妈别收，但她就是不肯听……"

姜念心头猛地一震，突然明白过来为何刘月清的态度会发生这么大的转变，她急速冲回屋内，当面质问刘月清："你真的收了顾君陶的钱？"

"这个老不死的，屁大点事都兜不住！"刘月清冲着门口啐了一声，对着姜念倒是挺理直气壮，"对，我收了。"

"妈！您怎么能要他的钱？"姜念努力让自己不要哭出来，可眼泪还是忍不住夺眶而出，"您收了他的钱，那我成什么了？就算我不是您的亲生女儿，就算您再不喜欢我，可我们到底一起生活了二十多年，在您心里，难道我就只是替您赚钱的工具人吗？"

"你说的这是什么话？什么工具人不工具人的，如果不是我们收养了你，你能不能活到现在还两说！你本来就应该给我们老两口养老送终的，这钱我该拿！算起来还是我们吃亏了，你有什么不满足的？"刘月清看了她一眼，撇过头去，"我说了，我们以后两清，你也别叫我妈了,赶紧走吧。"

姜念看着她决绝的表情,所有的依恋与不舍、期盼与等待,终于在这一刻都彻底消耗殆尽。她买了最近的一趟航班飞回霖京,直接打车去了顾君陶所住的小区。

顾君陶的公寓楼下停着一辆小货车,车厢里零零散散放着家用的东西,看起来是有人正在搬家。她往前没走几步,便看到顾君陶抱着一个箱子从楼里走出来,两人四目相对,都是一愣。

顾君陶的眼里透出一丝惊喜,问道:"蓁蓁,你来找我?"

姜念快步走到他面前,目光直直地盯着他,问道:"你到底给了刘月清多少钱,现在居然都要把房子卖了?"

顾君陶没想到她这么快就知道了,为了不让她担心,便故作轻松地勾了勾嘴角,说道:"没事,我就是换个地方住而已。"

姜念沉默地看了他半晌,低头从包里把所有的银行卡翻出来,说道:"我现在没那么多钱,先把卡里的钱都给你,剩下的我以后每个月分期还你……"

"你别这样,我没想过让你还!"顾君陶攥住她的手,急忙解释,"蓁蓁,你听我说,我那天见到刘月清,才知道你一直以来在姜家过的是什么日子。我知道你顾及姜家的养育之恩,不肯跟他们断了往来,可这样下去,你这辈子都摆脱不了他们的纠缠。刘月清贪财,用钱解决是最好的方式。而且,刘月清答应我,拿了这笔钱之后,不会再来找你的麻烦,我只是想让你以后可以自由自在地做自己喜欢的事情,不用再受他们的牵制……"

"我不需要!"姜念奋力推开他,将手中的包一股脑砸了过去,眼泪夺眶而出,"你以为你是谁,凭什么替我做决定?茵茵也是,姜家也是,你总是这样打着为我好的旗号,一厢情愿地插手我的人生,把我的生活搅得一团糟,其实根本只是为了减轻你自己的负罪感!你知不知道,你那些自以为是的同情心和怜悯只会让我觉得厌烦和憎恶!"

顾君陶被她推得跟跄了两步，沉默了半晌，才艰难开口，一说话喉头似被千斤重石压着："蓁蓁，我这辈子最后悔的事情就是当年没有紧紧拉着你的手，我甘愿用自己的一生去弥补这个过错。但我知道无论我做什么，都不能抹去你曾经受过的苦难。我不敢奢望得到你的原谅，所求所愿，唯有你二十五岁之后的人生能过得好一些。"

片刻，他俯下身将散落在地上的东西一一捡了起来放回包里，然后把包放在了姜念脚边，垂首离开。

落日下，他的背影透着沉寂和哀伤，如同一个垂暮的老人，已经过完了自己的一生。

姜念看着他，心脏仿佛突然裂开了一角。她怨恨因顾君陶的一次失误而改变了她的整个人生，可顾君陶甚至从来没有拥有过自己的人生。他从那么小的时候就独自背负着这个沉重的秘密，每一天都在愧疚和担忧中度过，他亲眼看着父母一个接一个在自己眼前离世，那个时候他的心里又会有多痛苦？为了能够留在她的身边，他答应了茵茵的追求，为了维护她，他丢掉了电视台的工作，他的事业、爱情、生活全都是围绕着她。那他自己的人生呢？如果没有她这个妹妹，他应该会从事自己喜欢的职业、跟自己真正爱的女孩子在一起，过着坦荡无忧、光鲜明媚的人生。这才是顾君陶应该有的样子。

可现在的他，却失去了一切，他又该去怨谁呢？

这一刻，姜念觉得自己心里所有的委屈与不忿、阴霾与怨恨好像都已经没有了意义，看着眼前越走越远的背影，她终于扯开嗓子喊了一声："哥哥。"

山川大海，风雨飘摇，只有家才是唯一的城堡。这座城堡里，我们唯有彼此，还有什么不能饶恕的呢？

Chapter16.
星光终璀璨

▼

　　《致命平行》的导演陈家辞作为圈内的一线导演，从业三十多年，由他拍摄的电影部部都是精品，更难能可贵的是，在这个炒作绯闻满天飞的演艺圈里，他还一直坚守着"重口碑、轻流量"的创作态度，最烦演员在拍摄期间不好好拍戏，搞出什么幺蛾子。

　　这次于曼姝贸然在发布会现场公开自己和林泽致的恋情，导致整个宣传关注点全都落在了那些乱七八糟的八卦新闻上，可是犯了他的大忌。再加上于曼姝迟迟进入不了角色，在片场屡屡NG，导演终于忍无可忍，跟投资商和制作人下了最后通牒，当即换掉了于曼姝。

　　离婚、秘恋小鲜肉、现在又被换角，这接二连三的丑闻让于曼姝的风评一落千丈，网上到处都是对她的恶评。

　　就在《致命平行》官微发布换角声明的第三天，一则"于曼姝在家中割腕自杀，现已被紧急送往医院，目前生死未卜"的快讯登上了各大社交媒体的头版头条，立刻震惊全网。几乎在消息传出的一刹那，所有媒体记者就兵分两路，一拨前往于曼姝所在的医院，一拨堵在了林泽致的拍戏现场。

　　全天下都在等着看林泽致会不会去医院看望于曼姝。

　　当天，林泽致是下了戏才从助理口中得知了这则新闻。虽然陈升早已明令禁止他和于曼姝有任何联系，但他还是想也没想，当下就冲了出去。一路上，十几家媒体的采访车紧紧追在后面，不知道的路人还以为在拍哪部电影大片。

　　病房里充斥着消毒水的味道，刚刚从生死线上被抢救回来的于曼姝躺在病床上，面色苍白，了无生气。

经纪人看到林泽致进来，轻声说道："你陪陪她吧。"说完便退了出去。

林泽致走近几步，看着于曼姝手腕上那一圈圈染着血迹的绷带，让人触目惊心。在他的心里，于曼姝是一个骄傲到甚至称得上有些自负的人，她永远知道自己想要什么，也从来不惧任何风险，不顾一切都要得到。他从没见她认过输，更是做梦也没想过她会自杀。

"你……究竟为什么要这么做？"

于曼姝闭着眼睛，声音如破布般嘶哑："什么都没了，我想不到还能活下去的理由……"

林泽致心头微涩，劝慰她："这部戏没了还会有下一部，你养好身体，还可以拍出更好的作品。"

"我自己的状态我自己清楚。"于曼姝目光空洞地望着天花板，轻声呢喃，"每个人在人生途中都会遇到无数个十字路口，每一个选择都至关重要，没有人会永远站在原地等着对方，一旦背道而驰，也许余生都会就此错过。你说得对，四年的时间的确改变了太多东西，一切都回不到以前了。无论是电影，还是你的感情，我都强求不得。"

林泽致喉头微动，想要说些什么，可最终还是咽了下去，良久问道："那……你接下来有什么打算？"

于曼姝叹了口气，说道："回美国吧。起码那里没有人认识我，我可以过上普通人的生活。"

顿了顿，她看向林泽致，目光哀婉，恳切地说："小致，在临走之前，我想最后拜托你一件事。"

她缓缓移动视线，望向窗外被夕阳染红的天空，轻声道："陪我再去一次龙达吧，我想最后再看一次那个地方。这次过后，我就彻底放你自由。"

林泽致飞车前往医院看望于曼姝，紧接着两人乘同一班飞机去往西班牙。就当所有人都以为他们即将复合时，于曼姝却在社交平台发表了最后一则动态："曲终人散，一别两宽。愿我的少年永远盛放，一如初见。"随后，便注销了账号，彻底在娱乐圈销声匿迹。

曾经享誉盛名的三金影后最终却以这样的方式退出影视圈，让人不胜唏嘘。

《请听我的声音》很快迎来了最终的总决赛。进入总决赛的一共六个人，这一个多月的比赛下来，除了姜念，其他的专业配音演员都已经被淘汰，现在留下来的都是艺人明星。

这个潜规则是整个节目组心知肚明的，配音演员的功底再好，没有流量、没有粉丝，根本炒不起热度，从一开始邀请他们也只是走个过场而已。姜念心里清楚，如果不是因为自己的话题度，肯定也不会留到现在。

最后的结果在意料之中，是由一位咖位最大的女星拿到了冠军。讽刺的是，她出道至今的每一部影视作品都是用的配音。

节目到了尾声，每个人依次发表参赛感言。轮到姜念的时候，她握紧了手中的话筒，犹豫了片刻，还是把自己的心里话说了出来。

"其实我来参加这个节目，只是想让大家能够真正地认识我，而不是通过那些匿名爆料帖，或者八卦新闻。"

话音刚落，立刻引起台下一阵骚动。导演和主持人对视一眼，眼睛里都闪烁着兴奋的小火苗。节目录了快两个月，姜念一直对自己的恋情闭口不言，没想到在结束的时候还能有这么大惊喜。

导演一声令下，关闭了除主持人和姜念外所有人的麦克风，生怕有人突然打断。

姜念的神色渐渐放松下来，缓缓说道："其实在平常的生活中，我很少看娱乐新闻，在认识郁璟然之前，我甚至不知道娱乐圈里有这么一个人。在我看来，他跟很多这个年纪的男生一样，爱发脾气，动不动就耍毛，也经常会惹人生气，但心底却比任何人都要温暖和善良。我喜欢他，不是因为他是多红的大明星，而只是因为他是郁璟然，这个世上独一无二的郁璟然。我不奢望每个人都能接受我们的恋情，但我恳请大家给我一个公平的被审视的机会，我没有网络上写的那么不堪，我有一直坚持的理想，我热爱配音这份职业，而且我可以做得很好。"

说到这里,她对着台下深深鞠了一躬,继续说:"最后,感谢在节目中遇到的所有前辈和同行,是他们让我看到了如何对自己喜欢的职业永远保持热爱与敬畏之心。一直以来,配音都是影视圈里最不显眼也最容易被忽视的行业,我希望通过这个节目,能让大家看到有这样一群人为影视剧添上了浓墨重彩的一笔。谢谢大家。"

语毕,观众席里响起了雷鸣般的掌声。

姜念从演播厅回到家,刚打开门,一大片五颜六色的彩带和礼花突然从天而降。周小琪不知从哪里跳出来,拿出一个卡纸做的王冠戴在她的头上,兴高采烈道:"念念姐生日快乐!对了,念念姐,我们刚才看你的节目了,太牛了!要我说,你现在可比小炸那个过气艺人红多了,干脆踹了他吧!"

"周小琪,我看你是不是想挨踹!"郁璟然拿着一个锅铲从厨房里狂奔出来,一铲子拍在周小琪的脑袋上,然后转身按住姜念的肩膀,郑重其事道,"生日快乐!你假装刚刚什么也没听到,第一句生日快乐是我跟你说的啊!"

"哟,小炸这吃醋的功夫真是与日俱增啊!"

一声熟悉的调侃声传来,姜念循声望去,看到裴佑的脸上挂着骚包的笑容,身后是很久不见的林泽致。

她目露惊喜地问:"你们怎么都来了?"

裴佑朝郁璟然努努嘴:"还不是你男朋友,提前一个月就嚷嚷着要我们把档期空出来给你过生日,每隔两天都要在群里提醒一下,烦人得要命!不知道的还以为你们俩今天结婚呢!"

姜念有些难为情,用胳膊肘捅了下郁璟然,说道:"又不是什么大日子,干吗这么大费周章呀?"

郁璟然却振振有词:"这是我们交往之后你过的第一个生日,当然是大日子了。而且你今天刚好录完节目,顺道也给你庆功嘛!"

姜念忍不住笑道:"我又没有拿冠军,庆什么功?"

郁璟然将她揽到自己怀中,目光温柔,认真地说:"在我心里,你就是冠军。"

没等姜念反应过来,其他三个人先忍不了了,纷纷搓着胳膊上的鸡皮疙瘩,一脸嫌弃道:"刀呢?我要手刃这只秀恩爱的夌毛狗!"

"好了,你们很久都没见了,你去陪他们说话吧。"姜念红着脸从郁璟然手上接过锅铲,正要去厨房,却突然反应过来,"哎,可是今天不是我生日啊!"

郁璟然对着厨房的方向微扬下巴:"是顾君陶告诉我的。他一早就来了,说要亲手为你做一碗长寿面。"

姜念一愣,顿时明白过来。当初她是被收养的,户口簿上的生日应该也是姜父胡诌出来的,而知道她真正生日的人,也唯有顾君陶。

明亮的灯光下,顾君陶挽着衬衫袖子,握着筷子将面条从锅里捞出来,这么家常的动作被他做起来,颇有一番气度不凡的感觉,果然应了他的名字,君子陶陶。

顾君陶听到动静,抬起头看过来,语调柔和地说:"回来了?"

"嗯。"姜念走到他跟前,将围裙系在他腰上,语气微微有些抱怨,"你们男人是不是都这样,做饭不喜欢系围裙,每次都弄得一身油点,洗都洗不掉。"

顾君陶笑了笑,微微诧异地问:"郁璟然还会做饭?"

姜念摇摇头,无奈道:"他就是三脚猫功夫,每次嚷嚷着要做给我吃,结果都弄得鸡飞狗跳,还得我来收拾残局。"

顾君陶弯了弯嘴角,将面条捞在碗里,放入调料,撒上少许香油和葱叶,一碗热气腾腾的长寿面便做好了。

"怎么样?我的厨艺比郁璟然强吧?"

姜念尝了一口,竖起大拇指,由衷地称赞道:"那可不是强得一星半点!"

顾君陶从旁边的柜子里拿出一个盒子,递给她,说道:"生日礼物。"

姜念好奇地问:"是什么?"

"打开看看。"

这是一本陈旧的相册,封面的一角还破了皮,看起来已有些年头儿。

她翻开第一张，映入眼帘的便是一张全家福。照片里英俊温和的男人一手牵着儿子，一手搂着旁边的妻子，妻子怀中还抱着一个婴儿。

姜念的眼睛一瞬间就湿了，哽咽道："这是……"

"这是你满月的时候，我们一家人拍的。"顾君陶伸手替她拭去眼泪，然后轻轻翻动着相册，给她讲述每一张照片背后的故事，"这是你一岁抓阄的时候，满桌子的东西，你偏偏抓着爸爸的钱包不松手，妈妈说你长大了肯定是个小财迷；这张是我们在抢零食吃，瞧，你哭得满脸都是鼻涕；还有这张，爸妈带着我们去海洋馆玩儿，你在海底隧道里隔着玻璃跟一只小鲸鱼聊天，怎么也不肯离开，爸爸觉得有趣就拍了这张照片……"

姜念屏住呼吸，仔细倾听，生怕错过他口中的任何一个字。那些有关于家的记忆，即使不曾记得，如今听来，却有一种滚烫和熟悉的感觉。她轻轻抚摸着照片上那对年轻夫妻的模样，心头酸楚，声音似卡在了喉头："原来，爸爸妈妈是长这个样子的……"

顾君陶点点头，目光落在照片上，透着无限眷恋，慢慢地说："我们的爸爸是一名很优秀的建筑工程师，我们家的房子就是他设计的，尤其是你的房间，他布置得特别用心，可惜后来为了替妈妈治病卖掉了，不然还可以带你去看看。妈妈之前在一所中学教语文，我们俩的名字都是她取的，她很喜欢古诗词，爸爸经常开玩笑说她是不是从哪个朝代穿越来的。"

顾君陶顿了顿，接着说道："以前我们家有人过生日，妈妈都会做一碗长寿面，你却没来得及吃过一次……蓁蓁，虽然你记不得了，但我还是想让你知道，我们的爸妈是这个世界上最好的父母，他们很爱你，特别特别爱。"

听到这里，姜念的眼里再次涌满了泪水，她紧紧抱着那本相册，轻声呢喃："嗯，我知道，我知道的……"

顾君陶看着心中酸楚，将她拥在怀里，轻轻拍了拍她的背。

看见她满脸鼻涕眼泪，倒是像极了小时候跟在他身后讨要糖果的样子，顾君陶的脸上不禁染上了笑意，像以前那样捏了捏她的鼻子，宠溺道:"好了,再哭就成小花猫了。"

姜念破涕为笑,瞪他一眼:"谁是小花猫啊?"

"今天是你的生日,要开开心心的才对。"顾君陶揉了揉她的头发,从一旁的椅背上拿起外套,"我还有事,就先回去了,下次再跟你多讲一些爸爸妈妈的事。"

姜念一看他这就要走,连忙说:"什么事这么急?你吃了蛋糕再走呀。"

这时,门口传来乔茵茵惊喜到快要昏厥的尖叫声:"啊!周小琪!裴佑!林泽致!天哪天哪,没想到我乔茵茵有一天也能同时看到你们四个人,妈呀,我没在做梦吧!"

看到顾君陶神色微变,姜念立时便明白了,他应该是怕自己在场,会让茵茵觉得不舒服。虽然她私心里想让他们和好,但这毕竟是他们两个人之间的事,外人不好去干涉。

姜念微微叹了口气,送顾君陶出门。

乔茵茵看到顾君陶从厨房出来,表情有一瞬间的凝固,但很快调整了过来,一副无事发生的模样,跟他打招呼:"Hi!"

顾君陶微微颔首,顿了顿,问道:"我们可以谈谈吗?"

乔茵茵一愣,点了点头。

楼下的停车坪里,一辆红色的奇瑞QQ横在停车位上,在一众规规矩矩的车子里显得尤为突出。

顾君陶看了一眼便笑了:"你新买的车?"

乔茵茵觉得有些丢脸,不好意思地"嗯"了一声,说道:"现在又没有男朋友送我上下班了,我当然得自己开车了。"

话一说出口,她突然就觉得这句话有种在抱怨的意味,连忙解释:"我不是那个意思啊,你可别多想。"

顾君陶看着她,目光里透着歉意,低声道:"茵茵,我知道自己一直都欠你一个解释……"

"你不用说了,念念都告诉我了!"乔茵茵慌忙打断他的话,摆摆手，装作不介意的样子，"咱俩的事早就翻篇了，现在说这些也没什么意思，而且你已经跟我说过很多句对不起了，我不想再听了。你是念念的哥哥，我是念念最好的朋友，咱们俩老死不相往来也不可能，就还是回到以前学长学妹的关系吧，见面了点个头打个招呼，也不用放到心里去。你说呢？"

顾君陶注视了她良久，轻声说了一句："好。"

分别的时候，乔茵茵还是没忍住问："那个……我听说你被电视台停职了，你……现在还好吗？"

"我已经辞职了，现在在考律师资格证，之后可能会进一家律师事务所。"

"哦。"乔茵茵一愣，很快回过神来，神色不自然地笑了笑，"反正你也一直不习惯在电视荧屏前工作，这样挺好的。"

"嗯。"顾君陶顿了顿，轻声道，"你从大学时领过驾照后就没怎么开过车，以后开车的时候要小心，没事多练练。"

乔茵茵摆摆手，不甚在意地说道："你放心，我技术好得很。"

她转身的一瞬，眼泪却落了下来。

随着周小琪的一声令下，姜念二十五岁的生日派对正式开始。郁璟然将跳跃着红色烛火的蛋糕端到姜念面前，一脸兴奋地催促道："快许愿啊！"

姜念瞧了一眼那蛋糕，乱七八糟的裱花，凹凸不平的表面，歪歪扭扭的字体，一看就是出自某人之手。她的嘴角浮起笑意，闭上眼睛，在心里默默许了一个愿望——

愿岁月无忧，万物静好，她爱的人、她身边的每一个朋友都能平安快乐。

默念完最后一个字，她睁开眼，鼓起腮帮子吹灭了蜡烛。

郁璟然早就迫不及待地想让她品尝自己的作品了，一边去拿蛋糕刀，一边说道："你尝尝，可好吃了，我研究了一个星期才做出来的。"

话音未落，周小琪已经抓了一把蛋糕抹在了郁璟然的脸上，笑嘻嘻道:"这年头谁还吃蛋糕,这样才好玩呀!"

气氛凝滞了三秒钟,伴随着一簇一簇的头发竖起来,郁璟然爆出一声怒喝:"周!小!琪!我今天不打死你,我就不叫郁璟然!"

周小琪立刻抱头鼠窜,逮着谁跟谁求救,可惜在场的人早已习惯了这一幕,没一个上去帮忙的。

没想到自己的偶像私底下这么放飞自我,乔茵茵有种梦想幻灭的感觉,她看了看一旁正在津津有味观战的裴佑,没忍住问了一句:"你不去帮周小琪吗?"

"我为什么要帮他?"裴佑反问道。

乔茵茵哭笑不得,对裴佑怒目而视。

这样的眼神倒是让裴佑生出了几分兴趣,他微微扬眉,走近几步,用那双迷倒过万千少女的桃花眼深情地注视着乔茵茵,声音充满了磁性:"美女,我好像在网上见过你,要不今晚这趴结束后,咱们再找个地方好好聊聊?"

"你……你怎么能说这样的话?你对得起周小琪吗?"乔茵茵咬牙看向他。

"哈?"裴佑愣了几秒钟,笑容逐渐僵在脸上,泡妞泡到了自己和队友的CP粉,还有比这更可怕的事情吗?

那头,周小琪已经被郁璟然压在了沙发上,惨叫连连。裴佑闲着无事,也加入了他们的战斗当中。只有林泽致仍是一贯两耳不闻窗外事的作风,优哉游哉地吃起了蛋糕,淡定如菊。

姜念走过去,笑着打趣道:"璟然做的蛋糕,你竟然也吃得下去?"

林泽致动作一顿,眼神里漾起一丝笑意:"还不错,比我的减肥餐好吃多了。"

姜念诧异地问:"电影还没拍完吗?"

"快了,这个月底应该能杀青。"林泽致顿了顿,语气里带着歉意,"有一件事,我要跟你道歉。之前在网上爆出的那则匿名帖是于曼姝找人发的,这是我跟她之间的事,没想到会把你牵扯进来,对不起。"

姜念愣了愣,这才反应过来他说的是那则乌龙绯闻,连忙摆摆手,说道:"没事,都过去了。要说对不起,也应该是我跟你说才对,那天晚上要不是你为了照顾我,也不会有后面那些负面新闻……"

林泽致心头微动,那一晚,她在大雨里浑身颤抖、满脸是泪的模样现在仍然刻在他的心间,彼时的心疼和怜惜也仍然记忆犹新。但他很快敛去了脸上的情绪,说道:"我相信任何人看到那一幕都不会袖手旁观的,再说了,我们是朋友。"

姜念点点头,眼睛里染上了笑意:"嗯,我们是朋友。"

林泽致看了看不远处的郁璟然,说道:"看你们现在的样子,应该已经没事了吧?"

"是我误会他了。"姜念有些不好意思,"你说得对,比起一般人的恋爱,娱乐圈里的爱情会面对更多的阻碍和风浪,所以,我应该更坚定一些才对。"

"你已经做得很好了,"林泽致笑了笑,"起码你比我,比于曼姝,都要坚定和勇敢许多。"

姜念已经在网上看到了于曼姝回美国的新闻,当初不顾世俗、疯狂相爱的两个人最终却落得这样的结局,她的心里也怪难受的。

"林泽致,我以前在书上看到过这样一句话,每一次相遇都是上天最好的安排,不管结局如何,只要尽力了,就是不负过往。我相信,你一定会遇到自己真正喜欢的女孩。"

林泽致神色一僵,目光落在姜念的脸庞上,喉头动了动,嗓音微微有些低哑:"如果……我已经遇到了呢?"

"嗯?"姜念没明白,好奇地看向他。

林泽致却像突然醒悟了一般,收回了目光,自嘲般地笑了笑:"没什么,我瞎说的。你说得对,我应该谢谢上天的安排,能够相遇,就已经很好了。"

林泽致知道自己从一开始就失去了先机,比不上郁璟然的勇敢,也不如他那般无所畏惧,那不如就让这场无疾而终的暗恋永远藏匿于心间吧,说出来也只是徒增她的烦恼而已。

"你们在说什么?"

郁璟然突然黑着脸出现在身后,吓了姜念一跳,她缓过神来,看了看正瘫在沙发上大口喘气的周小琪,忍不住笑起来:"你终于肯放过他啦?"

郁璟然没搭话,直接把她拉到自己身后,对林泽致一扬眉,说道:"小林子,我听说咱们公司进了不少漂亮师妹呢,你喜欢什么样的,我帮你介绍一个?"

林泽致的嘴角微微勾起,反将他一军:"是吗?我这个在公司的人都不知道,你怎么这么清楚?师妹很漂亮吗,有多漂亮?"

郁璟然立刻哑口无言。

姜念看向他,脸上挂着笑容,眼睛里却"唰唰唰"射出无数飞刀,冷冷地说:"你都说漂亮,那应该是特别漂亮了!"说完,踩了郁璟然一脚,转身就走。

"啊!"郁璟然痛呼一声,顾不得跟林泽致算账,赶忙追了上去,"不是,姜念,你听我解释啊……"

自从姜念参加完《请听我的声音》后,不少制作人都借着热度来找她配音,一时间工作量暴增。姜念想把之前的空档期补上,一口气接了五部剧,每天早出晚归,忙得脚不沾地。

这天一大早,她又赶着去录音棚配音,正想起床,就被郁璟然侧身给压在了床上。

郁璟然眼睛都没睁开,脑袋抵在她的脖子上蹭来蹭去,一边嘟囔着:"不许走!"一边还将手探到她的睡衣下不停揉捏。

姜念突然惊醒,赶紧按住郁璟然的手,从他身下挣脱了出来,说道:"不行!约好了八点钟开始的,我不能迟到!"

郁璟然听到这话顿时整个人都不好了,仰面倒在床上,抱怨道:"谁让你接那么多工作啊?老是留我一个人在家里,太过分了!"

姜念一边穿衣服,一边说:"我还欠我哥那么多钱呢,我当然得赶快赚钱还给他呀。"

"那算多少啊，我替你……"最后一个"还"字他还没说出口，就被姜念的眼刀给吓得收了回去，委屈巴巴道，"我们都在一起了，分得那么清楚干吗啊？"

"好啦，我保证今天五点钟之前就回来，我们一起吃晚饭，"姜念声音一顿，偷笑道，"对了，你的钱还是省着点花吧，毕竟你现在待业在家，别到时候我还得养你呀！"

她说完，赶快溜进了洗手间，锁上门。

作为一个男人的尊严受到这般挑衅，郁璟然当然忍不下去了，气得在外面拍门大叫："你放心！小爷我的钱够你花好几辈子了！"

姜念走后，郁璟然在床上躺了一会儿，觉得没意思，便翻身坐了起来，打算去网上找找旅游攻略。最近姜念工作太忙，他们俩都没有时间好好相处，是时候找个谁也不会打扰的地方好好享受一下浪漫的二人时光了。想当初在马尔代夫，他们的感情可是有质的飞跃……

结果没看一会儿，就接到了丁思琪的电话。

电话里她也没说几句，只是问他现在有没有空一起喝杯咖啡。

自从离开星娱，除了周小琪他们仨，其他人都没怎么联系他，现在丁思琪突然要约他出去，郁璟然觉得有些纳闷。

不过，到底还是一起合作过的师妹，没什么理由拒绝，他便应了下来。

给郁璟然打过电话后，丁思琪的心跳就没慢下来过，提早一个小时就到了约定的咖啡馆。为了防止被粉丝认出来，她特意挑选了一个包间，然后为郁璟然点了一杯他最爱的卡布奇诺，怀着紧张和期待的心情等着他。

过了一会儿，郁璟然在服务生的指引下走了进来。跟丁思琪的盛装打扮不同，他就穿着简单的白T恤、黑色裤子和运动鞋，戴着墨镜口罩鸭舌帽，虽然简单，但格外清爽帅气。

丁思琪的眼睛一瞬间亮了起来："师哥，你终于来了！"

郁璟然觉得今天的丁思琪好像跟以往不太一样，不过也没怎么在

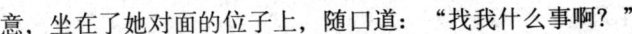

意,坐在了她对面的位子上,随口道:"找我什么事啊?"

丁思琪稳住心神,说道:"我的上一张专辑卖得还不错,公司打算给我出新EP,我想从你写的那几首新歌里选一首,我们俩合唱好不好?效果一定很好,你一定很快能再火起来的!"

丁思琪最近在一档音乐竞技节目上大放异彩,人气直线飙升,在娱乐圈的地位早已今非昔比。

她的笑容里带着隐隐的自豪:"我从一个制作人那里听到的,这种创作风格除了你,整个华语乐坛找不出第二个人,我一听就知道出自你的手,我已经让团队买了下来,我们马上就可以做起来。"

"你买的?"郁璟然一愣,之前秦潮打电话来,说是这些歌给了一个新人歌手,嗓音不错,挺适合这种风格。秦潮不会骗他,想来应该是丁思琪从中做了手脚。

他心里生出几许不快,直接拒绝:"这些歌不适合你,我会让秦潮把钱都退回去,以后不要这么做了。"

"师哥!"丁思琪猛地站起身,目光直直地看着他,表情有些委屈,"你看不出来我在帮你吗?"

郁璟然冷冷地说:"我不需要。"

"你明明天生就是属于舞台的,为什么要为了那样一个女人放弃这一切?她有什么好?不懂音乐、不懂创作、长相一般、身材一般,放在哪里都那么不起眼,平凡得不能再平凡,你到底为什么非她不可?!"丁思琪突然扑上来,从后面抱住郁璟然,情绪变得激动起来,"为了你,我进入星娱,拼命练习获得了出道资格,现在好不容易能够崭露头角,我所做的这一切都是为了能够配得上你,可是你为什么还是不愿意多看我一眼?"

郁璟然在一瞬间的震惊之后,很快推开了她,厉声道:"丁思琪,一直以来,我只是把你当作师妹看待。即使没有姜念,我也不会对你有任何其他的想法。还有,姜念怎么样不需要你来评判,要是有下一次,我不会对你客气的!"

见郁璟然要走,丁思琪急了,一把拉住他的胳膊,问道:"你真的一丁点都不记得我了吗？"

她手忙脚乱地将头上所有的发饰都摘了下来，长发披在肩上，一边用右手在额头上比画着动作，一边说："以前我有刘海的，你来医院看我，告诉我以后要好好读书，考一所好大学，过有意义的人生，你忘了吗？"

郁璟然猛地一顿，眼前的丁思琪与那个躺在病床上脸色苍白的女孩相比早已面容大改，但依稀可以辨出几分轮廓。

他惊讶地问："是你？"

丁思琪高兴得差点蹦起来："我就知道你还记得我！当时我出了车祸，所有人都在骂我，我以为自己这一辈子要完了。就当我万念俱灰的时候，你带着光和希望出现了，你为了保护我，不但放弃了起诉，替我挡下了那些攻击和骂名，还亲自来病床前看我。伤好之后，我改了名字，换了容貌，想要以一个全新的身份出现在你面前。没想到我真的成功了！"

她整个人像魔怔了一般，慢慢朝着郁璟然走过来，脸上带着甜蜜幸福的笑容。

"你知道吗，我从在电视上看到你的第一眼起就爱上了你，我爱了你好多好多年。以前，你是舞台上叱咤风云的天王巨星，我只是台下一个微不足道的小粉丝，我每天只能趴在ACE公寓外的树上偷看你，只要拍到你的一张照片我就心满意足了。可是现在，我终于凭借自己的努力站到了你面前，我可以跟你说话，闻到你的味道，触摸到你的皮肤……这简直像做梦一样！全天下没有人比我更爱你了，我们才是天造地设的一双。你回过头看看我好不好？"

郁璟然觉得汗毛倒竖，他怎么也没有想到，丁思琪竟然就是当年那个追车的私生粉。他当时看她年纪小，不懂事，便没有追究，没想到这么多年了，她仍然没有半点改变。时至此刻，他已跟她无话可说，只说道："我不喜欢你，现在不会，以后更加不会。"

这句话仿佛一把刀刺进丁思琪的心里，让她这么多年的努力全都付之一炬，她呆呆地坐在原地，眼神空洞而无望。

郁璟然看着她,叹了口气:"喜欢一个人不是这样的,你太极端,也太偏执,根本看不清自己想要什么。可以的话休息一段时间吧,不要让自己的天赋毁在这些乱七八糟的事情上面。"

语毕,他便抬步走了出去。

秋末的黄昏总是过得很快,厚重的云雾盘踞在天空,夕阳从云层的缝隙中迸射出一丝霞光,宛如沉沉大海中的游鱼,偶然翻滚着金色的鳞光,不久,便彻底消失。天色暗了下来,小区里的路灯逐渐亮起,空气里微微有了湿意,姜念不自觉打了个喷嚏。

郁璟然立刻脱下外套披在她肩上,问道:"冷了?那我们回去?"

"没事。"姜念摇摇头,歪头看他一眼,"看你一晚上闷闷不乐的,在想什么呢?"

"没什么。"

郁璟然并不想让姜念知道那些乌糟糟的事情,可他的心事又哪里能瞒得住,三两句话就被套出来了。

姜念愣了几秒才反应过来,不可思议地问:"丁思琪就是当年那个追车出了车祸的私生粉?我哥针对你做的那期《偶像失声》的节目就是因为她?"

郁璟然闷闷地点点头:"现在想想,顾君陶当时在节目里说的那些话也有道理。任何人都应该为自己的行为负责,我看她年纪小便息事宁人,但她并没有认识到自己的错误,改头换面,而是彻底抛弃了自己以前的人生。她一意孤行了这么多年,我感觉她现在精神方面都有点问题了。我在想,是不是我当时的做法才是真的害了她。"

姜念顿了顿,拉他坐在路边的长椅上,柔声道:"怎么说呢?如果你当时坚持起诉,她可能连大学都上不了,可能会对人生彻底失去希望,变得更加抑郁,发生比现在更严重的后果。任何一种选择都有好的一面,也有坏的一面。当时你做选择的时候,并不能预料到之后会发生什么,可是只要你最开始是抱着一颗善良的心去选择的,就不需要有任何愧疚。"

这番话让郁璟然的心里好受了一些,他弯下腰,把汤圆抱在怀里,一边来来回回撸它的毛,一边说:"算了,不说这些了,反正我以后不会再见她了。"

看着汤圆在他的手下吱哇乱叫,姜念心疼坏了,连忙把它夺回来,瞪他一眼:"你下手轻点啊!"

郁璟然"嘿嘿"一笑,腻在姜念身上跟汤圆争宠。

姜念有一搭没一搭地挠着汤圆的下巴,没注意把心里的话说了出来:"怪不得她之前故意让我误以为你们在接吻,原来她从那么早就喜欢你了。"

"接吻?我跟她?"这颗深水炸弹一下子把郁璟然炸蒙了,他瞪大眼睛,不可置信道,"你什么意思?"

"啊!"姜念猛地捂住自己的嘴巴,眼睛里透出懊恼,怎么就给说出来了呢!

现在轮到郁璟然审她了:"说!别想瞒我!"

姜念也没法继续瞒下去了,便把之前被姜玥带到休息室之后的经过都告诉了他。

所有的事情联系在一起,郁璟然这才恍然大悟:"所以你突然跟我分手是因为你以为我劈腿了?"

郁璟然拍案而起,又生气又觉得委屈地说:"我还以为你喜欢上了林泽致才跟我分手的,没想到是因为这个?!我那么喜欢你,你居然还怀疑我的真心!"

姜念自知理亏,赶忙跟他道歉:"对不起嘛,乍一看到那样的场景,是个女生都会误解的,而且我也真的没想到姜玥会跟丁思琪联合起来骗我。"

顿了顿,她连忙握住了他的手,可怜巴巴地看着他,说道:"我知道错了,你原谅我吧,好不好?"

姜念很少撒娇,这一通操作自然让郁璟然愣了半天才反应过来。

为了防止以后再发生这种事情,郁璟然下定决心这次一定要给她一个教训,便故意板起脸来不看她,掷地有声道:"撒娇也没用!你这是对我人格的侮辱！对我灵魂的践踏！对我真爱的否定……"

"等等！"姜念突然回过神来，打断他的发言，"你刚才说以为我喜欢林泽致才跟你分手？"

郁璟然一下子熄火了，别扭地说道："难……难道不是吗？之前你们在龙达的悬崖上就抱过了，你上次回家也是他送的你，你那次生病他居然照顾了你一个晚上，还有你生日派对那天，你们俩也老是偷偷摸摸地讲话。"郁璟然越说越酸，忍不住用力揉捏了一番汤圆的耳朵。

"你现在这醋是吃得越来越离谱了！"姜念揪起他脸颊上的那两团奶膘狠狠揉捏了一番，没好气道，"我都跟你解释过了，他在悬崖上抱我是因为他当时很难过，想找个人安慰罢了。至于回家，是因为他当时看我发烧了才送我的，那晚在酒店也是我让他不要告诉你的，他留下来估计也是怕我出什么意外。生日那天，我们是在说于曼姝回美国的事情，人太多了不方便讲出来而已，这么小的事你居然都记着呢，真是个小气鬼！"

郁璟然哼了一声，撇过头，说道："当然记得，跟你有关的所有的事我都记得。"

姜念忍不住笑起来，揉了揉他的头发，说道："好啦！我怎么可能会喜欢林泽致啊？他对我来说，就是和周小琪、裴佑一样的好朋友啊，好朋友之间彼此关心是应该的啊，哪有那么多乱七八糟的想法。"

"别老把我当小孩！"郁璟然有些不满她老是这样像撸汤圆一样摸他的头发，一把将她搂进怀里，语气还是酸溜溜的，"哪来那么多好朋友，我看是大灰狼才对！"

不过，兄弟是兄弟，女朋友是女朋友，郁璟然不会因为林泽致喜欢姜念而对他心有芥蒂，就算是哪天林泽致真的正大光明来追姜念，郁璟然也不怕。

ACE组合第四张新专辑历经磨难，终于于近日在全网发行。这一次，从词曲、编舞到MV制作，星娱都下了血本，并邀请了国际顶级音乐制作人亲自操刀，可惜效果还是不尽如人意。如果这张专辑是出自别的歌手或组合，那一定是值得赞誉的，但与 ACE 以往的歌相比，显得太过平淡。就像是一篇标准的高分作文，虽然很优秀，但太过模式化，没有任何惊喜。

ACE 以往专辑里的歌绝大部分都是郁璟然写的，可以说，他的个人风格强烈地影响了 ACE 的风格，甚至从某种程度上来说，郁璟然已经成了 ACE 的灵魂人物，一旦他不在，ACE 的歌仿佛都没了那种独特的魅力。

娱乐圈向来都是十年河东十年河西，ACE 自出道起就一家独大，如今因为两大 Top 成员的丑闻事件，再加上新专辑反响平平，网上很快有了各种嘲弄的声音。尤其是丁思琪，她一直被冠以"ACE 师妹"的称号，如今终于扬眉吐气，不少粉丝已经在明里暗里地拉踩 ACE。

这下可点了炮仗了，郁璟然的粉丝哪里咽得下这口气，纷纷摇身一变成了事业粉，跟 ACE 的团粉同仇敌忾，共抗外敌！谁管你女朋友是谁？歌好听、舞台好看、霸榜第一才是关键啊！当然这也要归功于姜念在之前的配音竞技秀节目上圈粉不少，赢得了很多路人的好感。郁璟然的粉丝也逐渐没有那么反感她了，每天都有很多人去他的微博下面留言，期待他早日归团。

说好了一起看电视，姜念却躺在沙发上玩手机，滑了快半小时了，嘴角的笑意就没消失过。

郁璟然坐在她脚边的地毯上，偷偷转过头瞄了几眼，终于憋不住了，问道："跟谁聊天呢？开心成这样？"

"我在看你的微博留言，"姜念笑道，"你的粉丝都太可爱了。"

"我的粉丝当然可爱了，不过，"话音未落，郁璟然一把攥住她的胳膊，整个人都压了上来，一本正经道，"我才是最可爱的，所以你还是多看看我吧。"

姜念默默地盯着他看了三秒，神色平静地说："下次再让我看到你看那本《土味情话三百篇》，就罚你睡一个月影音室！"

"哦。"郁璟然讪讪地缩了回去，小声吐槽，"周小琪明明告诉我，看这本书可以营造更浪漫的氛围，加深恋人之间的感情啊。"

"周小琪一母胎单身,你跟他瞎学什么呀?"姜念哭笑不得地推开他,再拿起手机时,目光却落在了一条最新发布的新闻上。

她有些不敢相信眼前看到的内容,怔怔道:"《凤凰劫》要上了?"

郁璟然也是一愣:"没听说啊,这么突然?"

《凤凰劫》的突然定档让很多人都始料不及,说起来这部片子也真是命途多舛,先是男主角恋情曝光,公开宣布退出娱乐圈,没过多久又爆出女主角陈斯吟和某集团老总夜会酒店的新闻,导致这部电影一压再压,就在所有人都以为没戏了的时候,没想到突然正式登陆各大院线。

更出乎所有人意料的是,这部电影首日上映票房就突破了三亿,并且口碑不俗。这个成绩在同类型的武侠片中可以说是一个奇迹了,这首先要归功于题材新颖、剧情精彩、服化道精美、主演演技也到位,但是,这部电影最出圈的却是郁璟然的古装造型。

郁璟然是唱跳歌手出道,这是他第一次拍古装,大家本没有抱什么期待。但当那个鲜衣怒马、恣意傲然的少年郎出现在大银幕上的那一刻,所有人都被惊艳了。如果说,古装是检验帅哥最大的利器,那么郁璟然无疑交上了一份完美答卷。虽然他的演技还稍显青涩,但这份青涩却与那个初入武林、不知天高地厚的少年不谋而合,反而成了加分的地方,还更显灵气和自然。而且,他的台词功底比起上部戏,竟然有了突飞猛进的提高,可见是私底下下了不少工夫的。

年底向来都是发歌的热门时段,丁思琪携自己的最新单曲《蜕变》再次席卷各大音乐榜单,她的歌曲接连爆火,一度压过了 ACE 组合,现在已经被媒体冠上了"内地歌坛小天后"的称号,一时间风头无两。

可是,就在这一片称颂声中,几首籍籍无名的单曲却悄悄爬上了榜单,排名迅速上升,并在三天后就将《蜕变》挤下了榜首宝座,其中两首歌还分别获得了"星曲奖"的年度最佳编曲人奖和最佳单曲制作人奖。而令人吃惊的是,这些歌居然都是出自郁璟然之手。

尽管郁璟然的创作能力早就得到了大家的认可，但这是他第一次脱离了 ACE 组合，单纯作为一个幕后工作者为其他歌手制作歌曲。而这些歌手还都是初出茅庐的新人，没有粉丝流量加持，个人风格不突出，单曲最终的完成度以及市场的反响度如何更考验制作人的功底。

这样一来，郁璟然也算是替 ACE 的粉丝们压住了丁思琪的气焰，狠狠出了一口气，顿时让所有团粉信心大增。电影的热卖，再加上新歌的发布，使得郁璟然再次爆红，而粉丝们对他的想念也达到了高潮，郁璟然回团的呼声愈加高涨。

然而，不管外面的声音有多大，整个星娱公司却平静得仿佛没有一丝涟漪。所有人都说郁璟然不可能回来了，但是 ACE 的每个粉丝心里都藏着一个坚定的信念，仿佛冥冥中有一股力量，牵引着她们继续等待着。

一年后。

"星曲奖"颁奖盛典直播现场，当 ACE 的四个人完完整整站在台上，一曲《Grow up》唱响全国，粉丝们终于知道，那股力量叫作团魂。

荣辱与共，共享星光，四个人的 ACE，才是真正的 ACE。

唱跳表演结束，主持人走上台来，不可避免地问起了郁璟然这次重返舞台的感受。

郁璟然沉默了很久，然后分别抱了抱裴佑、周小琪和林泽致，又对台下的观众们深深鞠了一躬，认真地说："谢谢你们一直以来的等待，也谢谢你们还愿意接纳我。

"我知道自己一直以来性格都不好，也从来没什么好脸色对你们，谢谢你们容忍我这么久。坏小孩遇到了爱情，才知道每一份喜欢都是很珍贵的。可是这些喜欢加起来太过沉重，我希望你们能在爱我的同时，能够好好地爱自己、爱身边的人。"

台下顿时沸腾起来，欢呼声、呐喊声、哭泣声汇集成一片汪洋。

郁璟然握紧话筒，沉声说道："当初我离开的时候说过，一个真正的偶像应该拿作品获得观众认可，现在我回到这里，虽然离这个目标还差之千里,但我仍然会和队友们一起努力。希望有一天,我们能用自己的实力,重新定义偶像这个名词。"

郁璟然回归,ACE 四人合体,立刻引发了全网轰动。《Grow up》在各大音乐平台上的总销售额很快突破了历史纪录,达到了令人咂舌的高度,有人说,ACE 的火爆程度甚至超过了刚出道时的巅峰期。

郁璟然和姜念的恋情也彻底被粉丝们接受,一夜之间,姜念的微博粉丝关注数量暴增,评论里突然不约而同地走起了煽情风。各种催人泪下、各种言辞恳切、各种真情实感,全都是拜托她好好照顾她们的小哥哥。

姜念却还没来得及看,就被郁璟然拐到了自家卧室的床上。

因为,今天是郁璟然的二十二岁生日。为了达成所愿,他甚至将网上百度到的婚姻法摆到了姜念面前,义正词严地宣告自己现在已经过了法定结婚年龄,绝对有资格也有能力承担起一个男人应尽的义务和责任。

姜念先是无语,突然又反应过来,问道:"不对吧,百度百科上说你的生日在下半年好吧?"

郁璟然急了,坐直了身子跟她解释:"我身份证上的生日不对,你要是不信,现在就打电话问我妈!"

姜念赶忙从他手里抢过手机,有没有搞错?为这种事情给他妈妈打电话,她以后还要不要见人?

"小浑蛋!"

姜念实在气不过,狠狠拧了拧郁璟然的脸颊,看着那红扑扑的颜色,却还是心疼了,微微仰起头,圈住了他的脖子。

郁璟然勾了勾嘴角,很自然地堵住了她的嘴。

第一次总归有些生疏,但郁璟然天赋过人,在之后的第二次第三次都发挥超常。

一夜失控的后果就是——第二天早上,郁璟然发烧了。

天快亮的时候,姜念是被热醒的,只觉自己被包围在一个滚烫的火炉里。她睁开眼睛一看，郁璟然脸颊通红，摸上去烫得要命。姜念喂他吃过药，又敷了个冰袋在他额头上，才总算松了口气。

姜念一时间有些无语，为什么人家小说写的都是女主角累得起不来床，到了她这里躺在床上的却是男主角啊？

想着等他醒来能吃点儿东西，姜念打算做个养胃的薏米山药粥。她正要从柜子里把电砂锅拿出来，却突然看到了无名指上的戒指。

晶莹剔透，在阳光下散发出夺目的光芒。

这时，耳边传来一阵脚步声。她抬头看去，郁璟然穿着她新买的卡通睡衣，头发乱糟糟地竖着，睡眼迷离，一副还没睡醒的样子，嘴里却嘟嘟囔囔地抱怨着："你跑这儿干吗啊，再陪我睡一会儿！"

姜念伸出手指晃了晃，弯起嘴角，问道："这是什么意思？"

郁璟然一瞬间清醒了过来，这时，裤兜里的手机疯狂响个不停，拿出来一看，ACE 的四人微信群里已经被刷了无数条信息。

裴佑：小炸，餐厅、烟花、乐队，都准备好了，你什么时候到？@郁璟然

林泽致：人呢？@郁璟然

周小琪：现在都快十二点了，你怎么还不来？@郁璟然

周小琪：郁！璟！然！你死哪儿去了？@郁璟然

郁璟然的心"咯噔"了一下，手机掉在了地上。

他计划了整整一个月的超级完美、宇宙无敌的求婚仪式，居然因为昨晚一时的意乱情迷而提前剧透，现在又因为发烧错过了约定时间！

郁璟然真是想死的心都有了！算了，戒指给都给了，仪式回头再补上吧。

郁璟然鼓足勇气，单膝跪在地上，认真地说："姜念，也许你会觉得我年纪还小，或者我们在一起的时间还不够长，现在求婚还太早了。但我想告诉你，我郁璟然二十一岁就认定的事情，就算到了八十一岁也还会坚持。我爱你，我想不到世界上还有比这更值得我坚持的了。我想分享你所有的喜悦和悲伤，想在你需要的时候第一时间出现在你身边，想今后的每一天都和你一起度过。嫁给我，好吗？"

他的眼睛里带着忐忑与期待，像夜空中最亮的星星，蕴含着浓烈的爱意和决心，让人心动不已，无法抗拒。

姜念蹲下身，轻轻地环住了他的腰，柔声道："好，那我们就一起坚持。"

她爱的这个少年，在追逐梦想的道路上披荆斩棘，无惧无畏，收获过鲜花与掌声，也遭受过诽谤与冷眼。前路必定不会坦荡，但何其有幸，他们在最混沌迷茫的日子里遇到了彼此，那么，就一起牵手走下去吧。她会看着她的少年站在舞台中央的聚光灯下发光发亮，成为一名真正的偶像。

番外一
醉酒

▼

ACE 组合四人携最新专辑重磅回归，很快就重回流量巅峰，星娱公司趁热打铁，开启了新一轮的亚洲巡回演唱会。最后一场香港站的演唱会结束后，所有演职人员齐聚皇冠会所举办庆功宴。

包厢里，大家都彻底放松下来，唱歌的、喝酒的、玩牌的，怎么开心怎么玩儿。一片喧嚣声里，郁璟然的画风却不大一样。从一进门开始，他就坐在沙发上低着头看手机，满脸写着不爽两个大字。一般这种情况下，熟悉他的人都会自觉保持距离。当然，周小琪除外。

周小琪唱完一首抖音神曲后，蹦跶到郁璟然身边，没心没肺地问了一句："小炸，念念姐还来不来啊？"

话音未落，郁璟然一记眼刀射向他。

两个人的工作都很忙，算起来都快有一个月没见面了。这次她明明说好会来看最后一场演唱会，可这都结束了人还没到，郁璟然心里早就憋了一股气。现在周小琪哪壶不开提哪壶，正中靶心，哪有不挨揍的道理？

郁璟然一个转身将周小琪撂倒在沙发上，正要开揍，包厢门却突然被推开了。

"不好意思，我……"姜念话音未落，突然看到眼前这一幕，愣了足足三秒，脑子里蹦出三个字，"打扰了……"

周小琪戏瘾大发，装出一副仓皇无措的模样，急声道："念念姐，事情不是你看到的这样，你听我们解释啊……"

"解释个鬼！"郁璟然嫌恶地推开他，坐直身子，瞟了一眼姜念，又移开视线，闷闷道："你怎么现在才来？"

姜念看了看郁璟然头发的高度，知道他这回气得不轻。她赶忙坐过去，抱住郁璟然的胳膊，柔声道歉："对不起啦，我上一个工作出了点问题，临时要补录几个片段。我已经尽最快的速度赶过来，没想到还是迟到了。我真的不是故意的，原谅我好不好？"

这时，阿城拿着手机急匆匆走过来，说道："炸哥，陈导的电话。"

郁璟然看了看姜念，冷哼一声，起身去接电话了。

"别理他！"周小琪拉起姜念的胳膊，"小炸那狗脾气你又不是不知道，晾他半小时就好了。走，跟我们玩会儿牌去！"

姜念连忙摆手："可我不太会玩……"

周小琪拍着胸脯信誓旦旦地保证："有我在呢，绝对不会让你输！"

姜念还是头一回见到这种场面，几十个玻璃杯摆成一排，挨个倒满伏特加，谁输了就要喝光一整杯。这会儿场上是裴佑、陈升和林泽致三个人在玩儿，裴佑见到姜念过来，便主动让贤。

姜念骑虎难下，只能硬着头皮上了。然而，陈升腹黑毒辣，林泽致技高一筹，再加上周小琪这个狗头军师在一旁瞎指挥，她哪里是这两个人的对手？

等郁璟然打完电话进来，她已经在喝第三杯酒了。

郁璟然冲过来一把抢过酒杯，转头看向周围这群人，怒道："你们谁让她喝酒的？"

周小琪吓得浑身一哆嗦，解释道："我本想替念念姐喝，可是她不让，而且我们已经把伏特加换成果味酒了，没事儿……"

"什么没事儿？她根本不会喝酒……"

"你吵死了！"姜念一把夺过酒杯，"咕咚咕咚"全喝了下去，然后将酒杯蹾在桌上，愤愤道，"一生气就板着脸不理人，多大了你，幼不幼稚啊？行！不理就不理！一边儿去，别打扰我们喝酒！"

全场瞬间安静。

几杯酒下肚，姜念有些上头，脑子蒙蒙的，眼前的一切都有种天旋地转的感觉。

郁璟然急忙过来扶她。姜念嫌弃地推开他，然后一把揽住周小琪的肩膀，说道："来，我们继续玩！"

周小琪瑟瑟发抖地说："念念姐，要不还是算了吧，小炸他……"

"怕他干吗？"姜念一脸恨铁不成钢的样子，"小琪，你不能总是喝美容汤呀，有空也去健健身嘛，不然老是被他们压着打，也太惨了！"

周小琪咬着袖子，含泪控诉："念念姐，你变了！"

"哈哈……"裴佑疯狂拍大腿，大肆嘲笑周小琪。

姜念将目光转向他，说道："裴佑，其实我一直很想问你，你为什么总是喜欢穿这种荧光色的衣服啊，blingbling 的，真的好土哦！"

裴佑动作一顿，表情瞬间凝固。

看见此情此景，林泽致默默地将卫衣的兜帽拉到头上，极力降低自己的存在感。但是，没有眼力见儿的人还是大有人在。

"阿城，去楼上开个房间，"陈升嫌弃地看了眼姜念的醉态，对郁璟然挥挥手，"赶紧带她去醒醒酒吧。"

"我不走！"姜念推开郁璟然，晃晃悠悠地走到陈升面前，一把抓住他胸前的衣服，然后在他的脸颊上拍了拍，"喂，大魔王！"

陈升的脸上发出一声脆响，围观群众不约而同倒抽一口凉气。

姜念手下的动作不停，嘴里还在嘟嘟囔囔地抱怨："我说你也太会压榨人了，恨不得他们一天二十四小时都在工作，什么奇奇怪怪的通告都接，难怪周小琪说你是掉进钱眼里的周扒皮！裴佑也经常说，你一开口，方圆五里的空气比化粪池的味道都臭！还有啊, 郁璟然……"

话音未落，郁璟然立刻捂住了她的嘴巴，裴佑和周小琪也如梦初醒，火速奔过去，帮着郁璟然一起把姜念往门外拖。还没走两步，就听到身后传来陈升一声阴恻恻的恐吓："你们三个，都死定了！"

三人瞬间僵在原地，郁璟然瞪着周小琪，咬牙道："都是你干的好事！"

周小琪也很委屈，谁会知道平时温柔可人的念念姐喝多了会变成毒舌暴力的女汉子啊！杀伤力堪比原子弹，真是太可怕了！

番外二
乌龙

▼

这天，ACE 组合录制一个综艺节目，候场的时候，大家坐在后台化妆间里聊天。

正当裴佑和周小琪为了游戏里的一个角色吵翻天时，郁璟然突然一脸凝重地说："兄弟们，我可能要当爸爸了。"

全场瞬间安静。就连林泽致一贯面无表情的冰块脸都崩掉了："你说什么？"

"真的？"周小琪终于反应过来，立马蹦起来，兴奋道，"我要给念念姐打电话恭喜她！"

"先别打！"郁璟然赶紧制止他，"她还没有告诉我，是我自己发现的。"

"你发现的？你怎么发现的？"裴佑露出一个猥琐的笑容，"你不会是去翻洗手间的垃圾筐了吧？"

林泽致和周小琪同时发出鄙夷的声音："咦……"

"去你的！我有那么恶心吗？"郁璟然踹了裴佑一脚，正色道，"我是靠着各种线索分析推测出来的好吗？第一，姜念每个月来例假的时候都会肚子疼，这个月明明时间早就到了，她也一直没事；第二，她这几天吃饭的时候老是干呕，想吐又吐不出来，特别难受的样子；第三，也是最关键的一点，我昨天在抽屉里发现了她去医院的挂号单，可是还没等我看病历本，就被她抢走了，她当时的表情特别紧张，肯定是有问题！综合以上表现，只有一个结论，那就是——她怀孕了！"

裴佑愣了愣，转头问林泽致："你俩最近拍的那是什么戏？"

林泽致回答："悬疑题材，他演警察。"

"难怪！"裴佑一拍大腿，"小炸，你这是入戏太深了吧？"

"不！我觉得小炸的分析是对的！"周小琪站起来，用食指敲了敲额头，若有所思道，"我突然想起来，我前天去你们家的时候，发现念念姐在炖猪蹄。众所周知，猪蹄就是用来下奶的啊！"

"扑通"一声，裴佑从凳子上掉了下去。

郁璟然有些尴尬地挠了挠鼻子，说道："还没到那份上……不过，你的话也有一定的参考价值。我想她现在应该还没有做好心理准备，先给她一段时间慢慢接受吧，你们都要替我保密啊！"

裴佑从地上爬起来，拍了拍郁璟然的肩膀，一脸坏笑道："行啊，小炸，行动力够快的嘛！"

"那是，我可是天赋异禀！"郁璟然倒是很骄傲，他猛地站了起来，双手握拳，满脸红光，"我已经报了奶爸培训班，假以时日，我一定会成为一名最完美、最优秀的奶爸，然后用满满的爱意来迎接我们爱的结晶！"

很少看见郁璟然这么认真的样子，裴佑和周小琪都被感动了，一个劲地给他加油打气。

林泽致看着他们三人抱作一团，突然觉得哪里不太对劲儿。

郁璟然要做的第一步，当然就是置办婴儿房了。不过两人同住一个屋檐下，要想瞒过姜念可不是件容易的事情。郁璟然便想了个办法，声称自己要改装一间录音棚，需要买些东西回来。姜念信以为真，也没有多问。

于是，接下来的一个星期，陆续可以看到郁璟然搬着许多大大小小的箱子回来，然后神秘兮兮地抱到房间里，一捣鼓就是一个下午，进进出出还都锁着门。

奇怪的事情可不只是这个。

首先，郁璟然一向最喜欢吃她做的饭，现在居然明令禁止不许她下厨了，就连她稍微站了几分钟，都要紧张地扶着她坐下来。

其次，郁璟然以前喜欢听一些节奏感很强的电子乐，现在都换成了轻柔舒缓的钢琴乐，有时候听得他都快睡着了，还要拍拍脑袋坐起来，强撑着继续陪她听。

还有，他们自从有了第一次之后，郁璟然每天晚上都跟头饿狼似的，恨不得时刻缠着她，可现在居然一上床就自动跟她保持十厘米的距离，一副老僧入定的模样。

最后，当顾君陶每天下午提着各种煲汤，跟下班打卡一样跑来他们家里的时候，姜念终于觉得不对劲了。

谜底终于在三周后揭开。在周小琪和乔茵茵一左一右的搀扶下，姜念怀着万分疑惑的心情踏进 ACE 公寓。东东和西西雀跃着扑上来抱住她，郁妈妈赶忙冲过来拉走他们，一脸紧张道："不许调皮，吓到嫂嫂肚子里的小宝贝怎么办？"

姜念一惊。

"嘭"的一声，漫天彩带礼花洒下，周小琪和裴佑齐声喊道："Welcome to baby shower party（欢迎来到迎婴派对）！"

郁璟然一身黑色西装，仿佛从某个偶像剧中走出，来到姜念身边，握着她的手，深情款款道："念念，我知道这个孩子来得太突然，你一时还没有做好心理准备。但是不要怕，有我陪在你身边，无论发生什么，我都会替你分担。我也已经做好了万全准备，我有能力也有信心照顾好你和我们的宝宝，相信我好吗？"

语毕，全场响起雷鸣般的掌声。郁妈妈更是感动得满脸泪水，恨不得冲过去跟他们拥抱在一起。

此情此景，姜念足足愣了一分钟，终于后知后觉地问了一个问题："谁的孩子？"

郁璟然一脸慈父般的笑容，说道："当然是我们的啊！"

"可是……我没有怀孕啊……"

掌声瞬间消失。

郁璟然急了："那你去医院干什么？还不肯给我看病历本？"

姜念有些心虚地说："那个是我前段时间一直待在录音棚里，为了赶进度，没有按时吃饭，肠胃有点不舒服。我怕你担心，就没敢告诉你……"

"那……那个呢？"郁璟然还是不肯相信，"你这个月的例假也没来啊？"

"你小点声！"姜念捶了下他的胳膊，小声道，"我这个月提前一个多星期来的，那时候你刚好去外地赶通告了，没在家。"

这下，郁璟然真的绝望了。

周小琪穿着一套小黄鸭的玩偶服，艰难地移动过来，眼巴巴地问郁璟然："小炸，那我这个干爹还有得当吗？"

裴佑哈哈大笑："他这个亲爹都泡汤了，你还干爹呢？别做白日梦了，乖，打扫卫生去！"

周小琪泪流满面地说："我不要！"

郁妈妈看着儿子失落的表情，不免心疼，便劝慰道："没事，回头妈妈给你熬点甲鱼汤好好补一补，你还年轻嘛，没问题的！"

话音刚落，全场发出一阵爆笑。

林泽致拍了拍郁璟然的肩膀，感慨道："原来你的天赋异禀是这么来的啊！"

见郁璟然的脸红一阵红一阵白，姜念也有些不好意思，拽了拽他的袖子，说道："你干吗不事先问问我，现在闹得这么大，怎么收场呀？啊……你干吗？"

郁璟然一把抱起姜念，大步朝门外走去，咬着后槽牙一字一顿道："弄假成真！"

本书由柒尾鱼委托长沙大鱼文化传媒有限公司正式授权花山文艺出版社，在中国大陆地区独家出版中文简体版本。未经书面同意，本书的任何部分不得以图表、电子、影印、缩拍、录音和其他手段进行复制和转载，违者必究。